Léa D.

La Villa, cette nuit…

Roman

ISBN : 9798642647677

Dépôt légal : juin 2020

La séquestration

Septembre 2015

Son arme pointée dans ma direction, il se tenait droit, dans l'encadrement de la porte de la cuisine, le regard fixé sur moi. Je n'avais pas ressenti de présence dans la Villa en y pénétrant, mais je pense qu'il devait être là bien avant que je n'arrive moi-même. Cela faisait maintenant de longues minutes qu'il me tenait en joue. Au début, il m'avait observée, les yeux écarquillés comme s'il venait de voir un revenant. Puis, il s'était mis à me parler et vraiment ses propos étaient totalement incohérents, rien n'avait de sens. Il ne formulait qu'une seule demande, qu'il répétait en boucle : il voulait que je lui raconte…

Une fois la frayeur estompée et mes esprits rassemblés (tant bien que mal), je n'y comprenais toujours rien. Je devais, selon lui, dire pourquoi j'étais là. Seulement voilà, l'explication que j'apportais ne lui convenait pas. Je ne savais plus quoi lui dire, si ce n'est que j'étais venue récupérer quelques-unes de mes affaires oubliées ici, lors de mon dernier passage. C'était un peu faux, mais je ne comptais pas lui raconter la vérité. Or, visiblement, c'est ce qu'il attendait, et il semblait vraiment y tenir, car inévitablement il revenait à la charge…

— Je suis très heureux que l'on se retrouve, promets-moi de ne jamais plus t'éloigner de moi… Tu peux tout me dire maintenant ! déclara-t-il.

— Mais dire quoi enfin ? demandai-je.

J'attendais de savoir ce qu'il voulait vraiment entendre.

— Raconte-moi tout depuis le début, n'aie plus de crainte, je suis là, nous sommes là… Comment as-tu su que je me trouverai ici, ce soir ?

— Mais je ne pensais voir personne… Je croyais être seule dans la Villa. Il n'y a rien à d'autre à raconter, dis-je désespérément.

Ce type était un malade, un fou, un taré ! Comment allais-je pouvoir partir de là et me sortir de cette merde ? Ça n'allait pas être facile, parce qu'il pointait quand même son arme sur moi…

*****

De longues minutes plus tard, nous n'avions pas avancé d'un iota. Nous étions toujours dans la cuisine, cependant il m'avait autorisée à m'assoir. Très classe, le psychopathe ! Il était obsessionnellement persuadé que ma présence ici était en lien avec lui, moi je n'en voyais pas. Nous étions donc dans une impasse. Il était dans une autre réalité, un autre monde. Je crois qu'il était réellement fou. Je devais partir de cet endroit.

À mon grand étonnement, il proposa soudain que l'on « se détende un peu », ouvrit le réfrigérateur et en sortit la bouteille de vin blanc déjà entamée. Il rêvait, ce type, s'il s'imaginait que j'allais trinquer avec lui, comme si nous étions de vieux potes… Merde à la fin, c'était quoi ce plan foireux ? Mais réflexion faite, je vis finalement là une petite chance de m'évader de ce piège, car pour remplir les verres, il était contraint de poser son arme sur le meuble qui nous séparait. Lui d'un côté, moi de l'autre, le pistolet posé au milieu sur l'îlot de la cuisine… Si j'arrivais à être suffisamment rapide, je pourrais m'emparer de l'arme et le braquer à mon tour. L'obstacle qui se dressait entre nous l'empêcherait alors de me sauter dessus et j'aurais quelques secondes d'avance. Il me fallait être réactive, efficace, je n'avais probablement que cette chance à saisir. C'était maintenant ou jamais. « Courage, Lily, vas-y ! Attention… Une, deux… go ! »

— N'y songe même pas, ce serait une grave erreur, me lança-t-il alors menaçant.

Interrompue avant d'avoir pu tenter quoi que ce soit, j'ai senti la colère monter en moi, chassant la peur qui jusqu'alors me paralysait.

— Connard ! Et merde, si tu sais lire dans mes pensées, tu n'as donc pas besoin de me questionner sur mon emploi du temps, lui criai-je, contrainte de me rasseoir devant l'échec de ma tentative.

J'enrageais d'avoir loupé ma chance de m'évader de la Villa. Connard, connard, connard !!!

— Je comprends ta colère, et ta stupeur. Mais c'est un jour heureux pourtant, nous sommes réunis tous les deux ! Tiens, me dit-il, en tendant un verre, trinquons à nos retrouvailles.

— Non, mais ça ne va pas ! Gros malade !!!

— Si, bois. Je ne te laisse pas le choix, de toute façon…

Contrainte, dégoûtée, résignée, j'avalais mon verre d'un coup sec. Après tout.

Puis moins d'une minute plus tard, la pièce dans laquelle nous nous trouvions commença à tourner autour de moi, mes oreilles bourdonnaient, j'avais la nausée, mes épaules semblaient se détacher de mon corps, mes muscles se changeaient en coton…

Putain, il m'avait empoisonnée.

Ma tête tombait.

Connard, pensai-je une dernière fois.

*****

Je me réveillais doucement, mes paupières peinaient à s'ouvrir et un horrible vrombissement résonnait dans mon crâne, lourd et douloureux. C'était un peu comme un lendemain de cuite, mais en beaucoup plus angoissant. J'avais le sentiment d'être comme une poupée de chiffon, molle et inerte, posée négligemment sur une chaise.

Mais je m'aperçus vite que la poupée avait les pieds et les poignets liés, qu'elle était prisonnière de son siège.

Le scotch qui me maintenait les mains derrière le dossier était trop serré et j'essayais tant bien que mal de bouger les doigts pour y faire circuler le sang. J'avais mal au dos aussi, et aux jambes, engourdies dans cette position pliée. Ouvrant petit à petit les yeux, je vis qu'une corde me cintrait la taille. Seule ma tête pouvait se mouvoir. Je la relevai péniblement, avec l'impression que mon cerveau allait se briser en mille morceaux contre la paroi de mon crâne. Les battements de mon cœur claquaient dans mes tempes. Ma nuque était grippée, les muscles tétanisés. Combien de temps étais-je restée ainsi la tête pendante ?

Puis j'aperçus sa silhouette, il se tenait à l'autre bout de la pièce. Nous étions désormais dans la bibliothèque. Je reconnaissais le fauteuil à rayures crème et bleu dans lequel il était assis, placé juste devant la fenêtre. La lumière trop blanche du plafonnier m'éblouissait et m'empêchait de distinguer son expression. Était-il encore en colère ? Je devais forcer sur mes yeux pour réussir à voir à quelques mètres. C'était fatigant, j'étais tellement épuisée, comme j'avais envie de dormir... Puis, petit à petit, ma vision devint plus nette et je pus alors discerner les traits de son visage. Il semblait plus agité que tout à l'heure, plus rouge aussi, et le scintillement de sa sueur dégoulinant de son front me révulsait.

Voyant que je refaisais surface, il se rapprocha de moi et vint s'assoir en tailleur par terre, près de ma chaise.

— Je suis désolé de t'avoir droguée, Dieu sait à quel point je n'ai aucune intention de te faire de mal, mais il faut que tu restes tranquille, tu comprends ? Nous devons parler maintenant, c'est indispensable…

Je l'écoutais se justifier, peut-être pensait-il que cela pourrait susciter chez moi une quelconque empathie à son égard ? Qu'il aille se faire foutre !

— Reprenons tout depuis le début, puisque tout à l'heure tu n'as pas réussi à me dire la vérité… Mais ne t'inquiète pas, je comprends, c'est le choc, tous ces évènements et cette situation que nous n'aurions pas cru possible… C'est fou, non ?

Fou, oui c'est bien le mot… complètement cinglé, marteau, détraqué même !

— Je veux partir, c'est inutile de me séquestrer. Pitié… l'implorai-je sans succès.

J'espérais l'attendrir, priant pour que quelques remords le fassent changer d'avis. En vain, il persistait hélas dans son obsession de savoir comment je m'étais retrouvée ici, dans cette Villa, au même moment que lui.

Comment allais-je faire maintenant ? Lui dire ce qu'il voulait entendre ? Après tout, si c'était la solution … OK, ça aurait pu être simple… si j'avais su ce qu'il voulait vraiment entendre...

Il s'approcha encore un peu plus de moi, comme pour créer entre nous une quelconque intimité. Je sentis son souffle effleurer mon oreille, je me raidis encore plus.

— Je vais te laisser partir, mais avant il faut que tu me dises la vérité. Reste cette fille si gentille que j'ai connue. Hein ? Reprenons tout depuis le début, si tu veux bien, que s'est-il passé pour que tu viennes dans la Villa ce soir ?

Son arme de nouveau pointée sur moi, il ne me donnait pas vraiment le choix. Toujours ligotée à ma chaise, alors que la nuit tombait et que je ne trouvais vraiment pas comment me sortir de ce bourbier, je n'avais pas d'autre solution que de lui donner satisfaction. Ainsi, lasse, résignée, et luttant contre mon aversion pour lui, je décidai de revenir sur les évènements des derniers mois qui, s'enchaînant, m'avaient amenée ici. Je repris donc les faits principaux, dans les grandes lignes et en quelques phrases, depuis cette rencontre fortuite de l'aéroport jusqu'à mon premier séjour dans cette maison, puis à ce qui avait suivi… J'essayais d'être claire dans mes propos et d'aller à l'essentiel pour conclure : lui et moi n'avions rien à voir ensemble.

Cinq minutes plus tard, mes explications étaient terminées. Il m'avait écoutée tout du long, sans m'interrompre, avec une réelle attention.

Pourtant, à ma grande déception, il ne sembla pas rassasié. Retour au point de départ.

*****

Il ne me croyait pas. J'étais fatiguée, apeurée, déboussolée, je ne savais même pas quelle heure il était, et surtout, je ne comprenais pas non plus pourquoi lui était ici, ce qui était un comble lorsque l'on entendait sa requête !

Il s'agaçait, il tournait nerveusement dans la pièce, cherchant du regard une réponse à tout cela. Moi aussi, cela dit au passage. Il me dévisageait bizarrement, serrant ses doigts autour du pistolet. Que pouvais-je ajouter ou faire de plus ?

— OK, OK, on se calme, proposai-je maladroitement sur un ton qui se voulait pourtant rassurant.

J'essayais de poser ma voix, pour qu'elle ne tremble plus, qu'elle soit convaincante, affûtée, assurée. Tentative de la dernière chance.

— Je vais tout reprendre, en n'oubliant aucun détail, en étant encore plus précise. Je vais tout raconter, point par point, et tout ce que je dis est vérifiable, auprès de la police, de mes amis, de mes collègues de boulot…

J'imaginais d'avance que mes explications n'allaient pas lui plaire. Pas plus que la première fois, mais au moins cela me ferait gagner un peu de temps, au cas où quelqu'un aurait la bonne idée de me sortir de « very bad trip ». Cette fois, j'allais donc fournir un récit très détaillé, qui allait durer très très longtemps… Je tentai.

— Alors, voilà, je reprends tout depuis le début, on recommence. Ce jour-là, j'avais quitté le bureau plus tôt, parce que je devais récupérer Pauline à l'aéroport. J'étais tout excitée, car cela faisait six mois que nous ne nous étions pas vues. Elle était allée en Australie effectuer son stage de master, ça m'a semblé être une éternité et maintenant j'avais vraiment hâte de revoir ma colocataire. Bref, ça n'a pas été facile de partir à l'heure du boulot, car ma patronne était une véritable sorcière…

*****

La rencontre à l'aéroport

Vendredi 22 mai 2015

Ce jour-là, j'avais pu sortir plus tôt du bureau, ou plutôt je m'en étais octroyé le droit, et au volant de ma petite Seat rouge je fonçais désormais vers l'aéroport. Cet après-midi m'avait semblé durer une éternité. Je n'aimais pas ma patronne, c'était une sorcière, une vraie, qui n'appréciait personne et qui jubilait à rabaisser tout le monde. En réalité, ce qui me rendait verte, c'étaient ces réunions de service, obligatoires, qu'elle fixait systématiquement le vendredi en fin de journée. Son but était clair : faire en sorte que personne ne parte en week-end avant elle. Mais ce jour-là, j'avais abrégé mes souffrances et je m'étais éclipsée à 18 h tapante, avant la fin de la grande messe... Quel outrage ! La sorcière m'avait fusillée du regard, et mes collègues avaient probablement prié pour que je me rassoie avant de finir en statue de pierre. Mais non, pas cette fois ! Je m'étais levée et prétextant un rendez-vous important que je ne pouvais décaler, j'avais quitté la pièce. Tout simplement. Je me sentais fière, car je n'ai jamais été une fille audacieuse. Mais là, Pauline ne devait pas attendre, et tant pis si j'allais devoir le payer cher lundi.

Fenêtres ouvertes, je zigzaguais entre les voitures et le vent qui s'engouffrait dans l'habitacle accentuait ce sentiment de liberté dont je jouissais depuis que j'avais volé une petite heure à ma patronne. Hélas, à cette heure-ci, c'était l'enfer sur la rocade bordelaise et l'ivresse du moment en pâtissait. Le flux de circulation oscillait entre accélérations et coups de frein. Les motos, venant de nulle part, se faufilaient entre les véhicules indécis. Bref, mon quotidien en choisissant d'emménager à Bordeaux, il y a cinq ans.
Je devrai sérieusement envisager de me convertir à la moto moi aussi, pensai-je.

J'approchais enfin du panneau Mérignac-aéroport et je m'engageais sur la bretelle de sortie la rocade. Bon, ça aurait pu être pire, il était 18 h 40, Pauline allait atterrir dans un quart d'heure. Sauf que le feu passa au rouge et voilà encore quelques précieuses minutes de perdues ! J'avais tellement hâte de la retrouver, elle m'avait tant manqué pendant ces cinq mois d'exil en Australie. Pauline avait terminé la fac à 23 ans, comme moi, mais elle avait décidé l'an dernier, à l'aube de la trentaine, de suivre un master de Commerce international pour offrir un nouvel horizon à sa carrière professionnelle. Pauline, c'était ma colocataire, ma meilleure amie, ma presque-sœur (parce que je suis fille unique). On avait grandi ensemble à Paris, dans le même quartier. Nous fréquentions les mêmes écoles, les mêmes amis, le même club de sport, jusqu'à ce qu'elle parte à Bordeaux pour ses études. J'étais alors restée seule à Paris, abandonnée. Lorsque, diplôme en poche, j'avais commencé à chercher du travail, le « hasard » m'avait trouvé un poste à… Bordeaux. Bingo ! À nous la belle vie ! Nous étions jeunes, jolies, intelligentes, tout nous souriait !
J'avalai une grande bouffée d'air en pensant avec excitation à tous ces mois de complicité que l'on devait rattraper. Et ça allait débuter dès le lendemain : tout était déjà planifié avec les filles. Samedi, ça allait être soirée retrouvailles entre nanas : mojitos à outrance, restaurant, boîte, musique…. Adèle et Marie nous rejoindraient et la troupe serait au complet.

La chance eut pitié de moi, car en arrivant sur le parking je tombai directement sur une place qui se libérait. Je me garai, descendis de la voiture et m'engageai d'un pas sûr dans le hall de l'aéroport. *Mince, elle va débarquer par où ?* Je ne connaissais pas grand-chose aux aéroports et celui de Bordeaux encore moins, en réalité je ne prenais presque jamais l'avion. Perdue au milieu des panneaux d'information et des gens qui grouillaient dans tous les sens, l'excitation du moment me donnait le tournis. Je filai droit devant, en essayant d'éviter tant bien que mal les voyageurs et les maudits enfants qui surgissaient de partout, marmonnant quelques mots d'excuse à ceux que je bousculais malgré tout. Ils n'avaient qu'à aller plus vite après tout et faire attention eux aussi ! Et puis zut, je devais avoir l'air cruche, avec mon pas coincé entre la marche et la course, qui me faisait dodiner le derrière. Occupée à penser à mon fessier, je ne regardais plus vraiment devant moi et une fois de plus je fonçai dans quelqu'un. Mais cette fois-ci, ce fut plus brutal. Comme un moucheron contre le parebrise d'une voiture, ma tête vint s'écraser violemment contre le torse d'un homme en costard noir.

La première chose que je vis, c'était le bleu pâle de sa cravate, car mon nez s'était aplati dessus. Elle sentait bon et elle était douce, de la soie probablement (bien que je n'eusse jamais enfoui mon visage dans une cravate de soie, mais mettons cela sur le compte de l'instinct féminin). Puis mon regard s'arrêta sur ses chaussures, noir brillantes, parfaites, neuves… et j'eus juste le temps de voir que mes pieds reposaient maladroitement sur les siens que soudain je perdis l'équilibre et me sentis partir en arrière.

Heureusement, l'inconnu sur lequel j'étais perchée déploya ses grands bras et put me retenir in extremis par les épaules, évitant ainsi à mon fameux fessier de taper le sol. Je sentais ses mains fortes et puissantes me maintenir fermement. Ses doigts serraient mes bras dénudés. Ce contact troublant ne dura que quelques secondes, le temps de me redresser, puis la pression se relâcha doucement (et trop tôt). Un frisson parcourut mon corps et je devinais que mes joues passaient du rose au rouge vif, brûlant. La tête toujours baissée, je levai les yeux vers lui et découvris un visage… à couper le souffle. Il était très attirant. Canon ! Au milieu de tous ces badauds mal habillés, il avait fallu que je percute le plus bel homme que je n'avais jamais vu. Jamais d'aussi près en tout cas. Et en plus, il sentait bon, il était élégant, imposant... était-il réel ? Un nouveau frisson me traversa. *Mince, que m'arrive-t-il ?* Pendant qu'il m'aidait à me redresser, nos regards se croisèrent. Nos visages étaient encore si proches que pendant quelques secondes tout disparut autour de moi. Plus de bruit, plus de touristes, plus de timing… Puis, il rompit le silence.

- Veuillez m'excuser, mademoiselle, est-ce que tout va bien ? demanda-t-il simplement, si tant est qu'un homme comme ça puisse « simplement » me parler, alors que pour moi cela relevait plutôt du miracle…

Et en plus, le ton de sa voix était à la hauteur de son physique. Ferme, mais terriblement sexy !

- Oui, merci. Je vous ai écrasé les pieds, je suis désolée, je suis pressée et …

Mais avant d'avoir eu le temps de finir ma phrase, je vis un discret rictus se dessiner sur ses lèvres.

- Je peux vous assurer que mes orteils se remettront du traumatisme causé par vos 50 petits kilos !

- Euh, je n'en doute pas, mais vraiment, je suis confuse. Je ne regardais pas où j'allais…

Ah, il me donnait 50 kg, en voilà donc 2 qui venaient de passer à la trappe ! Lui devait mesurer au moins 1m80 et il était bâti comme un sportif, alors c'était certain que mes ballerines ne lui faisaient pas grand mal !

- Essayez de regarder où vous marchez, et ça ira beaucoup mieux, me suggéra-t-il sur un ton un peu moqueur.

Oh, quelle brillante idée, je n'y avais pas pensé ! Il se prenait pour qui, ce beau gosse ? Je le scrutai de nouveau. Il tenait un attaché-case et à côté de lui était posée une petite valise. Il revenait de voyage, ce devait être un homme d'affaires.

- Merci pour ce précieux conseil, dis-je d'une voix que j'aurais aimée moins mielleuse. Je suis un peu perdue dans cet aéroport, savez-vous où je peux trouver les arrivées de Sydney ? (Pauline avait atterri, c'était évident maintenant).

- Voyez-vous la femme là-bas, habillée en bleu marine ? Je suis certain que cette hôtesse d'accueil pourra vous renseigner.

OK, cette fois il me prenait pour une vraie buse. Je le remerciai, agacée d'avoir eu l'air si stupide devant un homme si attirant. Dans un mélange de balbutiements et de mots d'excuse, je levai la tête histoire de sauver l'honneur et partis d'un élan franc vers la fameuse hôtesse.

- Merde !

Ce juron m'échappa au moment où je trébuchai sur la petite valise, posée à côté de lui. Cette fois, je me retrouvai bien par terre, à quatre pattes, à ses pieds. Mais pourquoi étais-je si maladroite ? C'est tellement énervant !

- Vous êtes un peu spéciale comme femme ? me demanda-t-il en passant son bras autour de ma taille pour m'aider à me relever.

J'avais l'impression qu'il aurait pu faire trois fois le tour de mon corps tant je me sentais comme une chose frêle à côté de lui. Il m'aida à me redresser, une fois de plus. Il sentait vraiment très bon l'odeur du Sud, du soleil. Ce n'était pas la lavande, mais plutôt … du romarin. Oui, c'était ça, je respirais un bouquet de romarin et j'adorais la sensation qu'il me procurait. L'homme me regarda avec amusement ce coup-ci, avec même une pointe d'insistance.

- Je suis un peu maladroite, parfois. Mais j'ai appris à vivre avec, merci. Et puis, sentais-je le besoin de préciser, vous êtes un inconnu que je ne reverrai jamais, alors finalement ce n'est pas si grave. Ce n'est pas comme si j'étais devant un client.

Je rigolais, mais lui ne semblait pas comprendre mon sens de la relativité. Peut-être devait-il penser que cela avait déjà été le cas, de tomber devant un client. Je n'en avais pas souvenir en tout cas…

- C'est une façon d'appréhender les choses, me répondit-il perplexe.

Je me sentais finalement gênée, car avec son regard sombre et ses sourcils froncés, il était évident qu'il était bien trop sérieux pour rire d'une chute en public.

Soudain, j'entendis quelqu'un m'appeler de loin. C'était Pauline. Génial !

- Lily ! cria-t-elle en s'approchant de moi à grands pas.

Si élégante, elle se faufilait entre les passants, telle une anguille au milieu des algues dansantes. Il est certain qu'elle ne s'étalerait pas devant de tout le monde, elle. Ce genre d'aventure m'était réservée.

- Pauline !

Puis, me retournant vers mon étrange inconnu, je pris congé de lui.

- Merci pour votre aide, et désolée pour vos pieds et votre valise. Mon amie est arrivée, je crois que je vais pouvoir m'en sortir maintenant.

- Au plaisir de vous revoir, mademoiselle… Lily ?
- Non, j'espère ne pas vous recroiser, dis-je en souriant, tout en souhaitant très fort l'inverse.

Pauline flotta vers moi. Grande, blonde, le teint franchement plus bronzé que lors de son départ. On se serra dans les bras, affectueusement, et les larmes ne mirent pas longtemps à me monter aux yeux. Je m'aperçus brièvement que le beau gosse se dirigeait vers la sortie.

- Je suis tellement contente de revenir ! Dis-moi, c'était qui ce modèle avec qui tu parlais ? me demanda-t-elle avec empressement.

Le regard de Pauline brillait, comme si j'allais lui révéler un super scoop.

- Je ne sais pas qui il est. On s'est bousculé, enfin plus précisément je lui suis rentrée dedans en me rendant vers les arrivées, puis je suis tombée à genoux devant lui.
- Tu m'étonnes, qui ne tomberait pas devant un homme comme lui !
- Non, ce n'est pas une image. En fait, j'ai trébuché, et j'ai vraiment fini à terre.

Pauline éclate de rire, que c'était bon d'entendre son rire qui m'avait tant manqué !

- Allez, viens, on va chercher tes valises, on file à l'appartement et on s'ouvre une bouteille de Champagne. Tu as trop de choses à me raconter pour perdre ton temps à te moquer de moi, répliquai-je.
- Dommage, je suis arrivée une minute trop tôt alors ! Caroline, quand tu as la chance de foncer dans un homme comme ça, empêche-le de partir avant d'avoir récupéré son numéro de téléphone, s'offusqua-t-elle.
- Hum, tu as sûrement raison.

Bien sûr qu'elle avait raison ! Je me sentais encore toute bizarre, le bas de mon ventre me chatouillait délicieusement.

Les joyeuses retrouvailles

Ce samedi soir avait tenu toutes ses promesses. Nous étions si contentes de nous retrouver toutes les quatre. Le thème de la nuit était donné « No limit » : alcool, tapas, musique, danse… Que c'était bon de se comporter comme si nous étions encore étudiantes et de se sentir libre de tout : pas de copains collants, pas de patronne acariâtre, pas de dossier à terminer pendant le week-end.

Après un apéritif chez nous très généreux, à coup de bouteilles de Champagne et de grignotages salés, la soirée se poursuivit dans ce petit restaurant du quartier Saint-Pierre. C'était une jolie taverne sans prétention, en vogue auprès d'une clientèle bordelaise gourmande et festive, qui proposait des plats simples et authentiques. Au fur et à mesure que les assiettes se vidaient, les personnes poussaient les tables pour libérer la place. La musique prenait possession de l'espace et les lumières se tamisaient.

- Chin-chin, les filles, nous cria Pauline, une nouvelle coupe à ma main. En balayant du regard la foule dansant au rythme de David Guetta, elle nous déclara fièrement : « Ce soir, je n'ai pas prévu de rentrer seule ! »
- T'es revenue il y a tout juste 24 h, ma cocotte ! lui lançai-je, en rejoignant surexcitée la piste.

Et une fois de plus, Pauline avait vu juste. Elle était tombée par hasard sur Diego, une ancienne connaissance remontant à ses premières années de fac, une dizaine d'années plus tôt. Il n'en fallait pas plus pour rapprocher ces deux âmes seules. Elle me le présenta, et il ne nous quitta plus de la soirée. Il était plutôt pas mal, peut-être un peu trop bourré, mais à cette heure-ci de la nuit, ça faisait presque partie du décor. Comme annoncé, elle décida de le ramener à l'appartement au petit matin…

Lorsque le taxi nous déposa devant la porte, Pauline était en grande discussion, en anglais, avec son plan cul de la soirée. Il devait faire semblant de suivre ce flot de paroles inaudibles ; était-ce dû à ce terrible accent australien ou à l'excès de Champagne, mais ce qui sortait de sa bouche n'avait aucun sens.

- Bon sang, Diego, embrasse-là pour la faire taire ! Marre du chant des kangourous, m'exclamai-je, hilare.
- T'en fais pas, Caroline, dans peu de temps les lèvres de Pauline seront bien plus occupées, hein baby ! dit-il en lui claquant énergiquement les fesses.

Super classe, le jeune homme !

Quelques minutes plus tard, les amoureux se dirigèrent vers la chambre de Pauline et poussèrent la porte : les choses sérieuses allaient commencer pour eux. Pour ma part, j'allai dans la salle de bain ôter les restes d'un maquillage qui était pourtant si réussi en début de soirée. Le goût mentholé du dentifrice vint rafraîchir salutairement mon haleine compromise par les nombreux cocktails consommés toute la nuit. Fatiguée, mais heureuse, je passai devant la chambre fermée de Pauline et les quelques mots qui s'en échappaient étaient des plus explicites. Je rejoignis la mienne, éteignis la lumière, et me glissai sous mes draps froids.

Sur le coup, mon corps était lourd, mais petit à petit mon rythme cardiaque se calma et les muscles de mon dos se détendirent. Les vibrations de la musique, quant à elles, résonnaient encore dans mes oreilles, se mélangeant aux gémissements de plus en plus intenses d'à côté. Mes yeux brûlaient, ma tête tournait légèrement, et je savais que demain le réveil allait être dur. Pourtant, je n'arrivais pas à dormir et mes voisins n'y étaient pas étrangers. Seule une fine cloison séparait nos chambres, alors j'avais clairement le sentiment de partager leurs ébats. Le mur bougeait presque derrière moi. Merde, ils pourraient penser aux autres ! Je réalisai, un peu blasée, que ça commençait à faire un moment que je n'avais pas ramené un homme dans mon lit.

Je restai allongée sur le dos, à regarder le jeu d'ombres et de lumières se projeter sur le plafond. Les faisceaux de phares des voitures se faufilaient entre les persiennes, traversant d'un point à l'autre la pièce pour aller mourir dans le coin près de l'armoire. Le soleil se lèverait dans une heure tout au plus et mettrait fin à cette danse. Mes pensées glissaient doucement vers cet inconnu bousculé hier à l'aéroport (avant-hier plus exactement, vu l'heure). Son parfum m'obsédait... Je n'avais jamais remarqué à quel point l'essence de romarin pouvait être viril et subjuguant. Peut-être devait-il aussi s'y mêler l'odeur naturelle de sa peau. J'aurais aimé la sentir, nue, authentique. Je me remémorais ses mains et ses doigts posés sur mes épaules et je ressentis ce même frisson que lors de notre rencontre. Les yeux fermés, je voyais ses paumes s'éloignant de mon buste pour parcourir mon dos, cheminant de ma nuque jusqu'à la cambrure de mes reins, puis au rebondi de mes fesses. Les chatouilles revenaient s'installer dans mon ventre. Mon imagination se mêla aux bribes de souvenirs olfactifs et cutanés qui m'envoûtaient. Je sombrai dans un demi-sommeil dans lequel la réalité se diluait dans un rêve luxurieux, une illusion dans laquelle je succombais avec lui. Il était à moi le temps de ce mirage, incarné par le spasme qui traversa mon corps.

Je regrettais vraiment de ne pas lui avoir demandé son numéro de téléphone.

****

Il était 13 h et mon ventre vrombissait comme un motoculteur enragé. Après avoir vaguement songé à vomir, je me décidai finalement à manger. J'avais une dalle d'enfer ! Mes yeux essayaient tant bien que mal de s'ouvrir, luttant contre l'attaque des rayons du soleil. Pas de bruit à côté ; les sportifs n'étaient probablement pas encore réveillés. À petits pas, je glissai jusque dans la cuisine et préparai du café pour trois. Hier, juste avant que je ne m'assoupisse, aucune porte ne s'était ni ouverte ni refermée. J'en déduisais donc que Diego avait dormi ici. Mince, il allait me voir avec ma tête de déterrée. Même si c'était le « mec » de Pauline, mon amour propre m'imposa d'aller faire le constat de cette nuit festive devant un miroir. Je longeai le couloir, entrai dans la salle de bain et souris.

Mes traits étaient un peu tirés, de petites cernes se dessinaient sous mes grands yeux verts, mais sinon je m'en sortais honorablement. Seuls mes cheveux mi-longs, semblables à des brindilles indisciplinées, me trahissaient véritablement, en particulier cette mèche qui défiait la loi de la gravité. L'eau fraîche que je projetai sur mon visage finit de me réveiller et redonna à ma peau son éclat rosé. Je remontai ma tignasse chocolat avec une grosse pince, quelques cheveux fins, échappés, venaient caresser ma nuque. L'eau eut raison de l'épi rebelle. Face à mon reflet, je me dis que je n'étais quand même pas trop mal, moins sophistiquée que Pauline, mais mon style naturel plaisait aux hommes. J'aurais pu en trouver un, moi aussi, hier soir ! Mais la vérité, c'est que je n'aimais pas trop ramener des inconnus chez moi. Enfin, là il fallait vraiment que je réagisse ! Cela dit, d'une certaine manière, il y avait bien quelqu'un avec moi cette nuit, en pur fantasme ...

Une odeur d'arabica avait traversé le couloir et me tira de mes pensées. En reprenant la direction de la cuisine, je vis Pauline sortir de sa chambre. Elle m'adressa un grand sourire répondant ainsi à la question que j'allais lui poser.

- Le café est en train de couler, j'en ai fait pour trois.

- C'est exactement ce dont j'ai besoin. La nuit a été courte et ... Diego dort encore.

- Je sais, je vous ai entendu, désolée. D'ailleurs, il faut que je déplace mon lit pour qu'il ne soit plus contre le mur de ta chambre. Dès ce soir.

- Je n'ai pas prévu qu'il reste chez nous cette nuit, me dit Pauline, lorsque nous arrivâmes dans la cuisine.

Je sortis nos deux tasses, les remplis de café et en tendis une à Pauline.

- Que veux-tu dire par là ? Ce sera repos ou ce sera chez lui ? demandai-je curieuse.

J'approchai la tasse vers mon nez et humai son odeur torréfiée. Même s'il était encore brûlant, ce café me faisait déjà du bien. Je mordis enfin dans un morceau de brioche pour calmer les grognements de mon ventre. Pauline baissa le son de sa voix :

- Ce soir : repos. Diego est un bon amant, je me suis bien amusée. Mais pas question d'avoir un type entre les pattes en ce moment.

J'éclatai de rire.

- Un type entre les jambes, alors là, ma belle, l'expression est bien à propos ! rigolai-je.
- Oui, ce n'est pas à ce niveau-là que ça me poserait problème… je viens de revenir en France, mon diplôme est validé et je compte bien décrocher un boulot rapidement. Surtout pas d'attaches sentimentales. On verra comment il est, un peu de sexe de temps en temps OK, mais s'il commence à me coller, il dégage.

Je reconnaissais bien là mon amie. C'était elle qui posait les règles du jeu.

- Promets-moi que tu resteras sur la région, quand t'auras ton nouveau job !
- J'aimerai tellement, je vais tout faire pour ça ! me rassura-t-elle.

Diego entra et s'approcha de Pauline, puis lui claqua de gros bisous dans le cou. Attention petit gars, si tu veux refaire un tour de manège avec elle, je te conseille de ne pas trop l'envahir.

- Je vais prendre ma douche, à tout à l'heure, dis-je simplement sans être trop sûre que quelqu'un m'écoutait encore.

Quand je revins vingt minutes plus tard, Diego et Pauline n'étaient plus là, leurs deux tasses refroidissaient sur le comptoir de la cuisine et des bruits familiers provenaient de la chambre du fond.

Le rendez-vous surprise

Nous étions mardi matin, un mardi précédé d'un salutaire lundi férié. Il n'était que 9 h lorsque j'arrivai au bureau, mais l'air y était déjà lourd. Le soleil de cette fin mai était puissant, il avait tapé contre ma vitre tout le week-end et dans la précipitation de vendredi, je n'y étais pas repassée pour m'assurer que le store soit baissé. À 11hoo, ça allait devenir irrespirable, cela faisait une semaine que la climatisation de mon étage dysfonctionnait.

On frappa à la porte. C'était Charlotte, ma collègue. Nous avions été recrutées toutes les deux il y a trois ans, à quelques jours d'intervalle, chez Desmarin's Conseil, dans le cadre du renforcement de l'équipe-conseil du secteur Communication. Bien que chacune de nous gérait son propre portefeuille d'affaires, moi sur la communication évènementielle et les projets France, et elle sur les dossiers internationaux, nous échangions souvent sur nos dossiers. Une sorte d'entraide s'était instaurée entre nous.

- Alors, ce week-end ? Tu as pu arriver à l'heure vendredi ?
- Oui, ça va… enfin, j'ai loupé l'atterrissage de Pauline et c'est finalement elle qui m'a retrouvée dans le hall, et nous avons passé une super soirée samedi. Par contre, j'ai végété tout mon dimanche sur le canapé, devant des rediffusions de Desperate Housewives, à moitié endormie. Heureusement que ce lundi était férié, j'ai pu récupérer.
- En forme donc ? Ça tombe bien, j'ai un truc à voir avec toi.
- Pas de problème, tu as besoin d'un service ?

Tout en discutant, je tentai vainement d'activer ma climatisation, mais non, rien de frais ne sortirait de cet appareil aujourd'hui. J'ouvris la fenêtre pour faire entrer l'air, avant que la température extérieure ne puisse plus me le permettre. Puis je glissai ma tête à travers l'entrebâillement de ma porte pour scruter le couloir. Aucun signe d'agitation à l'étage ne laissait présager que ma patronne avait décapité quelqu'un pour le petit déjeuner.

- Au fait, où est passée la sorcière ? Elle ne m'est pas encore tombée dessus pour être partie avant la fin, vendredi.
- Justement, elle vient d'appeler. Comme souvent en ce moment, elle a profité de son week-end à Biarritz et elle devait revenir directement sur Bordeaux ce matin, mais visiblement elle a eu un problème avec sa voiture. Elle n'arrivera pas avant midi.

Un court instant, je me demandai pourquoi elle allait si régulièrement à Biarritz. Elle fréquentait sûrement un homme. Le pauvre, il devait être sous l'emprise d'un sortilège ! Quoiqu'en réalité, c'était une belle femme. La cinquantaine passée, elle était toujours élégante, avec ses cheveux poivre et sel mis en valeur par une coiffure « moderne et dynamique », ses tenues hors de prix et son maquillage impeccable en toute circonstance. Mais son comportement tyrannique et le gros grain de beauté placé juste au-dessus de sa lèvre s'imposaient à nous : lorsqu'elle n'était pas là, nous l'appelions tous « la sorcière ».

- Pas de sorcière, la semaine commence bien alors ! Tu veux un café, je vais aller m'en chercher un, proposai-je, enjouée par cette bonne nouvelle.
- J'en ai déjà bu deux tout à l'heure, mais c'est gentil, répondit-elle sur un ton un peu piquant.

Charlotte aimait bien me signifier « gentiment » qu'elle arrivait toujours plus tôt que moi le matin. Facile, quand on habite à cinq minutes du boulot ! De toute façon, je ne suis pas matinale, c'est comme ça : j'affectionne trop mon lit.

- Et puis non, la semaine ne commence pas bien du tout, s'agaça soudain Charlotte. Nous avions rendez-vous à 10 h avec M. Lauhné, le dirigeant de Lauhné Entreprise, dans les locaux du siège à Bordeaux centre. Tu sais, c'est le grand compte avec lequel nous avons signé en février, pour le projet de déploiement commercial de leur gamme spécifique pour les restaurants français de New York. Je dois partir là-bas dans une demi-heure, j'aurais dû être avec la sorcière, chez Lauhné, pas à New York, t'avais compris, et ils s'attendent à travailler en direct avec elle, moi je ne suis que la seconde sur ce dossier.

Lauhné Entreprise. Waouh ! Je la connaissais, cette entreprise ! Je rêvais d'y être embauchée. Lorsque j'avais entendu parler de ce projet quelques mois plus tôt, je leur avais envoyé mon CV, mais jamais le service recrutement ne m'avait recontactée…

Je tentai de façon maladroite de détendre Charlotte avant qu'elle ne nous fasse un malaise.

- Tu le maîtrises ce dossier, tu planches dessus depuis longtemps ! En tout cas, ne compte pas sur moi pour t'aider, je ne m'occupe pas des projets à l'international. Pourquoi Cyril ne vient-il pas avec toi, il a déjà bossé sur un thème un peu similaire, et en plus il est parti en vacances à New York il y a deux ans ?

Mon petit sourire d'ange ne l'atteignit même pas.

- Très marrant… et de toute façon, il est encore en déplacement à Paris, pour toute la semaine.
- Tu sais, je t'assure que tu t'en tireras super bien. C'est carrément dans tes cordes !
- Sauf que cette fois, je vais être en première ligne, face au directeur commercial et à toute l'équipe marketing. Je n'ai jamais traité toute seule avec le dir'co d'une boîte aussi prestigieuse. C'est le plus important négociant de vin de la région !
- Ouais… je n'aimerais pas être à ta place, mais du coup elle demande que tu fasses quoi, la sorcière ? Tu t'y rends seule ou tu peux encore décaler la rencontre de ce matin ?
- Ni l'un ni l'autre. J'y vais avec toi.
- Quoi ? Non, hors de question ! Pourquoi… moi ?

Mais qu'est-ce qu'elle me racontait ? Je m'assis sur le coin du bureau, essayant de comprendre pourquoi la patronne souhaitait m'envoyer « moi » là-bas.

- Elle pense que je connais suffisamment bien le dossier, et il faut pouvoir lancer la mission rapidement, ça faisait partie des termes de la négociation, commença à m'expliquer Charlotte.

Je ne voyais toujours pas où elle voulait en venir.

- Moi ? répétai-je

Mais non, ça n'allait pas du tout ! Assurer un rendez-vous sur un dossier que je ne connaissais pas, ni le projet, ni les interlocuteurs qui seraient autour de la table, autant me demander de rédiger moi-même ma lettre de licenciement... En plus, c'était le meilleur moyen d'être black-listée chez Lauhné Entreprise et de tuer toute chance de postuler à nouveau là-bas.

- Charlotte, je serai vraiment inutile sur cette affaire…
- À vrai dire, elle souhaite que tu m'accompagnes… euh… comme assistante sur ce dossier. Cela me donnera plus de crédit, tu vois, pour éviter qu'ils pensent qu'on leur envoie une junior. Et si tout se déroule bien, elle est prête à m'octroyer plus d'autonomie par la suite, mais toujours sous sa supervision…
- Mince, en fait, tu me dis qu'elle te passe sénior ? Et moi, qui reste junior, je vais t'assister. Je savais qu'elle me ferait payer mon toupet de vendredi…
- Non, lorsqu'elle m'a demandé de travailler sur ce dossier, elle avait déjà évoqué cette promotion, si mes compétences s'avéraient être à la hauteur. Les contretemps de ce matin officialisent la décision un peu plus vite…

OK, la journée commençait mal pour moi. Très mal.

Pendant le trajet, nous ne parlâmes que du projet en question. Elle me briefa sur les grands points, mais aussi sur les détails qui allaient probablement être soulevés. J'écoutai silencieusement, hochant la tête de temps en temps pour lui témoigner mon attention.

- … et le concept doit à la fois tenir compte de l'image que les vins français véhiculent à travers le monde, tout en arborant un style très new-yorkais.
- Un style new-yorkais ? demandai-je, dans l'espoir d'avoir un peu plus de précisions.
- Oui, c'est ça. Et aussi, ce qu'il faut que tu saches sur cette entreprise, c'est…

Hum, hum… Ok Charlotte, ne répond pas à la question, j'irai voir plus tard sur internet ce que tu entends par style « New-Yorkais ».

- … et le fils a repris la direction de la société il y a tout juste 2 ans. J'ai fait des recherches sur lui, tu te doutes bien, pour en connaître un peu plus sur celui qui pourrait bien booster ma carrière. Et bien, tu sais quoi ? Il est hyper canon cet homme et, qui plus est, célibataire… Bon, il ne sera pas à la réunion de ce matin, mais c'est dommage !

Je compris surtout qu'elle allait continuer à me débiter son flot de paroles sur ce maudit rendez-vous, ce qui était certes nécessaire, mais surtout elle évitait ainsi de traiter le sujet pimenté : « je viens de te planter un couteau dans le dos en faisant de toi mon assistante ». C'était injuste, mais si je ne pouvais pas vraiment lui en vouloir pour cette promotion, j'étais vexée qu'elle ne m'en ait pas parlé, et ça même si la sorcière le lui avait interdit. On se soutenait habituellement et là j'avais l'impression d'avoir été doublée. Je devenais son assistante sur ce projet, alors que jusqu'à présent je gérais moi-même mes propres clients. Ils n'étaient peut-être pas aussi importants que Lauhné Entreprise, mais mon portefeuille était beaucoup plus volumineux que celui de Charlotte et mon travail était toujours impeccable. Dire que j'avais postulé chez eux comme chargée de mission !

Charlotte gara sa Golf sur le parking visiteur et nous descendîmes de voiture dans une synchronisation parfaite.

— Tu vas voir, les locaux sont à couper le souffle, me dit-elle en passant devant moi (eh oui, je n'étais plus que son assistante…).

Effectivement, des massifs de fleurs inondaient magnifiquement, de part et d'autre, la grande allée immaculée qui menait à l'entrée principale du bâtiment. Intégralement vitré, il se dressait devant nous de façon impressionnante. Nous passâmes un premier sas, puis une seconde porte, qui s'ouvrait à la pression du gros bouton blanc, placé à droite du mur. Le hall d'accueil était immense. Sur le comptoir en marbre noir, face à nous, reposaient d'énormes orchidées fuchsia. Deux secrétaires s'activaient à répondre au téléphone, les mains parfaitement manucurées et les cheveux bruns tirés en chignon. Bien que ce ne fût pas le cas, on pouvait aisément se tromper et les prendre pour des jumelles. Je laissai Charlotte s'adresser à la plus proche d'entre elles, pendant que je poursuivais l'exploration visuelle de ce décor high tech. Le sol, gris anthracite ultra polishé, reflétait les dizaines de spots incrustés au plafond.

— Je dois vous demander vos cartes d'identité s'il vous plait. Monsieur Grimer vous recevra dans quelques minutes, précisa l'une des jeunes femmes brunes.

M. Grimer était le directeur commercial, je me rappelai que Charlotte avait prononcé son nom dans la voiture. Cela m'aurait tellement soulagée s'il avait pu oublier ce rendez-vous dont le contexte m'agaçait particulièrement.

— Voici vos badges. En repartant, pensez à nous les déposer pour que nous puissions vous restituer vos cartes d'identité. Je vous invite à vous installer là-bas, sur votre gauche, dans l'espace d'accueil, une assistante va venir vous chercher, nous indiqua notre hôtesse d'un ton mécanique.

Placé à côté d'un immense palmier, le fauteuil dans lequel je m'assis m'enveloppait complètement. Il était super confortable. Je m'enfonçai dedans, et l'espace d'un instant j'eus le sentiment d'être dans un salon, peut-être bien un salon de thé. L'objet de ma visite m'en empêchait, mais j'étais tentée d'ôter mes chaussures et d'étirer mes jambes. *Un Darjeeling fumant et une tartelette au citron, s'il vous plait, madame...* Si mon fessier se sentait parfaitement calé, Charlotte, à côté de moi, semblait beaucoup plus tendue. Elle grattait nerveusement, et inconsciemment je pense, son index contre les petites peaux mortes et blanchâtres en bordure de l'ongle de son pouce. *T'as tout juste, cocotte, et quand tu vas lui tendre ta main ensanglantée, le monsieur que tu souhaites tant impressionner va adorer !* Ses yeux rebondissaient dans leur orbite, droite-gauche, ping-pong. Elle guettait le couloir d'où l'on viendrait probablement nous chercher. Je m'amusais de son inconfortable angoisse. *Caroline, tu n'es pas très sympa avec ta future chef !* J'aurais peut-être dû ressentir la même nervosité, après tout d'ici cinq minutes je perdrais tout espoir de travailler dans cet endroit idyllique, discréditée par ce nouveau statut d'assistante qui m'était imposé. Ce devait être mon système d'autodéfense, j'étais une « blasée prévisionnelle ». Pas de bol côté boulot, c'était tout, c'était comme ça, mais ça prendrait bien fin un jour et alors je trouverais le job que je mérite ! En réalité, je n'avais pas non plus tiré la carte chance côté amour... Quelque chose clochait-il chez moi ?

Bien que la décoration du bâtiment se déclinait dans des tons très froids, tout était pourtant fait pour que le visiteur se sente à l'aise. Devant mes jambes sagement croisées, une petite table basse, qui aurait pu être celle de mon salon, proposait quelques brochures impeccablement disposées. Je me saisis d'une élégante plaquette en papier glacé, destinée à la présentation (pour ne pas dire la promotion) de la société et même si je connaissais déjà leur activité, je commençai à la feuilleter, pour m'occuper. Comme chez le docteur, mon Grazia sur les genoux. En dernière page, un article faisait l'éloge du nouveau jeune dirigeant. Une photo de lui illustrait les propos de ce monsieur… Oh putain !

— Merde !

Ce mot lâché à haute voix s'envola de ma bouche avant que ma bonne éducation n'ait pu y poser le moindre filtre. Charlotte me lança un regard noir.

— Quoi ? Chute, mais ça ne va pas de jurer comme ça, on pourrait nous entendre, gronda-t-elle.

— Oui, euh, c'est juste que... enfin... je viens de voir la progression de leur chiffre d'affaires, c'est dingue !

Je mentais.

1) je connaissais déjà leur chiffre d'affaires en remontant sur les dix dernières années, quête d'un futur employeur oblige,

2) l'émotion que je ressentais à cet instant n'empruntait rien à la rationalité appliquée aux données économiques chiffrées,

3) je ne savais pas ce que je ressentais en réalité…

Mon Dieu, ce n'était pas possible ! Et forcément, ce fut à ce moment qu'une petite femme parfaite se dirigea vers nous. Je priais pour qu'elle ne soit pas venue nous chercher. Mais ma voix intérieure ricana *« bien sûr que si »*. … Non, il fallait que je parte en courant ! Mon esprit me cria cette fois « file ! ». Mes jambes étaient… où étaient mes jambes ?

— Mesdames, si vous voulez bien me suivre. M. Lauhné souhaite vous saluer avant que ne débute votre réunion avec M. Grimer.

Je regardai de nouveau la dernière page de la brochure, comme pour vérifier ce que mes yeux avaient peut-être mal interprété. Mais non.

OK, maintenant c'était moi qui paniquais !

Je me levai. Je mis mes pas dans ceux de la petite dame parfaite, passai mon badge puis laissai Charlotte marcher devant moi. Derrière elles deux, j'essayai de trouver une sacrée bonne excuse pour m'enfuir. Pas possible. Nous traversâmes un patio intérieur, autour duquel se dressaient les quatre pans du bâtiment, et prîmes l'ascenseur jusqu'au 4e étage, puis nous nous engageâmes dans un long couloir que nous ne parcourûmes que de moitié. La petite dame parfaite s'arrêta devant une porte déjà ouverte, à côté de laquelle il était écrit en lettres métalliques :

M. Arnaud LAUHNE
Président — Directeur Général

— Mesdames, bonjour, dit-il en s'approchant de nous, la main tendue vers Charlotte.

Je restai cachée derrière ma collègue, la poitrine secouée par les battements de mon cœur. Mais avant même de relever la tête, je reconnus ses chaussures. Mes ballerines n'avaient laissé aucune trace, c'était déjà ça.

Le jeu de regard

C'était bien lui, l'homme sur la photo du magazine que j'avais tenu entre les mains quelques minutes plus tôt… C'était M. Lauhné, le dirigeant de l'entreprise, et accessoirement également la personne sur laquelle je m'étais aplati le nez vendredi à l'aéroport. Il était toujours aussi grand et large d'épaules, telle une statue de bronze. Ses cheveux châtains laissaient deviner le petit garçon blond qu'il avait dû être. Avec la lumière dans le dos, ses yeux paraissaient noirs, mais j'avais pourtant pu me rendre compte - précédemment - qu'ils étaient plutôt d'un marron très foncé. Son regard pouvait transpercer les murs. Je l'avais trouvé très séduisant vendredi, mais sûrement pas aussi impressionnant qu'à cet instant précis. En réalité, il me faisait un peu peur, mais surtout il me fascinait : il dégageait une vraie aura, un charisme incontestable. J'étais très mal à l'aise et je tâchais de rester en retrait, derrière ma collègue tant aimée.

Charlotte se présenta bien évidemment la première, mais sans aborder l'assurance que je lui connaissais. Je la savais anxieuse de ce moment qu'elle appréhendait tant depuis ce matin, mais je me demandai tout de même si la beauté flagrante de M. Lauhné ne venait pas ajouter un petit pic de palpitations supplémentaires. Encore heureux que je ne lui aie pas raconté mes étourderies de l'aéroport.

— Charlotte Froze, annonça-t-elle fièrement avant d'être subitement interrompue par M. Lauhné.

— Votre directrice a prévenu M. Grimer qu'un contretemps l'empêchait d'être présente ce matin. Je n'apprécie pas beaucoup ce type de surprise, cette réunion de lancement me semble pourtant primordiale. Je ne l'ai pas eu directement au téléphone, sinon je lui aurais fait part de ma déception. Notre collaboration commence de façon désagréable. Vous lui transmettrez mon mécontentement en retour, mademoiselle Froze, conclut-il sèchement.

Il parlait calmement, face à Charlotte, mais ses paroles étaient cinglantes.

J'avais mal pour Charlotte, je la vis pâlir un instant, avant qu'elle ne se reprenne pour préciser :

— M. Lauhné, je suis absolument désolée de cette situation, mais ayez la certitude que je connais votre projet sur le bout des doigts. J'ai participé à toutes les phases d'analyse et de chiffrage de ce projet ambitieux et je peux vous assurer que c'est grâce au fruit de mon travail que vous avez choisi de collaborer avec notre agence. Bien entendu, M. Lauhné, l'ensemble de nos échanges de ce jour feront l'objet d'une restitution totale auprès de notre directrice, qui ne manquera de vous recontacter très rapidement.

— Et bien, vous n'êtes pas dénuée d'estime de vous, mademoiselle, c'est bien. Pour aujourd'hui, contentez-vous de m'éclairer sur l'étendue de vos fameuses compétences. Je m'entretiendrai avec elle dès que possible. Qui est cette jeune femme qui vous accompagne ? demanda-t-il avec un subtil petit plissement des yeux.

Mince, il ne me reconnaissait pas. J'étais vexée. Et soulagée aussi. Une fois de plus, ce matin... Mais pourquoi se souviendrait-il de moi au fait ? Son visage canon s'était imprimé instantanément dans mes cellules grises, mais pour ce qui était de la trace que pouvait laisser le mien dans les mémoires… j'étais trop banale, je ne marquais pas les esprits, bien sûr. Tant mieux, finalement, je lui avais écrasé les pieds et j'étais tombée devant lui, bigleuse que j'étais de n'avoir pas vu sa valise…

— Il s'agit de Caroline Dubrun, mon assistante.

« SON ASSISTANTE » ! Oh la garce !

— Mademoiselle Dubrun, enchanté, dit-il en me tendant la main.

J'aperçus un petit sourire au coin de ses lèvres.

Au contact de sa peau, un courant électrique identique à celui de l'aéroport traversa mon corps. Sa poignée de main, ferme, sembla durer légèrement plus longtemps que la normale. Pendant un instant, j'envisageai de tirer cette main vers moi, afin de réduire l'espace de politesse qui nous séparait. Heureusement pour moi, la pression de ses doigts disparut, annonçant la fin de cette troublante présentation.

J'adorais cet accent du Sud-Ouest, ça me donnait des envies de cannelés et de vin rouge ! Je ne m'étais pas aperçue à l'aéroport qu'il était si chantant. Avant d'arriver chez Desmarin's conseil, j'habitais à Paris. Rien à voir. Le mode de langage était plus proche de grognements incessants !

M. Lauhné semblait s'être adouci comparativement à son approche « c'est moi le Boss » qu'il avait adoptée avec Charlotte.

— Je vais finalement participer à cette réunion, au moins à son début, en l'absence de votre directrice. Suivez-moi, je vais vous emmener là où ça se passe.

Puis, s'adressant plus particulièrement à moi, avec un ton un peu piquant dans la voix :

— Mademoiselle Dubrun, je vous invite cependant à faire attention aux trois petites marches qui permettent d'accéder à cette pièce, me conseilla-t-il.

Connard ! Il se moquait de moi ! Mais aussi, il se souvenait de moi, même si j'ignorais à ce moment-là si c'était une bonne chose ou pas…

— Je suis certaine qu'aucune valise ne traine par terre, M. Lauhné, tout cet espace semble parfaitement… sous contrôle, répliquai-je mal à l'aise.

— J'aime le style épuré… Donc, vous travaillez chez Desmarin's conseil ?

— En effet, je suis chargée de communication depuis trois ans pour Desmarin's, je travaille souvent avec *(« et non pas pour »)* Charlotte Froze.

J'arrivais à parler normalement, même si mes joues me brûlaient. Qu'il était beau, que cela me perturbait !

— Très bien, nous allons probablement nous revoir alors, ce qui remet en cause votre théorie sur l'anonymat des lieux publics...

Charlotte me regarda avec une tête que je n'avais jamais eu l'occasion de découvrir jusqu'alors, ses yeux semblaient hurler « QUOI ? TU LE CONNAIS ????!!! ». Je secouai la tête pour lui signifier : « non, je ne le connais pas, mais je t'expliquerai tout après, tu comprendras à quel point ton assistante est kitch » !

— Suivez-moi, je vous prie, nous convia M. Lauhné en s'engageant devant nous.

— Parfait, chantonna Charlotte qui avait repris ses esprits, quoique encore un peu pâlotte.

Super, il ne manquait plus que ça ! Cette journée me réservait-elle d'autres surprises ?

Arnaud Lauhné nous guida ainsi vers la salle de réunion, qui se trouvait tout au bout du couloir. OK, vu de dos, il était toujours aussi beau. Sa main droite dans la poche de pantalon laissa à son autre main le soin de porter un dossier dont aucune feuille ne dépassait. Quelle décontraction contrôlée ! Mais ses épaules larges, sa carrure imposante et cette manière franche de se mouvoir le rendaient terriblement désirable ! Mon Dieu, je sentais le bas de mon ventre se tordre à nouveau et je repensais à cette brève rencontre à l'aéroport. Je marchais à moins d'un mètre derrière lui et cette odeur de romarin faisait monter en flèche ma température corporelle.

Au centre de la vaste salle de réunion se trouvait une grande table ovale blanche en verre opacifié, cerclée de fauteuils noirs, qui témoignait du caractère aseptisé de la décoration du bâtiment. La technologie discrètement installée partout permettait d'imaginer à quel point il devait être génial de travailler ici.

L'équipe commerciale était déjà présente : quatre hommes sagement assis du même côté, la baie vitrée dans le dos, chacun muni de leur dossier et d'un stylo high-tech. Seule la couleur de la cravate semblait les distinguer. Ils me faisaient penser à des Playmobils.

M. Lauhné prit place à l'extrémité de la table ovale, Charlotte et moi nous assîmes à sa gauche, face aux quatre petites figurines.

La réunion démarra sans encombre, Charlotte assurait vraiment, c'était peut-être justifié qu'elle passe sénior... Puis ce fut à mon tour d'intervenir pour présenter, au pied levé, des pistes de réflexion sur les soirées évènementielles accompagnant le lancement du produit. Cette « French Touch » qui allait faire la différence dans le milieu de la restauration new-yorkaise. J'essayais de prendre un air convaincu, mais la vérité était que je n'étais jamais allée à New York, et que je ne savais pas vraiment de quoi je parlais. Mon Dieu, ces deux heures s'annonçaient délicates.

Mon « tour » passé, Charlotte et les commerciaux précisèrent ensuite le rétroplanning du projet. M. Lauhné s'exprimait très peu, suivant, en silence, les échanges et couchant quelques annotations sur son calepin. Finalement, il semblait vouloir rester jusqu'au terme de la réunion, ce qui me réjouissait et m'inquiétait à la fois. Je me contentais d'écouter, m'autorisant à détendre discrètement ma colonne vertébrale contre le dossier du fauteuil. Au moment où mon rythme cardiaque se calma enfin, mes capacités sensorielles se réveillèrent. C'est alors que je sentis ses yeux sur moi.

Il te fixe Lily, me dit ma petite voix au moment où je tournai la tête vers lui pour m'en assurer.

Oui, il me regardait, fixement. Je lui adressai un timide sourire, poli, puis essayai de reprendre le cours de la conversation qui se déroulait sans moi. Non, ce n'était pas possible. Je me sentais toujours observée. Très naïvement, je tentai de faire rouler mes yeux vers la droite, le buste incliné en arrière, pour capter quelques informations utiles. Ça ne marcha pas, évidemment, et en plus je devais avoir l'air bien stupide. Encore.

Tourne-toi à nouveau et soutiens son regard pour lui signifier que son insistance devient gênante, Lily !

Mais au moment où mes yeux accrochèrent les siens, rien ne changea. Il continuait à me fixer, les petites ridules de son visage m'indiquaient qu'il s'en amusait. Oui, c'était ça, il me souriait du regard ! Mon cœur reprit une nouvelle accélération, et plus je sentais mes joues rougirent, plus elles chauffaient davantage.

Lily, une fois de plus il se moque de toi. T'imagine-t-il trébuchant sur les marches de la salle de réunion, à nouveau à genoux devant lui ? Ça l'excite peut-être ? Mon Dieu, mais tais-toi ! Cet homme a probablement toutes les femmes à ses pieds, et parce qu'il te dévisage depuis quelques minutes, tu vas croire que… ? Arrête !

J'avais peut-être une mèche qui rebiquait ? Je passai nerveusement ma main dans mes cheveux, juste au cas où, et lui s'amusait toujours. Je vérifiai que mon chemisier était bien à l'endroit ; oui, les coutures en attestaient. Plus mon trouble prenait le dessus, plus il savourait de me voir si décontenancée. D'accord, jouons-nous un peu. Mimant de m'étirer le cou, je massai alors ma nuque discrètement, signe que la semi-conscience des hommes perçoit comme un appel à la parade amoureuse. Hum, ses yeux s'éclaircirent. Mais soudain, il détourna le regard pour poser une question, que je n'entendis même pas, à Charlotte.

Pas si joueur...

Contrairement à moi, ce petit divertissement ne l'avait empêché en rien de suivre le déroulement de la conversation.

La réunion prit fin, des documents circulaient, je les mis machinalement dans mon sac. Je ne savais pas quoi en penser. Je n'avais rien écouté du dernier quart d'heure et je m'en moquais. Mon cœur battait fort au moment de serrer la main de M. Launhé qui prit congé de nous. Je respirai une nouvelle fois son odeur, mais je fondis littéralement lorsqu'il s'approcha un peu plus près de moi et murmura :

— Ce fut un plaisir de vous revoir, mademoiselle Dubrun. Nous allons nous retrouver très bientôt, m'assura-t-il.

Je sentais qu'il ne parlait pas du dossier en cours. Je sentais que quelque chose s'était passé entre nous dans cette salle de réunion. Je sentais que je craquais complètement pour cet inconnu. Et je savais maintenant que j'allais le revoir.

Dans la voiture, Charlotte commenta, sans même respirer, le rendez-vous de la matinée. Elle était dans un speed total, fière de sa performance. Je ne l'écoutais pas vraiment, mes pensées étaient ailleurs.

Le mail inattendu

La sorcière réapparut finalement en début d'après-midi, vers 14 h, encore plus scabreuse qu'à son habitude. Charlotte s'isola un long moment dans le bureau de la chef, puis s'en échappa visiblement soulagée : elle lui confiait bien la gestion déléguée du dossier, sous sa supervision. M. Lauhné l'avait contactée lorsqu'elle était sur la route, ils avaient a priori trouvé un terrain d'entente. Puis le reste de la semaine s'était déroulée presque normalement.

Mercredi, Charlotte me briefa complètement sur le projet. Ma tête manqua d'exploser. Le soir, je sortis pour boire un verre avec Pauline, j'avais besoin de vider mon sac autour d'un petit mojito, puis d'un second, et peu importait que nous ne soyons pas encore le week-end . Un peu alcoolisée, je rentrai me coucher en laissant mon esprit divaguer outrageusement sur ce fameux M. Arnaud Lauhné.

Les jours suivants, ma surcharge de travail canalisa toutes mes pensées, à l'exception d'un sujet que j'affectionnais de plus en plus. Je n'attendais qu'une chose, celle d'avoir de nouveau la nécessité de me rendre chez Lauhné Entreprise. L'envie de revoir cet homme était omniprésente. Ce n'était pas seulement sa beauté imposante qui m'obsédait, mais cette maîtrise, cette force qui émanait de lui, et pour autant les yeux brillants que j'avais devinés en salle de réunion laissaient imaginer une tout autre personne derrière le masque qu'il affichait. J'étais perturbée.

Ce vendredi, Pauline n'était pas encore là lorsque je rentrai. Fraichement diplômée, elle cherchait sans relâche un nouveau boulot. Elle réactivait ses contacts et je savais qu'elle trouverait bientôt, elle dégageait tellement d'ondes positives ! Je relevai le courrier dans la boîte aux lettres et le posai sur la table basse du séjour. En réalité, j'étais un peu déçue de retrouver un appartement vide. Peut-être était-elle encore chez Diego finalement ? Ils passaient beaucoup de temps ensemble même si cette parenthèse n'allait pas durer, Diego l'envahissait trop. Peut-être mettait-elle les choses au clair ?

Le clic de la bouilloire m'indiqua que l'eau pour mon thé était chaude. Je jetai dedans un sachet de menthe intense puis me posai comme une vieille loque sur le canapé. Cette semaine débutée sur les chapeaux de roue m'avait exténuée ; j'avais couru tous les jours pour absorber le travail supplémentaire qui incombait à la nouvelle « assistante » de Charlotte. *Arrête d'y penser, ça ne changera rien !* me soufflait ma petite voix. Ce soir, repos. Même Pauline était fatiguée, elle peinait à se remettre de son décalage horaire et de notre virée de samedi, sitôt le pied à terre.

En regardant le courrier jeté sur le meuble, je savais que j'allais encore trouver des factures, voire quelques relances, mais machinalement et parce qu'il le fallait de toute façon, j'ouvris ces enveloppes, les unes après les autres. Comme d'habitude : c'était sans intérêt. Le tout finit sur le buffet du salon. J'attrapai mon ordinateur portable et retournai me lover dans le canapé, m'apprêtant à trainer un peu sur internet, quand mon smartphone m'avertit de l'arrivée d'un nouveau mail. Je le consultai via mon PC et fus alors scotchée en découvrant l'identité du destinataire : LAUHNE Entreprise.

Non ! Trop fort ! Mais pourquoi un message sur mon adresse mail personnelle et non sur celle du boulot ? Nerveuse, je me redressai et fis tomber mon ordinateur, que je récupérai à la volée par l'écran avant qu'il n'atteigne le sol. J'ouvris le message, croisant les doigts pour que ce soit M. Lauhné lui-même. Mais le ton était très clairement professionnel, « Mademoiselle Dubrun… » Puis je lus directement le dernier paragraphe du texte « Merci de nous transmettre votre confirmation dans les meilleurs délais. Dans l'attente, nous vous prions de recevoir nos sincères salutations ». Le courrier était ensuite signé du service des ressources humaines. De quoi s'agissait-il ? Mon cœur battait très fort et bizarrement j'avais peur de lire le mail en entier. Je pris une grande aspiration et mes yeux inquiets commencèrent à en parcourir la totalité.

À la troisième lecture, plus aucun doute n'était possible. J'attrapai mon téléphone.

— Pauline ? C'est Lily, tu es où ? l'interrogeai-je précipitamment.

— Coucou, ma belle. Je suis rue Sainte-Catherine, je fais les boutiques, j'ai besoin d'un nouveau tailleur. Tu es essoufflée ou je me trompe ? s'étonna-t-elle.

— Pauline, tu ne devineras jamais, c'est fou ! J'ai reçu un mail de Lauhné Entreprise, du service RH, j'ai un entretien d'embauche la semaine prochaine !

— C'est génial, pourtant ça fait déjà un moment que tu avais postulé là-bas. Au final, ça paie la persévérance, tu vois ! Quand est-ce ? demanda-t-elle.

— Mardi, à 18 h. C'est si soudain ! réalisai-je, le cœur battant.

— Oh là ! C'est super court comme délai. Ils ont peut-être eu un désistement de dernière minute ou bien tu leur as peut-être aussi fait une excellente impression lundi ? Peu importe la raison en fait, je suis vraiment contente pour toi ! Bravo ! Mais dis-moi, comment pourras-tu gérer le fait de travailler dans une entreprise dont le patron te fait fondre autant ? plaisanta-t-elle.

Je m'étais confiée à Pauline sur mon gros, gros béguin pour Beau Gosse. « Quoi, le type de l'aéroport, m'avait-elle presque crié, c'est le dirigeant de Lauhné entreprise ? Mon Dieu t'es excellente, Lily, excellente ! ». Et de voir sa tête lorsque je lui avais décrit la réunion de mardi en sa présence. On ria un bon moment, avant que je ne lui avoue que j'avais très sincèrement envie de le revoir. « Ça s'appelle un coup de foudre, Lily », m'avait dit Pauline, pleine de sagesse.

— Oui, je craque pour lui. Mais là n'est pas la question. C'est de ma carrière dont on parle, je dois tout faire pour avoir ce poste, j'en rêve. Il faudra juste que je m'empêche de fantasmer sur le big boss !

En réalité, bien que très heureuse d'être convoquée à un entretien d'embauche, j'étais un peu déçue qu'il ne s'agisse pas d'un message… légèrement plus personnel, venant directement de M. Lauhné.

Peu importe, bien sûre que j'allais m'y présenter, il fallait vite que j'envoie ma réponse. Comment m'habiller ? J'avais tout ce qu'il fallait dans l'armoire, mais un petit tour chez le coiffeur n'aurait pas fait de mal. Jamais je n'allais avoir de rendez-vous d'ici mardi !

— Lily ? Toujours là ? questionna la voix dans le téléphone.

— Oui. Dis-moi Pauline, je peux te demander un service ?

— Bien sûr, lequel ?

— Tu dois te rendre chez Gérard demain matin, pour une coupe ? vérifiai-je.

— C'est bon, je vois où tu veux en venir : je te cède ma place, mais en retour tu me raconteras toutes tes histoires salaces que tu vivras avec ton patron !

J'éclatai de rire. Cette idée me plaisait bien.

Le nouveau départ

Une semaine tout juste après avoir reçu le mail de convocation, la directrice des ressources humaines me téléphona pour m'apprendre la bonne nouvelle. Tout s'était passé tellement vite ! Peut-être trop. Mon entretien du mardi s'était visiblement bien déroulé, et il n'aura fallu que trois jours pour que la réponse tombe : j'avais le poste. Je venais d'être recrutée pour intégrer l'équipe commerciale et travailler sous la direction de son directeur, en qualité de chargée de communication. Cette entreprise était tellement géniale, j'étais aux anges ! Maintenant que j'avais un pied dans la boîte, je pouvais envisager une carrière prometteuse avec de multiples possibilités. Je voyais ce nouveau départ comme une vraie chance d'exposer tout mon potentiel et de m'épanouir enfin professionnellement.

Commençant le lundi 15, il ne me restait finalement plus qu'une semaine à effectuer chez Desmarin's. À ma grande surprise, la sorcière avait accepté ma lettre de démission, présentée le jour même, sans sourciller. Lorsque je lui avais dit que mon futur employeur souhaitait me compter au plus tôt dans ses effectifs, elle n'avait pas semblé étonnée. La réduction de mon préavis de trois mois ne posa aucune difficulté, elle m'avait laissé sept jours pour expédier les affaires courantes et assurer le tuilage pour les dossiers à répartir entre mes collègues. Cette réaction était complètement anormale, mais s'agissant de Lauhné Entreprise, un de nos plus gros clients, elle n'avait sûrement pas pu s'imposer.

Peu importe en fait, adieu la sorcière !

Charlotte avait pris la nouvelle beaucoup plus mal. Je le lui avais annoncé lundi, dès le début de ma dernière semaine de travail là-bas.

— Tu ne m'as même pas dit que tu avais postulé chez eux. Je t'emmène en rendez-vous, je te présente, et tu me caches que tu es déjà en tractation avec eux.

Elle enrageait et s'agitait dans mon bureau en tripotant nerveusement son stylo.

— Charlotte, j'ai été contactée après notre réunion, à ce moment-là j'ignorais complètement que j'allais être reçue en entretien quelques jours plus tard.

— Est-ce que tu me prends pour un pigeon ? Sous ton air ennuyé, tu devais être bien contente de venir avec moi, pour repérer les lieux et te faire une idée du directeur commercial. Quand je pense que je t'ai emmenée là-bas en souhaitant booster ta carrière…

Là, elle commençait à me chauffer. Je comprenais sa déception, car j'étais certaine qu'elle vendrait père et mère pour un poste chez eux. Le plus risible finalement, c'était que je ne serais jamais son assistante ! Mais plutôt sa nouvelle interlocutrice chez Lauhné Entreprise…

— Et pourquoi cette entreprise ? Et pourquoi ton préavis a-t-il été réduit au minimum ? Et pourquoi tu ne m'as rien dit ? …

Elle ne reprenait pas son souffle, elle allait exploser si elle continuait comme cela ! Son stylo venait de casser sous la pression de ses doigts.

— Écoute Charlotte, je suis moi-même un peu dépassée par ces évènements auxquels je ne m'attendais pas. Mais tu viens d'avoir une promotion et passer sénior, je ne comprends pas pourquoi tu es aussi aigrie ! Dis-toi que c'est une merveilleuse opportunité pour moi, et si nous sommes amenées à travailler ensemble, cela pourrait vraiment être une bonne chose !

— De toute façon, il y a un truc de pas clair. J'ai bien vu l'autre jour qu'il y avait quelque chose entre toi et Arnaud Lauhné, alors c'est quoi ? Tu couches avec lui ?

— Va te faire foutre Charlotte !

Charlotte sortit comme une furie de mon bureau et je claquai la porte derrière elle, ce qui décrocha un cadre bien trop laid qui avait été cloué au mur par mon prédécesseur. Il se cassa au sol.

J'enrageai. C'était donc ça l'image que l'on allait avoir de moi ? Merde ! Je ne savais pas encore comment j'allais gérer mon attirance physique pour M. Lauhné, mais rien ne devrait transparaitre là-bas. Lors de l'entretien, il était en déplacement à Paris, tant mieux pour moi. Il me perturbait, c'était évident, mais il fallait que j'oublie au plus vite tous ces fantasmes dont il était l'acteur central. J'avais été choisie parce qu'il y avait un poste de libre, qu'ils avaient reçu mon CV, que j'avais réussi mon entrevue et qu'apparemment j'avais été meilleure que les autres. Le fait que mon agence de communication traite avec eux sur un dossier important n'était sûrement pas étranger à la décision de me recruter, mais ça s'appelait de l'expérience professionnelle justement.

Je n'avais pas vu passer la semaine, et tout en évitant de croiser Charlotte dans les couloirs, j'avais pu suffisamment mettre à jour mes affaires pour partir l'esprit tranquille. Vendredi soir, nous étions allés boire un verre avec quelques collègues, et même si c'était sympa, je n'avais ressenti aucune quelconque émotion. Dans ma tête, j'avais définitivement tourné la page.

***

C'était mon premier jour chez Lauhné, j'étais reçue par la directrice des ressources humaines qui me fit remplir un tas de papiers administratifs, et accessoirement signer mon contrat. Elle me remit également mon badge et me communiqua toutes sortes d'informations qui avaient probablement leur importance, mais j'étais tellement impressionnée par le lieu dans lequel je me trouvais, peinant à réaliser ce qui m'arrivait. La DRH m'était plutôt antipathique, elle parlait sèchement et insistait un peu trop sur la soudaineté de mon recrutement. Visiblement, elle n'avait pas eu son mot à dire.

Lorsque j'entrai dans mon bureau, situé juste à côté de l'ascenseur, au 4e et dernier étage, j'étais émerveillée : il était carrément génial. La pièce était spacieuse, baignée de lumière grâce à une baie vitrée qui donnait sur ce magnifique patio intérieur, aperçu brièvement au cours de ma première visite, et qui m'avait tant plu. Agencé comme un jardin exotique, avec d'immenses arbres, il comprenait sur un côté une salle de pause aménagée en terrasse de café. Des conditions de travail des plus agréables, en espérant que rien de suspect ne se cache derrière.

Le reste de la journée, je fis connaissance avec l'équipe commerciale et mes nouveaux collègues qui occupaient l'étage. J'appris que M. Lauhné était rentré de son voyage d'affaires, mais je ne l'avais pas encore vu. Ses employés avaient un réel respect pour lui, la qualité de ses choix stratégiques était unanimement reconnue, la politique sociale qu'il avait mise en place fortement appréciée. Mais il était également redouté. Mes nouveaux collègues le décrivaient comme un homme très exigeant, voire autoritaire, qui avait besoin de tout contrôler. C'était exactement l'image que je m'en étais faite, mais je sentais qu'il y avait autre chose. J'appréhendais de le voir, mais pas tout à fait pour les mêmes raisons... enfin si, uniquement pour les mêmes raisons !

Il était 18 h lorsque l'on frappa à la porte entre-ouverte de mon bureau. C'était lui, LUI, canon dans son costume bleu foncé et sa chemise blanche dont le premier bouton était défait. Il ne portait pas de cravate.

— Mademoiselle Dubrun, je n'ai pas encore eu le temps de venir vous saluer. Votre première journée s'est-elle bien passée ? me demanda-t-il en s'approchant vers moi. Sa poignée de main me faisait toujours le même effet. *Zut, Lily, reprends-toi, c'est ton boss !*

— Parfaitement bien, merci. Je n'ai pas eu l'occasion d'échanger avec vous au sujet de mon recrutement, mais sachez que j'ai vraiment plaisir à intégrer votre société, avais-je le besoin de préciser.

— Et bien, le plaisir est partagé. J'attends de vous que vous apportiez de la fraîcheur à nos équipes, je leur en demande beaucoup, comme à chacun de mes employés, et je commence à penser que cela finit par brider leur créativité. Étonnez-moi, inondez-nous de nouvelles idées.

Je buvais ses paroles et je regardais, affamée, ses lèvres bouger et former chaque mot qui sortait de sa bouche. Cette bouche… je la désirais sur moi… Ce n'était pas possible, je n'allais jamais arriver à bosser ici !

— N'hésitez pas à poser toutes les questions nécessaires, le service RH est là pour faciliter votre intégration et si un problème demeure, venez me voir. Vous êtes hiérarchiquement rattaché au directeur commercial, M. Grimer, mais vous allez aussi travailler en direct avec moi, car je veux garder le contrôle sur certains dossiers.

Garder le contrôle : je compris que c'était SON truc. Mais en réalité, c'était surtout à moi de garder le contrôle face à lui. *Respire Lily, il t'attire comme un fou, mais n'en laisse rien paraître.*

Je m'aperçus alors qu'il me regardait de la même façon que le jour de la réunion, les yeux brillants et ce petit sourire en coin. Il me dévisageait, amusé. Sentant monter mon désir pour lui, je détournai mon attention vers le patio.

— Vous semblez… songeuse.

— Euh, non… je me disais seulement que c'est un grand changement pour moi de venir ici… merci de me faire confiance, balbutiai-je.

— Je ne vous fais pas encore confiance, voyez-vous, donner confiance est une qualité qui me fait souvent défaut, vous allez vite vous en rendre compte. Mais j'ai envie de travailler avec vous, je pense qu'il en sortira de belles choses.

Nos yeux se croisèrent et il soutint mon regard quelques instants, comme s'il voulait m'envoyer un message, avant de se diriger vers la porte.

Lorsqu'il quitta mon bureau, je poussai un énorme soupir. J'avais dû retenir ma respiration tout du long, ou du moins c'est l'impression que j'en avais. C'était évident qu'il s'en était aperçu, et c'était probablement la raison de son amusement. Il jouait avec moi, connaissant l'effet qu'il produisait sur les femmes. Mes mains tremblaient légèrement et il me fallut plusieurs minutes pour reprendre mes esprits. Comment allais-je bien pouvoir bosser ici, lorsqu'il suffisait d'un regard pour que je me liquéfie.

En rentrant chez moi, j'étais heureuse d'y retrouver Pauline. Je lui racontai ma première journée de travail, rien n'y échappa sauf cette courte discussion que j'eus avec mon patron, probablement parce que je redoutais sa réaction. *Le professionnel passe avant le plaisir, Lily ne gâche pas tout en bavant devant ton PDG !*

Nous avions papoté un bon moment, et il n'était pas loin de 22 h lorsque je sentis la fatigue envahir mon esprit.

— Je vais me coucher, je suis vannée, merci d'avoir préparé le repas, Pauline.

— De rien, c'était ton premier jour chez Lauhné, ça mérite bien mon fameux plat de lasagnes fait maison ! Et il fallait que je m'occupe, je n'ai pas eu le temps de t'en parler, mais j'ai jeté Diego.

— Oh mince ! À vrai dire, ça ne m'étonne pas trop, il était du genre collant, non ? devinai-je.

— Carrément, c'est tout juste s'il ne voulait pas emménager ici, il n'a pas compris le sens du mot « distance ».

— Dommage, il était plutôt gentil pourtant. Vous ne restez même pas sex-friends ?

— Je ne pense pas que ce soit son truc, il m'a fait mal au cœur quand je lui ai dit que c'était fini, je te jure, j'ai cru qu'il allait chialer, précisa-t-elle.

— C'est bien le signe qu'il fallait que ça se termine avec lui ! Bonne nuit, ma belle.

— Bise, à demain.

La première semaine

1ère semaine chez Lauhné entreprise

Les jours de la semaine se succédèrent à une vitesse grand V.

Soyons clairs, Arnaud Launhé me faisait vraiment beaucoup d'effet. Je comprenais ce qui m'arrivait et mon corps réagissait au quart de tour dès que je sentais son parfum à proximité. Avant même de le voir, je savais qu'il était dans les parages, mes sens à l'affût, comme un ours du Nord canadien qui cherche sa proie. J'étais moins poilue quand même.

Dès le deuxième jour, je me retrouvai dans l'ascenseur avec lui, l'occasion de tester l'efficacité de mon nouveau déodorant « situation extrême ». M. Grimer était là aussi, ils rentraient tous deux d'un rendez-vous. Je venais d'appuyer sur le bouton, lorsque M. Launhé et M. Grimer s'arrêtèrent juste à côté de moi. Après un petit bonjour poli, je m'efforçai de ne pas le regarder. *L'ascenseur va arriver… et je vais me trouver dans un espace de quelques mètres carrés… il sera si près de moi… Qu'est-ce qu'il est séduisant… Zut, ne le fixe pas, il va s'en apercevoir… Oh non, il me sourit, il m'a vue le mater...* Courtoisie oblige, les deux gentlemen me laissèrent passer devant. Je me calai au fond de la cabine, mais avant que les portes ne se referment, mes pieds firent un pas vers M. Launhé. *Attention, les pieds, on se calme, on ne monte pas sur le monsieur cette fois.* J'étais derrière lui et mes yeux fixaient perversement sa nuque. *Profites-en, il ne te voit pas !* Sa peau me donnait tellement envie ! Je devinais à quel point ses épaules étaient musclées, je l'imaginai torse nu, les trapèzes saillants. Je dus lutter contre mes mains qui me suppliaient de toucher, comme on ne pouvait s'empêcher de caresser un pull en cachemire tout neuf. Nous descendîmes au même étage, lui partit vers la gauche, moi à droite, les jambes flageolantes. Je ne devais plus reprendre l'ascenseur quand il y était, parce qu'un jour très proche, je lui sauterai dessus.

Aussi, dès le lendemain, je décidai d'emprunter les escaliers. Mais encore une fois, le sort s'acharnait contre moi et je tombai nez à nez avec lui sitôt la porte de la cage d'escaliers passée.

— Cette fois, vous ne m'êtes pas rentrée dedans, mademoiselle Dubrun, c'est un progrès, constata-t-il.

Je ne savais pas s'il trouvait sa phrase percutante ou bien s'il se félicitait vraiment d'avoir pu éviter mon rentre-dedans. Ce qui était certain, c'est que la montée de ces marches était plus physique que je ne l'avais imaginée. J'étais essoufflée et mon visage brillait…

— Vous êtes ravissante avec vos joues rouges, c'est très bien de prendre l'escalier, nous devrions tous faire de même.

J'étais ravissante ! Un compliment de sa bouche et me voilà boostée pour la journée.

Chaque fin d'après-midi, il se rendait dans mon bureau, pour s'assurer que tout se passait bien pour moi et que le projet avançait. J'aimais bien ces petites visites, à visée professionnelle, c'était ma sucrerie de 18 h, même si en fait il n'avait rien de doux. Il était très directif dans ses paroles, apportant toujours de nouvelles précisions ou orientations sur les dossiers. Pourtant, je percevais autre chose dans son comportement. Il pouvait devenir très avenant, particulièrement vis-à-vis de moi, s'attachant à ce que mon intégration dans l'équipe se passe bien.

****

En résumé, la première semaine s'était assez bien déroulée, même si les premiers contacts avec mes collègues n'avaient pas été aisés. Les portes de bureau restaient souvent fermées, ce qui est étrange pour un service commercial et communication… Il semblait y avoir une ambiance beaucoup plus détendue aux étages inférieurs et dans le patio où chacun se rendait pour boire un café ou prendre son déjeuner le moment venu. Seulement, au 4ème, c'était autre chose. Les échanges ne dérogeaient pas beaucoup aux deux ou trois banalités matinales. Mis à part M. Lauhné, personne ne s'intéressait vraiment à mon intégration et nul ne veillait à me présenter les us et coutumes des lieux, ce qui me valut quelques déconvenues les deux premières semaines.

Ainsi, j'ai dû envoyer un même document sur à peu près dix imprimantes différentes avant de trouver enfin la mienne (que je me suis empressée de paramétrer par défaut !). Quant au restaurant d'entreprise, ce n'est qu'après une file d'attente interminable et munie d'un plateau bien rempli (le stress me donne toujours faim) que j'arrivai enfin en caisse. A ce moment seulement, on m'expliqua que je ne pouvais régler ni par carte bleue ni par billets, mais uniquement avec un pass magnétique fournie par la direction de ressources humaines, pass que j'aurai dû créditer bien sûr à la borne. Elle est à l'entrée, madame, vous êtes passée devant, vous ne l'avez pas vu ? Ben non, pas vu…

Allant toutefois apprécier un petit café dans le patio de temps en temps, je finis par faire la connaissance de Christine, une collègue du 2e étage. C'était une des assistantes de la DRH, et elle adorait papoter. Ouf ! Un signal intérieur me mit pourtant en garde, du style « *tout ce que tu lui diras tombera dans le domaine public, Lily* ». Mais ça faisait du bien de pouvoir discuter avec quelqu'un de façon un peu décontractée. L'équipe de Playmobils ne souriait jamais, ils travaillaient du matin au soir, ils chiffraient, maquettaient, contractualisaient… Je comprenais pourquoi M. Lauhné parlait d'apporter un peu de fraîcheur !

Quant à la directrice RH, je ne la sentais vraiment pas débordante d'empathie envers moi. Hier, elle m'avait laissée sous-entendre un truc étrange, au sujet d'un poste qui aurait dû être ouvert, mais ne l'avait pas été finalement, les promesses n'engageant que ceux qui les croient. En m'accordant une pause-café dans le patio, j'y croisai l'assistante-pipelette à qui je posai donc la question.

— Oui, il manque quelqu'un au service paie. La dernière collaboratrice est partie il y a un mois pour suivre son mari dans le Sud-Est. Le recrutement a été lancé pour son remplacement, mais au dernier moment M. Lauhné a souhaité que soit renforcée l'équipe commerciale, et il a créé ton poste. Celui d'assistante de paie devra attendre, il n'est plus budgété pour le moment.

— Certaines choses s'expliquent alors… La création de mon poste a été soudaine, c'est pour cela que je n'ai pas vu passer d'annonce sur internet, en avais-je déduis logiquement.

— Mais il n'y a pas eu d'annonce du tout, pas même en interne. Je le sais parce que certains auraient aimé postuler, mais ils n'ont reçu que toi en entretien. C'est moi normalement qui convoque les candidats, mais cette fois-ci la procédure a été très accélérée. Précipitée. Mais tu sembles être une fille sympa ; c'est chouette que tu aies le job.

Bon sang, je commençais à me dire qu'un truc ne tournait pas rond dans cette histoire.

— Bon, je te dis ça parce que c'est toi qui as eu le poste, alors forcément tu es concernée, mais tu ne révèles pas que ça vient de moi… je n'ai rien ébruité. J'ignore où tu travaillais avant et ce que tu y as fait, mais visiblement ça les a bluffés !

Moi non plus je ne savais pas vraiment ce qui pouvait bien les avoir impressionnés dans mon profil… Ce qui était clair, c'est qu'avec Christine, tout le bâtiment devait déjà savoir que j'avais obtenu cet emploi sans avoir eu besoin de me battre pour cela, au contraire. Mais pour qui allais-je passer ? J'avais le sentiment d'avoir reçu mon contrat servi sur un plateau, sans concurrence, trop facilement ! Et pourquoi d'ailleurs ?

****

À 18 h, j'étais encore au bureau, mais surtout j'enrageais toujours autant de cette mascarade de recrutement. On ne choisit pas une collaboratrice sur un poste si stratégique sans avoir rencontré au préalable plusieurs candidats. Je n'étais pas la meilleure, j'étais la seule, j'avais eu un traitement de faveur et j'aimerais bien savoir pourquoi ! Si la raison était mon évidente attirance pour lui, qui certes n'avait pu lui échapper, et qui flattait peut-être son ego, alors il pouvait tout aussi bien embaucher la moitié des filles de la ville. Je voulais tirer cela au clair. Je me dirigeai donc vers le bureau d'Arnaud Lauhné, bien décidée à lui poser franchement la question. Ne m'avait-il pas dit lors de mon arrivée « si un problème demeure, venez me voir » ? Ben tiens, en voilà un problème non résolu, et d'autant plus vexant qu'une carte de self !

Nos bureaux étaient espacés d'une vingtaine de mètres, ce qui me sembla soudain très peu. Plus je m'approchais et plus je me demandais si c'était une bonne idée… Pourquoi allais-je l'embêter avec ça déjà… ? J'y étais, la porte était fermée comme d'habitude, je pris mon courage à deux mains et je frappai - de façon trop énergique, forcément.

— Entrez, entendis-je sèchement.

Sa voix était ferme et forte. J'ouvris la porte de son bureau, avançai de quelques pas et la poussai derrière moi. Inutile que mes collègues me voient bafouiller devant lui.

— Mademoiselle Dubrun, quelle bonne surprise, c'est habituellement moi qui me déplace pour vous saluer, plaisanta-t-il.

En effet, à l'instar de mon premier jour, il continuait à venir à ma rencontre toutes les fins d'après-midi. Il me parlait un peu plus chaque fois du projet de New York, pour que je puisse rapidement me mettre à bosser dessus. De mon côté, j'apprenais à résister à son charme, c'était une véritable épreuve de sang-froid ! Si cela avait pu me servir à cet instant.

— M. Lauhné, il y a une question que j'aimerai vous poser… C'est au sujet de mon recrutement, commençai-je maladroitement.

Gênée, je me mis à rougir, comme toujours en sa présence, et plus je focalisais sur mes joues qui chauffaient, plus le phénomène s'accentuait. J'essayais d'adopter une respiration de relaxation, comme on me l'avait appris en formation d'affirmation de soi, mais comment réduire son souffle lorsque le cœur bat à toute allure ????

Il me scrutait, amusé, il était toujours comme ça avec moi, ce qui m'agaçait parce que cela me déstabilisait encore plus. Mais ça me flattait aussi, et la petite fille en moi cherchait la faille dans le regard de l'adulte. Je me lançai.

— Pourquoi n'avez-vous pas rencontré d'autres candidats que moi ? demandai-je simplement.

— Vous n'aimez pas votre poste ? s'étonna-t-il, en s'enfonçant dans son fauteuil de patron, le regard interrogateur, jouant avec son stylo de patron.

— Si je l'adore…

— Parfait, j'ai donc fait le bon choix, puisque tout va parfaitement bien pour vous et pour mon entreprise, conclut-il, prêt à clore cette discussion.

— Mais ce n'est pas comme ça que ça fonctionne. Vous n'avez même pas cherché à diffuser une offre d'emploi ni à faire connaître ce poste, m'en offusquai-je. Que s'est-il passé ? Pourquoi uniquement moi ? C'est surprenant.

Je sentis que je ne pouvais plus reculer : tant pis, si j'étais encore en période d'essai et que mes propos menaçaient de lui déplaire, mais je devais éclaircir ce point qui m'intriguait, pour ne pas dire m'inquiétait. N'importe qui d'autre aurait pris les choses telles qu'elles, sans risquer surtout de remettre en cause ce choix. Charlotte, par exemple. Mais moi, je n'arrivais pas à fonctionner comme elle. J'étais sûrement idiote, mais la curiosité l'emportait. L'amour propre aussi.

— Et ? s'étonna-t-il.

— Euh… et vous n'avez pas pu recevoir d'autres candidatures dont les compétences auraient pu être plus en adéquation avec cet emploi… ?

— Vos compétences ne le sont pas ?

— Si, bien sûr… mais vous n'avez convoqué que moi…

Je redoutais que cette conversation m'échappe. Pourquoi gratter la terre, déjà ?

— Et donc ça pose nécessairement problème ? s'étonna-t-il, en quittant son fauteuil pour s'assoir sur le coin de son bureau. C'était terriblement sexy.

— Oui ! C'est rabaissant… lançai-je, blessée.

— Mademoiselle Dubrun, mon objectif n'était pas de chercher un candidat pour ce poste, mais de créer un poste suffisamment intéressant pour vous faire venir ici. Je vous voulais dans mon entreprise, je vous ai fait venir. N'y voyez là rien d'insultant, bien au contraire !

Je restai prostrée quelques secondes ne sachant que dire. Il semblait satisfait de lui. La colère commença alors à monter en moi, et si mes joues étaient rouge cramoisi cette fois-ci, c'était parce que j'enrageais.

— Quoi ? Mais vous n'avez pas le droit de faire ça. Vous m'avez fait venir ? Je ne suis pas une marchandise ! Je ne vous appartiens pas ! Vous rendez-vous compte de ce que ça signifie pour moi, et de l'image que ça donne de moi dans l'entreprise ?

— Calmez-vous Caroline, s'agaça-t-il.

— Non, je ne me calme pas. Je croyais, j'espérais, être la meilleure pour occuper cette mission, c'était un honneur pour moi qui n'arrive jamais à avoir confiance en moi, qui doute, et là soudain je suis embauchée pour un super poste, dans une super boîte ! Quelle fierté, j'ai enfin pu plaire à un recruteur et me faire remarquer dans cette jungle du marché de l'emploi ! Génial ! Ah mais non ! Pas du tout ! En réalité, tout est pipé depuis le début. Vous pensiez que je ne ferais pas le poids face à la concurrence ? Vous n'avez pas pris de risque, alors ? Et je ne sais toujours pas pourquoi en plus…

— Vous y allez un peu fort Caroline, dit-il avec son air amusé. Sauf, peut-être, pour le manque d'estime de vous, il faudra travailler dessus, me conseilla-t-il.

— En somme, vous n'avez aucune idée de ce que je peux faire, et aucun respect pour mon expérience. C'est vexant et rabaissant. Est-ce pour cela que vous souriez toujours en me regardant ? Parce qu'il me semble pourtant que le sourire n'est pas pratique courante envers vos autres employés.

Je m'emballai, je ne pouvais plus me contenir. Il se moquait de moi depuis le début, ça me dégoûtait ! Je savais que j'aurais dû me taire, personne ne s'adresse à M. Lauhné de la sorte. Je signais mon arrêt de mort. Il me regardait avec des yeux sombres ; montraient-il de la colère ? Oui, il paraissait soudain très fâché. *Tu t'attendais à quoi enfin, Lily ?* Je m'aperçus alors que l'espace qui nous séparait s'était rétréci dangereusement. Sans y prêter attention, tout en parlant, je m'étais avancée vers lui, comme pour m'assurer qu'aucun de mes mots ne lui échappe.

— Mais tais-toi ! m'ordonna-t-il alors, en s'approchant encore plus près de moi. Il semblait en colère, mais il n'y avait pas que ça.

Nous étions si près tous les deux qu'avant de pouvoir dire quoi que ce soit, il m'attrapa le visage et plaqua ses lèvres sur ma bouche. Les siennes étaient chaudes, les miennes carrément brûlantes. La pression de sa bouche me surprit, j'arrivai à peine à respirer. Sa langue écarta mes lèvres doucement et vint à ma rencontre sans que je puisse réagir. Sa main glissa sur ma nuque, pour m'attirer encore plus près de lui. Son autre bras s'enroula autour de ma taille, prenant possession de mon corps. Que c'était bon, j'étais perdue, il était vain de chercher à résister à cet homme ! Mes doigts se posèrent alors timidement sur ses épaules musclées. Je me rendis compte qu'il ne portait pas sa veste, seule sa chemise faisait obstacle au contact de sa peau. Mon ventre se contracta, mes jambes flageolaient, je ne savais même pas comment j'arrivais encore à tenir debout. Une explosion d'émotions me submergea, j'avais besoin d'oxygène, mais je ne voulais pas me détacher de lui. Tous mes sens étaient en alerte, j'étais en colère, j'avais envie de lui, je n'en pouvais plus. Sa main caressa le creux de mon dos et une décharge électrique parcourut tout mon corps. Je me cambrai, pour lui signifier mon désir qui montait.

Puis il interrompit son baiser, et plongeant ses yeux dans les miens, il me répondit calmement :

— Je t'ai fait venir ici Caroline, parce que je te veux ici.

Nos souffles se mélangeaient, je le regardai incrédule. Me voulait-il ici ? Mais que voulait-il ? Un simple rendez-vous aurait suffi à m'attirer dans son lit, nul besoin d'un travail… *Je n'appartiens à personne, je ne suis pas un objet.* Mais la vérité était qu'à cet instant bien précis, je me moquai de tout, je n'arrivai pas à réfléchir. J'espérais juste qu'il me donne encore sa bouche, et même bien plus !

Ce n'était que ma deuxième semaine de boulot !

La tentative d'explication

Vendredi 26 juin 2015

Pauline n'en crut pas ses oreilles, cette fois c'était moi qui avais des histoires croustillantes à raconter. Nous étions dans la cuisine, assises face à face, chacune un verre de vin à la main en guise d'apéritif du vendredi soir, mais notre sujet de conversion nous détourna complètement du dîner à venir.

— Il t'a carrément prise dans son bureau, et tu n'as même pas dépassé la période d'essai ?

— Non, il ne m'a pas « prise », mais juste embrassée, et enlacée. Oh putain je n'en reviens pas…, commentai-je encore sur mon nuage.

— Je me doutais qu'il avait flashé sur toi, je l'ai senti à la façon dont il te regardait à l'aéroport, continua-t-elle, presque aussi excitée que moi. Et après, alors, qu'est-ce qui s'est passé ? Vous l'avez fait sur son bureau ? me demanda-t-elle, les yeux tout brillants de curiosité.

— Non ! Pas de sexe au travail, m'a-t-il susurré au moment où mes mains entamaient leur descente fatale. Mais si tu savais comme j'en avais envie ! Il me rend dingue, cet homme. Quand il m'a embrassée, j'étais complètement transportée, j'ai senti que j'allais perdre la tête à ne m'en tenir qu'à ça…
— Et après ? Il t'allume et te laisse en plan ? Là, je ne le crois pas, alors qu'il t'a fait venir dans sa boîte pour t'avoir sous la main ; c'est un grand malade ! s'exclama-t-elle, faussement scandalisée.
— Il a confié qu'il me voulait. Mais je ne sais pas exactement ce qu'il entend par là… Et après, j'étais tellement chamboulée que je suis partie dans mon bureau, j'ai récupéré mes affaires et j'ai filé.
— Tu ne lui as rien dit ?
— Non
— Non ?
— Non ! C'est nul, je sais, mais je ne pouvais rien dire !

Bon sang, ce que ça m'énerve, parce que c'était clair que j'aurais dû lui dire quelque chose ! *Pas de sexe au bureau, pas de problème ! On va chez toi, j'ai trop envie de toi et peu importe le lieu !* Et puis zut, c'était mon patron, on bossait ensemble, non plus exactement je bossais pour lui, et ce n'était pas compatible. Mon Dieu, ça allait se savoir, c'était une évidence. Au fur et à mesure que je parlais de tout cela avec Pauline, la bouteille de vin descendait, mais les choses s'éclaircissaient. Il fallait que j'aie une conversation avec Arnaud avant de retourner au bureau lundi.

— Excuse-moi Pauline, je vais dans ma chambre, je dois téléphoner à mon boss ! m'empressai-je de préciser en me levant soudainement de ma chaise, bien décidée à en découdre avec cette situation.
— Tu as raison, attention tout de même à ce que tu vas dire, tu en es à ton quatrième verre de Chablis, ça ne pardonne pas le Chablis.

Je saisis mon smartphone, mon verre, et partis m'enfermer dans mon antre. Je me remémorais l'époque de mes quinze ans, lorsque je passais mes appels en secret, pour parler à l'amoureux du moment, planquée pour éviter que mes parents n'écoutent. Aujourd'hui, j'avais l'impression d'être à nouveau adolescente, bien que mes parents vivent désormais à plus de 500 km de moi, que mon corps soit mille fois plus sexy et mon esprit nettement plus affûté... et que bien sûr le vin avait remplacé le soda. Pourtant, assise sur mon lit, le téléphone à la main, le cœur qui battait la chamade, je redevins cette jeune fille au moment de composer le numéro.

J'appelai sur sa ligne directe au bureau, croisant les doigts pour qu'il soit encore au travail. Au bout de la troisième sonnerie, mon intuition se confirma.

— Bonsoir, Caroline, entendis-je d'une voix masculine.

Tiens, mon nom s'est affiché ? Ne sachant toujours pas quoi dire, je bafouillai à mon tour une sorte de bonsoir mal assuré.

— Vous vous êtes enfuie toute à l'heure, j'espère ne pas vous avoir fait peur, ce n'était pas du tout mon intention, me dit-il d'une voix apaisante.

— Non… je suis partie… en fait parce que… j'étais surprise. Oui, c'est ça, la surprise, ça vous étonne peut-être ?

Franchement, il s'attendait à quoi comme réaction ?

— Caroline, il me semblait que vous aviez perçu mon attirance pour vous, pensez-vous que je passe voir chacun de mes employés en fin de journée ? Et pensez-vous que je n'ai pas remarqué vos joues rouges dès que je m'approche de vous, ainsi que l'effet que je produis sur votre corps ? *(Oups, il a repéré ça ?)* Croyez-vous enfin, Caroline, que j'aurai pu vous résister lorsque vous avez piqué votre petite colère ?

— Piqué ma petite colère ? Mais je ne vous permets pas ! Ma colère — comme vous le dites — était très justifiée, et je n'ai rien « piqué », je suis venue tirer les choses au clair ! m'expliquai-je.

— Ma réponse vous a-t-elle satisfaite alors ?

— Quelle réponse ? Je vous embrasse ? Je vous veux ? Où est la réponse ?

— Je sens de l'énervement en vous, Caroline. Calmez-vous où bien je vais devoir venir vous embrasser à nouveau, pour vous faire taire, rigola-t-il encore.

— Merde ! lui lançai-je, avant de couper court à la conversation.

****

J'avais raccroché.
Silence dans la pièce.
Un grand blanc occupait mon cerveau.
Qu'avais-je fait ?

****

Qu'avais-je fait ? J'avais tout foiré, c'était juste inconcevable, impardonnable, inimaginable ! Non seulement lundi prochain il faudrait que j'assume d'avoir tant aimé son baiser, sans savoir ce que cela signifiait vraiment, mais en plus je venais de lui dire « merde » et de lui raccrocher au nez. Mon Dieu, je ne pouvais plus appeler maintenant pour rattraper le coup, j'avais trop honte. J'avais peut-être un peu trop bu aussi.

En me dirigeant vers la salle de bain, je criai dépitée à ma colocataire :

— Pauline, je suis super nulle, naze, je n'aurais pas pu faire pire ! Je me fais couler un bain, et je vais y rester au moins trois heures, le temps que mon cerveau soit suffisamment ramolli pour ne plus fonctionner.

— OK, tu veux en parler quand même ? me demanda-t-elle presque amusée du salon.

— Non, pas ce soir, merci.

En me glissant dans la baignoire, j'y retrouvai instantanément la sensation recherchée. L'eau brûlante enveloppa mon corps, saisit ma peau rougissante et détendit mes muscles en quelques minutes. J'y étais allée généreusement sur le bain moussant et les bulles débordaient de partout, certaines venaient chatouiller mon nez ou dominaient mes orteils. Tant mieux, tout ce qui pouvait me couper du monde extérieur me faisait du bien. L'odeur du lait d'amande douce aida mes pensées à voyager, je m'imaginais un grand jardin méditerranéen, ensoleillé, où les nombreux arbres fruitiers laissaient mûrirent tranquillement leurs trésors juteux. Des oliviers, des figuiers.

Cela devait bien faire une bonne heure que je barbotais, lorsque j'entendis l'interphone.

Non !

Il m'avait dit qu'il viendrait m'embrasser à nouveau si je m'énervais. Mais c'était une façon de parler uniquement… Sérieusement, et si c'était lui ?

— Pauline, qui est-ce ?

— Je ne sais pas, personne ne répond à l'interphone.

À ce moment, la sonnette retentit une nouvelle fois.

N'ouvre pas, n'ouvre pas…

— Toujours pas de son, ça ne marche peut-être pas, comme souvent. Bon, j'ouvre, on verra bien.

Elle ouvrait ? Mince, il allait me trouver dans le bain. Enfin non, Pauline ne permettrait pas à quelqu'un d'entrer dans cette pièce, mais tout de même ! Zut, il fallait que je sorte avant qu'il ne soit là. J'attrapai une serviette et m'essuyai en un temps record. Ma peau était toute fripée, comme une pomme que l'on aurait laissée au four trop longtemps. Mes cheveux mouillés tombaient comme des baguettes, qu'est-ce que j'allais faire d'eux, pas le temps de les sécher. Je secouai la tête vers le bas, appliquai un petit peu de mousse coiffante et galopai dans ma chambre enfiler une tenue décontractée, mais sexy (c'est-à-dire mon jeans moulant qui me fait un cul de fou et un petit tee-shirt noir serré).

J'arrivai « l'air de rien » dans le salon, mais là surprise ! C'était Diego que je retrouvai planté devant la porte d'entrée. Ce n'était pas mon Beau Gosse. J'aurais dû être soulagée, mais il n'en était rien…

Pauline parlait sèchement à Diego, qui avait visiblement du mal à comprendre qu'elle mettait un terme définitif à leur petite relation de quelques semaines. Par politesse, je restais en retrait dans le couloir pour qu'ils règlent leurs affaires, tout en laissant trainer une oreille au cas où la discussion s'envenimerait. Au bout de quelques minutes, Diego partit.

— L'interphone n'était pas en panne finalement, regretta Pauline.
— Ça va ? Est-ce qu'il a compris cette fois ?
— Oui, ne t'inquiète pas, là j'ai été hyper directe, je lui ai dit clairement que je n'avais plus envie de le revoir et qu'il fallait qu'il se trouve une nouvelle nana au plus vite, bref t'imagines le discours… Mais dis-moi, pourquoi es-tu sortie si vite du bain ? Tu attendais quelqu'un ? me demanda-t-elle avec un petit sourire en coin.
— Je pensais que c'était Beau Gosse. En fait, j'aurais vraiment aimé que ce soit lui. Nous n'avions pas fini notre conversation... *En effet, raccrocher au nez n'est pas propice au dialogue, Lily.*
— Rappelle-le !

Et avant que je n'aie le temps de réagir, elle s'empara de mon portable et composa le dernier numéro. Elle devinait que je n'aurais jamais osé me jeter à l'eau : trop tard, trop fatiguée, trop peur, trop en colère… trop, trop. Elle savait aussi que je l'aurais regretté et que je l'aurais ruminé tout le week-end. Elle comprenait ce qu'il me fallait, c'était pour tout ça qu'elle m'avait tant manqué durant ces cinq mois.

J'entendis la voix d'Arnaud lorsqu'elle me tendit le portable, visiblement il s'était empressé de prendre l'appel.

— Caroline, vous êtes calmée ? Cela vous a fait du bien de mettre fin à notre conversation si… abruptement ?
— Je suis vraiment désolée, M. Lauhné…
— Appelez-moi Arnaud, s'il vous plait Caroline. Je viens vous chercher ! Je vous emmène boire un verre, me déclara-t-il tout naturellement, et vous ne pouvez pas me le refuser après m'avoir raccroché au nez.
— Oh ? Euh oui, d'accord pour un verre.

Que pouvais-je dire d'autre ? J'étais contente, j'étais paniquée, j'étais un bouillon d'émotions contradictoires.

— Votre adresse, s'il vous plaît ? demanda-t-il.

Si impressionnant qu'il puisse être, j'avais hâte de pouvoir passer un moment en tête à tête avec lui. Un lieu public, c'était très bien. Je n'aurai pas la possibilité de lui sauter dessus, pour l'étrangler ou bien le déshabiller, ça restait à voir, et hors de l'enceinte de l'entreprise, il n'était pas vraiment mon patron, c'était parfait !

— Je pars du bureau, je suis là dans un quart d'heure.

Quinze minutes, OK j'avais le temps de me sécher les cheveux.

La nuit étoilée

Vendredi 26 juin 2015

J'étais folle d'excitation. Je montai dans sa voiture, garée en double file devant mon appartement. J'avais troqué mon jeans « beau cul » par une jupe « belles jambes ».

Il roulait en Audit, une grosse Audit, ça correspondait bien au personnage. Le contact du cuir des sièges sur ma peau me donnait des frissons. Voyant mon étonnement, il précisa le modèle du véhicule. Au ton sur lequel il me le dit, ce devait sûrement être une belle… référence.

— Peu importe les noms, vous avez raison Caroline, ce qui compte c'est la sensation que cela procure, rien d'autre.

Mouais, il avait cerné le niveau de mes connaissances automobiles.

— Où voulez-vous aller ? s'enquit-il.

— Et bien, nous devions prendre un verre, vous êtes au volant, je me laisse guider ! déclarai-je.

Après quelques secondes de silence, il me fit une proposition des plus déstabilisantes.

— Puis-je vous inviter chez moi ?

Oui ! Euh non ! Si, parce que ce me semblait être la seule chose dont j'avais envie, mais d'un point de vue purement moral ce n'était pas une bonne idée. Il fallait que je lui dise non.

— D'accord !

Comment avais-je pu dire ça !!!!!! Cela dit, je sortais d'un bain supra relaxant, ma peau sentait l'amande douce et mes cheveux avaient la brillance du neuf, j'étais donc franchement à mon avantage…

Il ne nous fallut pas plus de dix minutes à cette heure-ci pour arriver chez lui. Pendant ce temps, je n'osais pas le regarder, c'était beaucoup plus facile de lui crier dessus par téléphone. Maintenant, je me trouvais dans sa très belle voiture, et tout m'impressionnait en lui. La porte du garage s'ouvrit lorsque nous approchâmes, et se referma juste après notre passage, m'envoyant clairement le message *« ça y es, tu ne peux plus reculer »*.

L'ascenseur nous emmena directement au dernier étage : son appartement était splendide, reflétant son goût prononcé pour le style moderne (très) épuré. Assez peu chaleureux, ni très convivial, il me donnait l'impression d'avoir été téléportée sur le plateau d'un shooting de mode sur le thème contemporain minimaliste. Les murs étaient tous blancs et le sol en béton poli. Les meubles étaient probablement en noyer. Pas de bibelots, pas de photos. Cependant, quelques touches de couleurs attiraient l'œil. Un immense tapis gris anthracite délimitait le coin « télé », mais je doutais que cette télévision soit souvent allumée. Plus audacieux, sur le canapé blanc également, il avait placé quatre coussins jaune moutarde. Étaient-ils collés à la glu pour être si parfaitement disposés ?

Voyant mon air étonné à la vision d'un bouquet de fleurs fraîches trônant sur une console dans un magnifique vase noir brillant, il précisa l'origine de cette touche chromatique supplémentaire.

— C'est une attention de ma mère. Elle m'apporte toutes les semaines une énorme composition, la forme et les teintes varient selon son humeur, c'est une délicatesse qui lui tient à cœur.

Donc cet homme avait une mère ?

— Un verre de vin ? Je peux te faire goûter un excellent Margaux que j'affectionne particulièrement ?

Affectionner un vin, le choix du terme aurait dû m'inquiéter.

— Oui, c'est parfait, je ne suis pas très bonne connaisseuse en matière d'œnologie, mais je devrais rectifier cela avant que mon employeur ne s'en rende compte…

Un sourire éclaira son visage, ce qui me subjugua immédiatement. Non, mais restons sérieux, qu'étais-je en train de faire ? Je me trouvais là au milieu du salon d'Arnaud Lauhné, mon patron, à pénétrer dans sa vie personnelle alors que le peu qu'il m'avait confié sur sa mère me mettait déjà mal à l'aise, comme s'il était une icône qui devait demeurer mystérieuse.

— Caroline, je te sens tendue. Si tu désires rentrer, tu n'as qu'à me le dire, je te reconduis chez toi dès que tu le souhaites.

— C'est que je n'en reviens pas d'être ici, dans votre appartement. Vous le faites visiter à chaque nouvelle recrue ? demandai-je bêtement. Vraiment pas maline, je m'en suis voulu sitôt les mots sortis de ma bouche.

— Non, et cette fois c'est toi qui me vexes en pensant cela.

— Euh… non… Ce n'est pas…

Mais que se passait-il enfin, j'avais perdu toute répartie, tout vocabulaire même.

— Alors, on reprend notre conversation téléphonique ? me suggéra-t-il en me tendant un verre de vin.

Nous nous approchâmes tous les deux de la baie vitrée.

— Non, je ne crois pas que ce soit une bonne idée, répondis-je pour clore ce volet. Waouh, la vue est magnifique d'ici !

Il habitait sur la rive droite et du salon de son appartement situé au dernier étage nous faisions face à l'autre rive, magique, le long de laquelle se dressaient les élégantes demeures du XVIIIe siècle qui contribuent tant à la renommée de Bordeaux. Les éclairages généreux mettaient en spectacle la Place de la bourse et le Miroir d'eau comme si tout cela était disposé juste pour nous.

Fier de mon émotion face à ce paysage nocturne, Arnaud m'attrapa par la main et me guida vers l'autre côté du séjour. Où voulait-il m'emmener ? Il avait la tête d'un enfant plein de malice, cela me conquit instantanément. Nous traversâmes la pièce, pour atteindre un escalier menant à une mezzanine aménagée en grand bureau. Nous nous dirigions vers sa chambre ? … Déjà ? Pourquoi pas ! Je la devinais juste derrière la porte, au fond du bureau, mais finalement nous nous engageâmes alors vers un second petit escalier très discret, étroit, qui débouchait sur le toit. Une vaste terrasse avait été agencée comme un jardin, avec arbustes et plantes, salon d'extérieur et transats. Le tout avec une vue des plus impressionnantes.

— C'est magnifique Arnaud ! Ce panorama sur la Garonne et le Pont de Pierre, c'est somptueux, m'exclamai-je, en regardant dans tous les sens pour capter un maximum d'images.

— Arnaud ? Tu m'appelles par mon prénom, c'est bien. Je constate que le spectacle de Bordeaux by night rend l'ambiance plus intime, se réjouit-il.

Il avait raison. La vue dehors, d'un tel contraste avec son intérieur, créait une atmosphère si particulière. J'étais sereine, emportée par la beauté des lumières qui scintillaient à mes pieds. La petite brise de juin transportait avec elle les odeurs de pins venus tout droit de la côte atlantique. En fermant les yeux, je pouvais presque deviner le sable sous mes pieds et entendre les rouleaux de l'océan...

Soudain, ce fut les mains d'Arnaud que je sentis se poser sur mes hanches. La chaleur de son corps me prévint qu'il était vraiment très près derrière moi. Durant quelques instants, son souffle caressa ma nuque. Les frissons m'envahissaient. Je gardai les paupières closes et reculai d'un pas afin de me coller contre lui. Ses bras m'enlacèrent alors, m'attirant puissamment contre lui. Sa bouche parcourut mon cou, par des baisers puis de petits mordillements. Ses dents pressaient délicieusement ma peau, sa langue l'effleurait à peine. J'eus envie de me retourner et de l'embrasser, mais je savais qu'il était bien meilleur de le laisser prendre lentement possession de mon corps. Je regardais ses mains qui m'excitaient tant depuis le début. Lorsqu'il les posa sur mon ventre, je me blottis encore plus contre lui. Je devinais son désir tout contre moi, faisant monter d'un cran supplémentaire ma température. Ses doigts passèrent sous mon vêtement et attrapèrent mon sein. Cette main si douce et si chaude le serrait comme s'il lui avait toujours appartenu. J'avais tellement envie de le sentir en moi.

Il me tenait fermement contre lui, exerçant sa pression sur ma poitrine, mon dos collé à son torse. Je me cambrai pour lui laisser, sur ma nuque, un maximum de surface de peau à embrasser, lécher, mordiller. Je me tordais de plaisir.

— Caroline, si tu souhaites partir, c'est maintenant. Après il sera trop tard, parce que je veux te posséder et de te garder pour moi seul toute la nuit.

On désirait la même chose.

— Oui, oui, je reste, mille fois je reste ! Je te veux en moi, susurrai-je.

Il me retourna alors brusquement, face à lui, enleva mon haut ainsi que mon soutien-gorge déjà dégrafé. Ses mains posées sur ma taille, il me regarda de façon brûlante.

— Tu es si belle Lily, si excitante.

Nos souffles s'accéléraient de plus en plus. Le temps était en suspens, nos yeux, qui ne se quittaient plus, sondaient chez l'autre le degré de désir, comme deux mousquetaires avant un duel. Puis il m'attrapa la nuque et m'embrassa violemment. Ses lèvres s'emparaient des miennes, il prit possession de ma bouche avec passion. Sa langue chercha la mienne, je m'accrochai à lui pour en avoir encore plus, nos dents s'entrechoquèrent. Je sentis que ça allait être intense.

Je déboutonnai son pantalon et libérai son sexe, chaud, raide. Il jeta la tête en arrière, le souffle court. À mon tour, je retirai ma jupe puis ma culotte en dentelle noire pour me dévoiler complètement à lui. Ses lèvres couvraient ma peau de baisers, la goûtaient, s'attardaient délicieusement sur mon nombril pour ensuite descendre doucement le long de ma hanche. Des frissons de plaisirs parcouraient mon corps. Mon excitation était au summum, mes sens décuplés. Je ne pouvais plus attendre. Mon intimité s'ouvrit à lui.

Il m'attrapa avec fougue, sur le toit de l'appartement. C'était le meilleur orgasme de ma vie et j'en voulais encore des milliers comme ça.

****

Il m'avait appelé Lily, dans sa bouche ça sonnait vraiment de façon particulière. Mon corps fut parcouru de frissons, l'air de ce début d'été était encore frais la nuit, et ma peau était moite de transpiration. C'était un mélange de la sienne et de la mienne, ça sentait bon.

— Viens, rentrons, tu trembles, me dit-il doucement

Je m'enroulais, la tête encore dans les nuages, dans une couverture trouvée sur l'un des transats et nous redescendîmes dans le grand séjour où je me jetai sur son canapé si parfaitement ordonné. C'étaient de vrais coussins en réalité et je me blottis contre eux.

— Merci pour ce délicieux moment. Tout va bien pour toi ? me demanda-t-il, l'air réellement sincère.

— Oui, je n'en reviens pas d'être là, avec toi, et d'avoir fait l'amour… avec toi ! Je plane tout de suite, laisse-moi le temps de retoucher terre, mais je ne sais pas si j'en ai envie.

— Alors, arrête de penser et savoure l'instant présent, me murmura-t-il à l'oreille.

Et sans que je n'aie pu dire quoi que ce soit, le voilà sur moi, son corps chaud me recouvrant, son érection contre mon ventre. Les coussins finirent sur le sol.

Il était 1 h du matin lorsque mes yeux se fermèrent doucement. Moi blottie contre lui, sur son canapé, les émotions de ces dernières heures avaient eu raison de moi.

— Tu veux que je te ramène chez toi, Lily ?

— Non, je préfère rester ici, avec toi, enfin sauf si….

— Passe la nuit avec moi, tout le week-end même, me proposa-t-il en me caressant les cheveux. J'ai envie de t'avoir près de moi.

Je sentais son affection au bout de ses doigts ; il se saisit d'une petite mèche qu'il lissa délicatement avant de la reposer derrière mon oreille, puis en attrapa une autre et répéta ce mouvement doux. Son geste me berçait, il m'apaisait, et le sommeil finit par m'envahir complètement.

J'aurais peut-être dû me méfier d'une telle soudaineté. J'aurai dû.

Le réveil sucré

Samedi, 8 h 10

Le soleil matinal me réveilla, contrainte implacable des baies vitrées pour quiconque passe la nuit sur le canapé du salon. Les rayons chauds se répandaient depuis un bon moment, mais il me fallut de longues minutes pour réellement émerger de ma fantastique soirée. Ma montre indiquait 8h, il fallait que je prévienne Pauline, avant qu'elle ne s'inquiète.

Je m'étirais voluptueusement, réanimant mes muscles engourdis et fatigués. Je finis tout de même par me redresser et me caler entre deux coussins jaunes, cachant mon corps nu avec la couverture sous laquelle j'avais visiblement dormi. Autour de moi, aucun bruit. Personne dans la pièce. Où était-il donc ? Je venais de passer la nuit sur ce canapé et mes souvenirs s'arrêtaient au moment où ses doigts caressaient mes cheveux. Je m'étais ensuite assoupie, lovée dans ses bras musclés. J'avais très bien dormi, mais… où était-il maintenant ? M'avait-il laissée sur le sofa pour aller se coucher dans son lit ? Non, je ne l'imagine pas du tout goujat. J'entrepris alors de le chercher. J'enfilai rapidement mes vêtements de la veille, froissés, et mis ma culotte dans mon sac. Tant pis. Tout en montant les marches de la mezzanine, j'attachai en queue de cheval mes cheveux chocolat.

La porte de ce que je pressentais être sa chambre était fermée. Je l'ouvris timidement, mais le lit était vide et les draps parfaitement tirés.

— Arnaud ?

Pas de réponse.

Au bout du troisième appel, je capitulai, il n'était pas là.

OK, j'étais donc seule dans l'appartement de mon patron, le Beau Gosse que j'avais bousculé à l'aéroport. Nous avions fait l'amour deux fois hier avant que je ne m'endorme d'épuisement dans ses bras. Et ce matin, personne ? Si toute cette histoire me semblait bien irréelle, je me retrouvai tout de même dans un splendide duplex, faisant face aux vaguelettes de la Garonne, et sans culotte.

La salle de bain. Je partis à la recherche d'une salle de bain, que je trouvai facilement en traversant sa chambre. Devant le miroir, je reconnus tout de suite ce sourire béat de la fille qui tombe amoureuse. Non ! Ce n'était pas possible, ne succombe pas à ce genre de piège ! Il me fallait une douche ! Il aurait peut-être fallu qu'elle soit froide et vivifiante, mais je la préférais très chaude et enveloppante. Quand la buée envahit l'espace, je me déshabillai à nouveau et me glissai sous le jet brûlant. Cette douche était immense. Les images sensuelles de la veille revenaient à moi : la terrasse, puis le canapé, son odeur, sa force, sa maîtrise. J'en voulais encore, encore du sexe avec lui, c'était trop bon !

Je devais être sous l'eau depuis un gros quart d'heure et j'avais trouvé son gel douche qui sentait le romarin, j'avais donc vu juste. Maintenant, c'était moi qui avais cette odeur sur ma peau ! Après m'être grossièrement essuyée, je m'enroulai dans son peignoir, de toute façon il n'était pas là, et retroussai les manches bien de moitié. Puis, avide d'en savoir un peu plus sur cet homme encore très mystérieux, j'observai les lieux : une brosse à dents suspendue, un dentifrice blanchissant, une lotion fluorée pour la bouche, un nécessaire de rasage haut de gamme, du savon liquide, une crème hydratante énergisante, un flacon de parfum qui sentait délicieusement bon, tout cela ne remplissait qu'une petite partie de l'immense meuble de salle de bain, sur lequel reposait une vasque carrée. À droite, une grande colonne présentait des placards et des tiroirs que je mourais d'envie d'ouvrir. Autant de rangements pour un célibataire, ça piquait ma curiosité ! Mais je résistais, je ne pouvais pas fouiller comme ça, juste sous prétexte qu'IL N'ÉTAIT PAS LÀ !

— Je devrai peut-être m'habiller et partir ? Ou bien, je vais d'abord me faire un café, j'aviserai après ? proposai-je au reflet brumeux du miroir.

Au moment où le breuvage noir et olfactif commença à couler, j'entendis un bruit de clé dans la porte. Mince, en plus il m'avait enfermée dans son appartement ? Enfin… j'espérai que c'était bien lui, et non sa mère, parce que là j'étais à poils sous le peignoir.

— Bonjour, Lily, je constate que tu as déjà trouvé tes marques, ça me fait plaisir.

Il traversa le grand séjour, passa devant le canapé en jetant un petit coup d'œil furtif aux coussins éparpillés, puis posa sur le plan de travail de la cuisine un gros sachet en papier duquel s'échappait une odeur sucrée de viennoiserie.

— Je ne sais pas ce que tu aimes, alors j'ai pris des croissants, des chocolatines, des chaussons aux pommes, tu verras : ils sont délicieux, m'annonça-t-il fièrement.

— Ça sent très bon. Donc, tu ne t'étais pas absenté le temps que je… quitte les lieux ?

Je regrettai aussitôt ma phrase, son visage se ferma et je compris que ma question lui déplaisait vraiment.

— Si j'avais voulu que tu partes, je te l'aurais demandé. Tout simplement et très clairement.

Oui... au moins, je savais à quoi m'en tenir, même si à aucun moment je n'avais douté de sa franchise. Je me rapprochai de lui jusqu'à ce que la pointe de mes seins vienne s'écraser contre son torse et je tendis mon front jusqu'à ses lèvres, réclamant un baiser qu'il me donna délicatement.

— Au fait, je peux emprunter ton peignoir ? demandai-je timidement.

— Oui, mais je ne m'opposerai pas non plus à ce que tu l'enlèves… Mange, et après je te referai l'amour, m'annonça-t-il comme s'il avait tout planifié.

Mais avant qu'il eût le temps de saisir son croissant, je dénouai la ceinture du seul vêtement qui couvrait mon corps et l'instant suivant je me retrouvai nue devant lui, dans sa cuisine. Ses yeux parcouraient tout mon corps, s'attardant sur mes seins pour ensuite descendre vers mon ventre.

— Ta silhouette et ta peau sont parfaites, Caroline, il sera pour moi un merveilleux petit déjeuner, je suis affamé. Mais mange d'abord une viennoiserie, insista-t-il.

Il me tendit un petit chausson aux pommes tout doré, visiblement il ne me laissait pas le choix. Je voyais très bien l'effet que ma nudité provoquait sur lui, j'aurais voulu qu'il se jette tout de suite sur moi. J'en fus un peu vexée et me baissai pour ramasser le peignoir et le passer sur moi. Mais d'un rapide coup de main, il l'attrapa en vol et le posa sur le tabouret, à côté de lui. Je lui lançai un regard étonné.

— Arnaud, je ne vais tout de même pas manger toute nue !

— Si, et je vais te contempler pendant que tu croques dans cette gourmandise et tu vas la déguster jusqu'à la dernière miette. Et après, je te ferai l'amour.

— Est-ce que je peux m'assoir au moins ?

— Non

Il était sérieux, je le voyais dans ses yeux. Un peu flippant et surtout très excitant.

— Mais qu'est-ce que tu es… directif !

Je n'étais pas très à l'aise. C'était la première fois que je me retrouvais à manger nue devant un homme que je connaissais à peine, et qui m'observait comme si j'étais une drôle de créature venue d'ailleurs. Ma première bouchée, une petite lichette, était hésitante, je ne croquai qu'un minuscule morceau, tentant de garder une certaine classe dans cette scène déconcertante. Je mâchai, j'avalai. Il me regardait toujours. Hum, ce chausson aux pommes était délicieux. La compotée encore tiède stimulait mes papilles et glissait dans ma gorge laissant le goût de fruit caramélisé tapisser mon palais. La pomme, le fruit du péché. Je mordis dans un autre morceau, un peu plus gros, parce que ma gourmandise m'y incitait. Je mâchai et j'avalai. Je sentis une petite miette posée sur ma lèvre inférieure. Ma langue vint la chercher, et dans un mouvement volontairement exagéré, s'attarda sur la partie charnue de mon sourire. Cette scène devenait finalement très érotique. Ses yeux riaient, il lisait dans mes pensées. La troisième bouchée était généreuse, ma bouche recouvrait une grosse part de la viennoiserie dans laquelle je croquai avidement. L'instant d'après, il se leva et se plaça derrière moi. Ses bras m'enlaçaient, il m'attira à lui.

— Continue, tu sembles affamée, me susurra-t-il à l'oreille.

— C'est vrai, je n'ai pas eu le temps de manger hier soir.

— Tu voudras grignoter autre chose ?

— Sûrement pas, je veux faire l'amour !

Alors que je poursuivais ma dégustation, il déposait sur mon cou de légers baisers, allant jusqu'au sommet de mes épaules. J'en frissonnai. Cette fois, c'était au tour de sa langue de venir attraper une petite miette briochée tombée sur mon sein. Heureusement, ma collation arrivait à sa fin …

Nous fîmes ainsi l'amour à 9h, puis de nouveau à 11h. Mon Dieu, je remettrais bien ça toutes les heures ! Tout le week-end. Tout le week-end... mince du coup j'avais oublié de prévenir Pauline !

— Excuse-moi Arnaud, il faut que j'appelle Pauline. C'est ma colocataire et mon amie. C'est elle que j'étais venue accueillir à l'aéroport lorsque tu m'es rentré dedans, expliquai-je en me déliant de ses bras forts.

Je me relevais du canapé, qui avait été soumis à rude épreuve ces dernières heures, et allais chercher mon portable dans mon sac.

— « Je » te suis rentrée dedans ? Es-tu bien sûr ? s'étonna Arnaud. Parce que, de ce dont je me souvienne, c'était plutôt une jeune femme perdue et maladroite qui ne regardait pas devant elle et qui…

C'était ainsi qu'il me voyait, une godiche ? Mon amour propre en prit de nouveau un coup.

— Mais je n'ai pas vraiment remarqué les autres filles ce jour-là, tu as concentré toute mon attention, précisa alors Arnaud, sur un ton affectueux.

Je souris bêtement. C'était gentil ce qu'il venait de me dire. Je n'étais plus vexée.

Pauline répondit à la deuxième sonnerie. Elle devait probablement attendre mon appel…

— Allô, Pauline, c'est moi. Excuse-moi, j'ai oublié de te tenir au courant, la soirée s'est déroulée de façon…. Enfin, t'imagines ! Bref, tout de suite, je suis chez Arnaud, je n'ai pas vu le temps passer j'espère que tu ne t'es pas inquiétée ?

Personne ne répondit de l'autre côté.

— Pauline, tu es là ?

Toujours pas de réponse, pourtant, j'entendais quelqu'un respirer au bout du fil.

— Pauline ? Dis quelque chose enfin ? Tu n'es tout de même pas vexée ?

Quelque chose n'était pas normal, parce qu'il était certain qu'une personne avait décroché et tenait le portable tout près de sa bouche. Le souffle que j'entendais était clairement celui d'une respiration, un peu rauque.

— Pauline, tu joues à quoi là ? Bon, j'arrive, j'appelais pour te dire que... bref je repasse à l'appartement me changer. À tout de suite, bisous.

Toujours aucune réponse au bout du fil, juste ce souffle qui ressemblait presque à des grognements ou à des gémissements.

Pourquoi Pauline ne parlait-elle pas ? Cela n'était pas du tout son style. Je commençai à m'inquiéter. Arnaud, qui n'était pas loin, perçut mon trouble.

— Il faut que je rentre, il y a un truc bizarre, expliquai-je à Arnaud en redescendant de sa chambre pour récupérer mes chaussures.

— Ton amie a un problème ? m'interrogea-t-il, étonné.

— Je n'en sais rien. Elle a décroché à mon appel, mais je n'entendais rien à l'autre bout, rien excepté le bruit de quelqu'un qui haletait d'une façon un peu flippante.

— C'est peut-être juste une panne de réseau ? Des grésillements ? suggéra Arnaud.

— Non, je t'assure, il y avait une respiration très perceptible, c'est super étrange parce que je pouvais presque distinguer des sons qui accompagnaient ce souffle, comme une voix étouffée.

— Elle ne pouvait peut-être pas te parler ? C'est déjà arrivé auparavant ?

— Non, c'est bien ce qui est bizarre, ça n'a aucun sens. Je préfère aller à l'appartement voir si elle y est, et si tout va bien. C'est bête, mais je commence à m'inquiéter.

— Je t'emmène en voiture, décida-t-il.

— Merci, mais à cette heure-ci le tramway sera plus rapide. Excuse-moi de partir si précipitamment…

— Pas de soucis. Tu es très protectrice envers ton amie, c'est mignon de ta part. Appelle-moi quand tu seras arrivée, me dit-il, un peu comme un ordre.

Oui, c'était plus une consigne qu'une demande. Obéissante, je hochai la tête.

Les présentations

Samedi 20 juin 2015 – 12 h 15

En sortant de l'immeuble d'Arnaud, je marchai en direction de la station de tramway qui n'était qu'à quelques mètres de là. Je pris une énorme bouffée d'air en repensant à la soirée d'hier et à notre matinée gourmande. Cet homme me fascinait. Il était strict et autoritaire, parfois même très froid, mais plus il m'impressionnait, plus j'avais envie de me blottir contre lui. Ces quelques heures avaient été géniales, j'étais sur mon nuage.

L'arrivée du tram me sortit de mes songes. Heureusement, il était presque vide. Durant le trajet d'une dizaine de minutes, je réfléchis de nouveau à cette étrange communication téléphonique avec Pauline, si tant est que l'on puisse appeler cela de la communication, et que ce fut bien avec Pauline. À quoi jouait-elle ? En descendant à ma station, je tentai une nouvelle fois de la joindre. Elle décrocha, puis, comme précédemment, plus aucun son, sans pour autant que la personne (elle ?) ne veuille visiblement raccrocher. Le bruit de la rue m'empêchait maintenant d'entendre une quelconque respiration de mon interlocuteur. Mon pas s'accéléra, pourvu qu'elle soit à l'appartement. Après tout, j'étais partie hier vers 22h et elle n'avait pas prévu de sortir. Par contre, ce matin il était très probable qu'elle soit allée courir. Elle s'était peut-être blessée ? Mais ça n'expliquait pas vraiment son mutisme !

Après cinq minutes de marche, j'arrivai enfin devant la porte de notre immeuble. À mon grand étonnement, la voiture d'Arnaud était garée là. Il en descendit.

— Que fais-tu ici, je viens de partir de chez toi ? demandai-je sur un ton mêlant interrogation et constriction.

— Je n'aurais pas dû te laisser sortir seule, si tu t'inquiètes pour ton amie, je veux être là pour m'assurer que tout est normal et qu'il ne t'arrive rien.

Oh ! On se calme, beau gosse ! Ce n'est pas parce que tu m'as fait passer les 12 dernières heures les plus excitantes de ma vie que tu dois me suivre partout ! Bien qu'en réalité, j'étais contente qu'il fût là, et tout ce que je trouvai à dire était un merci reconnaissant.

— On y va ? me proposa-t-il, agacé par mon immobilisme. Et comme je te l'avais dit, la voiture est plus rapide que le tramway à cette heure-ci, se sentait-il obligé de préciser.

L'espace d'un instant, je me demandai s'il n'était pas venu juste pour prononcer cette phrase.

— Suis-moi, c'est au second, dis-je en passant devant lui, non sans appréhension.

Nous prîmes les escaliers et arrivâmes sur le palier de l'étage. Je me dirigeai, pressée, vers la porte à droite, et l'ouvris brusquement. Assise sur le canapé, en train de lire un bouquin, Pauline leva vers moi des yeux interrogatifs.

— Lily ! Pourquoi restes-tu plantée devant la porte ? Et pourquoi fais-tu cette tête ? s'étonna Pauline.

— Pauline, dis-je en avançant, suivie d'Arnaud, tu m'as fait quoi tout à l'heure ? Pourquoi tu as décroché sans parler, c'était vraiment stupide de ta part, je me suis inquiétée !

— Mais décrocher quoi ? Quand ? Qu'est-ce que tu me racontes ?

À la façon dont elle regardait Arnaud, je n'étais pas sûre que ma réponse l'intéressait réellement. Je n'avais pas fait les présentations, alors forcément la curiosité pointait son nez.

— Euh… Pauline, je te présente Arnaud Lauhné, tu sais… Arnaud, voici Pauline, mon amie et colocataire.

— Ah oui, ton patron canon avec qui visiblement tu as passé la nuit ! Et c'est moi qui aurais des choses à te dire ?

— Pauline !

Je lui fis de gros yeux implorants son silence. Mince, il était à côté ! *On discutera de cela plus tard…*

— Quand j'ai voulu te téléphoner…, commençai-je pour revenir sur le sujet précédent. Mais elle me coupa la parole.

— J'ai perdu mon iPhone ! Je ne sais pas quand exactement, c'est forcément entre hier et ce matin. J'espérais que tu l'aurais emmené par erreur hier soir…, m'interrogea-t-elle, d'un regard qui signifiait qu'elle devinait d'ores et déjà que ce n'allait pas être le cas.

— Désolée, je n'ai que le mien. Par contre, quelqu'un a bien ton portable, parce qu'à chaque fois que j'appelle, cette personne décroche, je peux l'entendre respirer, mais elle ne dit rien. C'est pour ça que je commençais à m'inquiéter !

— Je suis sortie ce matin, vers 9 h, pour courir. Je ne sais plus si je l'avais avec moi. Habituellement, je le prends, mais là je n'arrive plus à me souvenir si je l'ai laissé ici ou pas. Ou alors peut-être que je l'ai perdu hier, j'ai fait quelques courses, c'est peut-être ça. Bon, mais tu vois, il ne m'est rien arrivé !

— Super ma belle ! Achète-toi vite un autre smartphone tout de même.

Arnaud s'approcha de Pauline, pour lui serrer la main afin de se présenter. Ça lui donnait un léger style british qui me fit sourire.

— Pauline, enchanté de faire votre connaissance, dit-il tout en balayant mon appartement du regard.

Heureusement, tout était à peu près rangé et rien de compromettant ne trainait. J'éprouvais quand même une sensation bizarre de le savoir chez moi, dans mon salon. Ça n'avait rien de comparable avec son « chez lui », tant dans la décoration que dans les volumes, mais je m'y sentais tellement bien. *Pourvu qu'il ne demande pas à voir ma chambre, je suis partie si rapidement hier soir…*

— Je vous laisse mesdemoiselles, j'ai quelques dossiers à traiter aujourd'hui. Caroline, ma proposition de passer le week-end avec toi tient toujours, je viens te chercher vers 20h, ça te va ?

— Oui, répondis-je comme si cette proposition était des plus naturelles.

Je n'avais rien trouvé de plus plat à dire visiblement… C'était drôle, pour lui le week-end ne comprenait pas les après-midis ?

— Parfait, je te suggère de te vêtir d'une robe élégante et de prévoir également quelque chose pour couvrir tes épaules, les soirées sont encore fraîches, me « commanda » -t-il.

— Nous sortons quelque part ? demandai-je, piquée au vif, mettant de côté le ton directif de ses instructions.

— Oui, nous irons manger dans un restaurant que j'apprécie beaucoup, et ensuite tu passeras la nuit chez moi, je te ramènerai dimanche. Est-ce que ce programme te convient ? s'enquit-il d'un air malicieux.

— Oui, répondis-je un peu étonnée par tant de… planification.

— Pauline, au plaisir de vous revoir, la salua-t-il aimablement.

— M. Lauhné, dit-elle simplement.

Dès la porte refermée, Pauline me lança un regard des plus admiratifs. J'éclatai de rire. Je passai l'heure qui suivit à lui raconter notre soirée sur la terrasse, son appartement immense, notre matinée, tout en passant sous silence les détails les plus intimes. J'étais enjouée, tellement heureuse de ces moments passés avec lui. Je n'attendais plus qu'une chose maintenant : être à ce soir et me retrouver dans ses bras.

Tout allait très vite, mais noyée dans un nuage d'endorphines, je refusais d'y voir quoi que ce soit d'étrange.

La soirée d'été

Prise dans un tourbillon…

Comme je m'y attendais, il était d'une ponctualité exemplaire. À 20 h très exactement, je vis sa voiture se garer devant ma porte. J'étais prête depuis un bon quart d'heure, collée à la fenêtre, excitée comme une puce.

Nous arrivâmes devant « Le Jasmin », un restaurant étoilé très réputé dans la région. J'en restai sans mot.

— Arnaud, c'est trop ! Beaucoup trop ! Et comment as-tu pu avoir de la place à la dernière minute ? m'étonnai-je.

— Lorsque l'on travaille dans mon secteur, avec le prestige dont bénéficient les produits de ma société, cela confère quelques facilités...

— Monsieur, j'avoue apprécier fortement les facilités dont vous bénéficiez ! dis-je en m'agrippant à son bras, comme une duchesse.

L'hôtesse, qui nous précédait, nous invita à traverser le long couloir de la maison bourgeoise, jusqu'à accéder à un petit patio dont on ne pouvait soupçonner l'existence de l'extérieur. C'était ravissant. Des guirlandes scintillantes blanches illuminaient le lieu, s'enroulant par moment à d'immenses chênes d'un âge inestimable. Notre table se situait sur le côté, je pouvais sentir la haie de jasmins à deux mètres de nous, c'était exquis.

— C'est magnifique Arnaud, merci de m'emmener dans cet établissement.

— Ce cadre est très beau, j'aime beaucoup venir ici et j'avais envie de partager cela avec toi. La cuisine y est délicieuse, le chef est un véritable artiste.

Le dîner fut en effet somptueux. Arnaud avait choisi lui-même les mets avec beaucoup de goût, et bien que je n'eus pas mon mot à dire, je m'étais laissée guider avec bonheur à travers ce voyage gustatif. Après quatre plats exceptionnels, un vin tout aussi merveilleux et deux coupes de champagne pour accompagner le dessert, c'était avec regret que je quittai ce lieu magique.

J'avais probablement passé la soirée la plus romantique de mon existence, tous mes sens étaient en émoi. J'avais surtout appris à mieux connaître Arnaud. Chaque anecdote, chaque partie de sa vie qu'il avait bien voulu me faire partager accentuaient un peu plus ce que je sentais déjà monter en moi : je devenais complètement droguée à ce type. Lui qui était si froid et distant en public et au bureau, avait accepté de me dévoiler cette autre facette de sa personnalité que je voyais battre en lui. C'était en fait un homme très touchant, qui avait grandi dans un foyer aimant, avec un jeune frère dont il était très fier, même si je doutai qu'il ne lui ait jamais dit. Il avait été élevé dans l'idée qu'un jour il reprendrait les rennes de l'entreprise familiale créée par son grand-père. Toute sa vie avait été guidée par ce cadeau de naissance. Son frère avait préféré suivre une tout autre voie, son empathie débordante et son besoin de contact humain l'avaient orienté vers la médecine de ville. Ils étaient si différents, j'aimerais faire sa connaissance un jour. Par contre, il était resté plutôt évasif sur ses relations amoureuses. Visiblement, sa mère cherchait de temps à autre à orchestrer d'improbables rencontres — honteusement impromptues — avec quelques jeunes femmes de bonne famille, lors de soirées occasionnelles données dans la demeure des Lauhné. J'imaginais les discussions animées du rotary club, entre ces mamans en quête de mariage à organiser et de petits-enfants à choyer. De ce que j'en compris, certaines de ces rencontres donnaient lieu à quelques fugaces aventures. Je ne savais pas ce qui se passerait à la fin du week-end, mais je lisais dans ses paroles qu'il ne me classait pas du tout dans la catégorie de ces « Demoiselles prout-prout » *(ce qu'évidemment je n'étais pas d'ailleurs !!!!).*

Le reste de la soirée était tout aussi délicieux et à sa fin je déclinai toute invitation à prolonger ces instants magiques dans un lieu ou un autre : une seule idée occupait mes pensées, et je savais très bien qu'il allait me rejoindre sur ce point.

****

De retour chez Arnaud, je me jetai sur lui. J'avais faim de lui, j'avais envie de lui, je ne pouvais plus retenir mon besoin de son corps.

— Doucement Lily, nous avons toute la nuit et, si tu es d'accord, toute la journée de demain, me susurra-t-il tout en m'enlaçant.

— Je te veux, tout de suite, Arnaud ! Et je te préviens, je zappe la viennoiserie !

Ma plaisanterie le fit sourire, mais je vis dans ses yeux que son désir bien présent ne laissait que peu de place à l'humour. Son envie était palpable.

— Vous êtes magnifique dans cette robe bleu parme, mademoiselle Dubrun, mais je suis dans l'obligation de vous demander de l'enlever, car ce qu'il y a dessous est une pure merveille que j'ai attendu d'admirer toute la soirée.

— Je vais devoir vous mettre à contribution, M. Lauhné, je ne peux la déboutonner dans le dos sans risquer de me tordre l'épaule, ce qui pourrait compromettre nos activités futures !

Après avoir fait l'amour, nous restâmes tous les deux allongés, l'un contre l'autre, sur ce splendide tapis blanc. Je sentais que quelque chose d'important s'était passé durant ces dernières heures. Ignorant encore où tout cela allait me mener, j'avais pourtant pour la première fois de ma vie la conviction que mon existence allait changer. Ce week-end en était le tournant.

Mais la prochaine fois, il faudrait sérieusement penser à recourir au bon vieux classique, le lit !

*****

Dimanche 21 juin 2015, fin d'après-midi

Dimanche, a priori fin d'après-midi, bien que ma notion du temps soit un peu galvaudée. Nous venions de passer la journée entière chez Arnaud, sans sortir. Le programme avait été relativement sommaire, quoique délicieux.

— Je vais te ramener chez toi, parce que je pense que nous avons tous les deux besoin de profiter d'une vraie nuit de repos, chacun de son côté, pour que ce soit un minimum réparateur, me proposa-t-il tout en baisant délicatement ma main.
— Tu me congédies donc, si je comprends bien ?
— Tu n'as pas idée à quel point j'aimerai encore te garder près de moi, toi et tes petites fesses si craquantes. Mais ce ne serait pas raisonnable. Je te veux fraîche et dispo demain au bureau, et je me dois avant tout d'exiger la même chose de moi.
— Arnaud, je peux te poser une question… délicate ? tentai-je, prudemment.
— Je t'écoute, Lily, qu'est-ce donc qui te traquasse ? Je vois dans tes yeux que tu sembles bien soucieuse soudainement.
— Justement, comment ça va se passer lundi au bureau ? osai-je. Ce que je veux dire, c'est que j'ignore la signification que tu donnes à ce week-end, mais demain nous allons nous revoir, dans un cadre professionnel…
— Lily, j'ai passé deux jours merveilleux et j'espère très sincèrement que les suivants seront tout aussi agréables. Tu es extraordinairement attirante et chaque minute avec toi est un moment de pur plaisir. Mais je tiens à ne rien mélanger. Au bureau, je suis ton patron et tu es mon employée. Je ne souhaite pas que les salariés puissent se douter de quoi que ce soit. Je ne

veux pas non plus être troublé par ton délicieux parfum d'amande douce ou par la volupté de ta peau. Mon esprit doit se concentrer sur les mouvements financiers de l'entreprise et non sur le balancier de tes hanches. La semaine, rien ne change. J'espère par contre que les week-ends seront très… charnels.

— Pas de relation la semaine, juste du business ? Et si j'ai envie de passer te voir, un soir, dans ton bureau si grand pour un seul homme…, minaudai-je en me serrant de nouveau contre lui, parce qu'en réalité je n'avais aucunement l'intention de m'éloigner d'Arnaud.

— Alors nous parlerons stratégie de communication et développement commercial, plaisanta-t-il. Pas de dérogation à la règle. C'est pour ton bien avant tout, tu le comprends j'espère ? m'interrogea-t-il, d'un ton protecteur.

Bien sûr que je saisissais ces raisons, mais comment pourrais-je renoncer à lui toute une semaine, le sachant à quelques mètres de moi ? Pourquoi me priver de ce qu'il m'avait fait goûter durant ces deux derniers jours ? Ça s'annonçait être un vrai défi !

****

Pourtant, c'est ainsi que notre relation démarra. Au bureau, nous restions sages. Le week-end, on se lâchait complètement et c'était la symbiose parfaite. Je trouvai finalement un côté excitant à la situation, car, étonnement, lorsqu'il était mon patron, il m'impressionnait toujours autant. Parfois, assez tardivement dans la soirée, je passais le voir, prétextant un document à signer ou un point à valider. Il me recevait alors avec distance, parce que je testais régulièrement sa patience, maîtrisant ainsi jour après jour une nouvelle aura sensuelle dont je n'avais jamais eu conscience jusque-là. Je commençais à comprendre ce qui le troublait particulièrement et je savais que j'arriverais à le faire craquer. J'en voulais plus, j'en avais besoin la semaine aussi. Aussi, rapidement je pus « négocier » de passer une nuit en milieu de semaine avec lui. La fois suivante, je fis ce que l'on pourrait appeler un « pont » entre le mercredi et le dimanche soir. Notre attirance physique était bien trop forte pour n'être satisfaite qu'en fin de semaine. Si en public Arnaud est toujours parfaitement professionnel, j'avais pour ma part beaucoup plus de mal à m'y tenir. Mon cerveau cessait de fonctionner lorsqu'il entrait dans la pièce, mes hormones prenaient aussitôt le relai. J'adorais cette addiction. Je me sentais si légère. Mes collègues n'avaient pas mis très longtemps à comprendre que j'étais troublée par M. Lauhné, car j'étais loin d'être un cas isolé ici. Ils ignoraient par contre que j'avais fait de son corps mon terrain de jeux favori. Tantôt craint, tantôt admiré par les hommes, Arnaud exerçait en revanche sur la gente féminine toujours le même effet : bouche bée et frémissements de fantasmer sur ce qui était inaccessible. Et moi j'y avais accès !!!! Seule la DRH semblait rester de marbre face à lui. Je pense qu'elle se posait probablement des questions à notre sujet, elle était suspicieuse depuis le début de toute façon ! Vieille chèvre !

Le nouvel horizon

Mercredi 22 juillet 2015

Je n'en croyais pas mes oreilles, et à l'intonation de ma voix, tout le monde l'avait compris.

— Je vais à New York ? m'exclamai-je d'excitation.

Arnaud me lança un regard réprobateur, il n'appréciait pas vraiment ma spontanéité au travail, lui préférant la réserve dont savaient faire preuve tous ses collaborateurs. Il termina donc son annonce, irrité d'avoir été interrompu.

— Et c'est en effet la raison pour laquelle la présence de mademoiselle Dubrun me semble nécessaire sur place. D'autres questions ? … ? Non ? Très bien, validons le dossier dans ce cas et passons aux suivants : le projet « Woman & wine » ainsi que notre participation à la 10ème édition de la fête du vin, l'an prochain.

Puis, se tournant vers moi avec ce visage de Big Boss que tout le monde savait interpréter :

— Mademoiselle Dubrun, merci de votre présence, mais la suite de cette réunion ne vous concerne pas directement, je souhaite en revanche que vous fassiez le nécessaire pour les points listés à l'instant, nous referons un débrief demain matin.

Nous referons un débrief demain matin… Mais mon beau gosse avant cela, nous allons passer la nuit à faire l'amour, parce que l'idée d'aller à New York m'excite carrément ! J'ai toujours rêvé de m'y rendre… pensai-je en refermant la porte de la salle de réunion.

Je ne savais pas encore si ma présence était vraiment nécessaire ou s'il souhaitait juste m'avoir à ses côtés, sous son aile, mais peu m'importait : j'allais m'envoler pour New York d'ici quelques jours et c'était fabuleux !

Cela faisait maintenant plusieurs semaines qu'Arnaud et moi nous étions trouvés. Avant de le connaître, je n'aurais jamais pu imaginer qu'un homme puisse me faire ressentir tout ça. J'en étais folle. Lorsqu'il n'était pas là, j'en avais mal, mon ventre se tordait, mon corps semblait manquer d'oxygène, mes sens étaient perdus. Puis, dès que je le savais près de moi, j'étais comme une droguée qui recevait sa dose : je planais, imprégnée d'endorphines. Je me sentais belle, protégée, en confiance. J'avais la certitude d'être détentrice d'une chance inouïe et que rien de mauvais ne pourrait plus jamais m'arriver. Certes, il m'impressionnait toujours, surtout au travail où je craignais en permanence de commettre un impair, mais je devinais aussi qu'il en jouait, lui qui affichait tant d'assurance dans cette relation si récente. Moi, j'étais comme une petite chose aveugle, je me laissais guider par ses desideratas, j'aimais sentir son pouvoir et son contrôle, car même si cela me rendait plus vulnérable, j'en retirais un sentiment de dépendance qui me plaisait. Oui, je dépendais affectivement de cet homme, et j'aimais savoir que c'était à lui que je devais désormais mon bonheur.

De retour dans mon bureau, je tentai de reprendre mes esprits. Je travaillais de plus en plus sur le dossier de New York, celui-là même dont une partie faisait l'objet d'un contrat de prestation auprès de mon ancien employeur. J'avais d'ailleurs des échanges réguliers avec Charlotte, et j'avoue que la froideur de nos contacts m'attristait. Elle avait été promue consultante sénior, comme cela lui avait été annoncé, et avait pu recruter une nouvelle assistante, à formater selon ses goûts.

Pourtant, j'avais le sentiment qu'elle m'en voulait d'être partie. Peut-être était-elle jalouse finalement du tournant soudain qu'avait pris ma carrière ? L'avais-je vraiment mérité …

Arnaud m'avait associée à ce dossier dès mon arrivée, mais jamais je n'aurai cru que je puisse aller un jour à New York ! J'étais tellement contente. Mais avant de sauter de joie partout, il fallait d'abord que j'organise ce séjour. Mon Dieu, mais je ne connaissais rien à cette ville, je devrais en discuter avec Arnaud. Ah ! La vie me semblait si belle à ce moment-là !

L'après-midi était passée à la vitesse de l'éclair, il était près de 19 h et la plupart des employés étaient rentrés chez eux, il ne restait que plus quelques cadres encore cloitrés dans leur bureau, dont un filé de lumière s'échappait de dessous la porte. Je me dirigeai vers celui d'Arnaud et frappai à la porte entrouverte.

— Oui, répondit Arnaud sans même sortir la tête de ses dossiers.

— Bonsoir, M. Lauhné, m'annonçai-je en pénétrant dans la pièce.

Le ton de ma voix était volontairement doux afin de lui signifier ma reconnaissance envers lui de m'emmener à New York.

— Fermez la porte Caroline.

J'aimais bien ce petit jeu de rôle qu'il avait instauré lorsque nous étions dans son bureau : nous nous appelions par nos prénoms, mais le vouvoiement était de rigueur comme avec tous ses salariés bien évidemment, et forcément s'appliquait la règle d'éviction de tout contact physique. Ce dernier point était super dur à tenir. Mais cette fois-ci, je n'avais que faire des principes de la sphère professionnelle, je débordais trop de joie.

— Arnaud, c'est génial ce voyage ! Pourquoi ne m'en as-tu pas parlé avant ?

— Vous voulez dire en dehors du fait que les soirées que nous passons ensemble ne sont pas dédiées au travail, et que le temps passé au bureau ne saurait souffrir d'aucun rapprochement d'ordre privé ? plaisanta-t-il

— Arrête de jouer le méchant patron ! Arnaud, il n'y a plus que nous ici à cette heure, peut-on avoir une conversation privée, même si nous sommes encore dans ton bureau ?

— Je t'écoute, Lily, concéda-t-il, tes joues sont rouges à croquer et tu trépignes comme une puce, j'imagine que ce voyage te réjouit ?

— Bien sûr ! Mais pourquoi m'emmènes-tu à New York ? Tu as vraiment besoin de moi là-bas ? En tout cas, je suis très heureuse d'y aller, mais depuis quand avais-tu ça en tête ?

Avec la subtilité d'un éléphant, je me rapprochais de lui jusqu'à ce que nos corps puissent se frôler. Étonnement, il ne recula pas. Monsieur baisserait-il enfin les armes ?

— Que de questions ! Oui, j'ai besoin de toi là-bas. Professionnellement, précisa-t-il. Mais j'ai aussi vu dans ce séjour l'occasion de grappiller plus de temps avec toi. Je n'ai plus envie du tout de compter les nuits qui me séparent de toi. Lily, je deviens totalement addict à nos parties de jambes en l'air, mordu de ton rire, de ta naïveté si tendre, accro à nos discussions nocturnes, à nos réveils enlacés… Je ne peux plus me passer de toi donc je t'emmène dans mes bagages !

Il m'avait dit ça en me dévorant des yeux, comme s'il s'adressait successivement à mes lèvres, mes yeux, ma main qu'il avait saisie et posée sur son pantalon tendu. J'étais enivrée de ces confidences intimes prononcées pour la première fois. Mon envie de lui me submergea. Je me jetai sur sa bouche, ne pouvant retenir plus longtemps la boule de désir qui montait en moi. Il m'attrapa par la taille pour me serrer fermement contre lui et m'embrassa vigoureusement. Lorsque l'on commençait par un tel baiser, je savais que la suite serait d'une intensité bouleversante, personne ne répondant plus de son corps. J'entrepris de déboutonner sa chemise et caressai ses abdominaux, incroyablement musclés. C'est au moment où je m'apprêtais à glisser ma main dans son pantalon, qu'Arnaud et moi entendîmes le bruit de quelqu'un qui frappe à la porte, et qui l'ouvrit avant d'avoir été invité à le faire. C'était la DRH. Merde ! Elle resta quelques instants dans l'encadrement, interloquée, puis bafouilla quelques mots du bout des lèvres.

— Je repasserai demain, M. Lauhné…

Puis elle repartit aussitôt, prenant le soin de refermer la porte derrière elle. Mais trop tard, le mal était fait. Elle était au courant de notre liaison, elle qui ne me portait déjà pas dans son cœur.

— Et purée, il ne manquait plus que ça ! je lâchai en colère.
— Arrête de jurer Lily ! me fâcha Arnaud. J'aurai une discussion avec elle demain, si quoi que ce soit est ébruité, je la vire.
— Tu peux le faire ?
— Ne t'inquiète pas pour ça.

****

Le lendemain pourtant, la DRH m'offrit un très désagréable moment en dirigeant toute son amertume contre moi. Sous prétexte de devoir régler un point administratif quelconque, elle me fit appeler dans son bureau. En réalité, elle en profita surtout pour me faire comprendre qu'elle ne partageait pas toujours les choix que faisait M. Lauhné et qu'en fin de compte il aurait l'intelligence de se raviser si elle lui présentait les bons arguments. Après ce qu'elle avait vu hier, elle ne lâcherait rien et ramènerait M. Lauhné à la raison, car cela ne lui ressemblait absolument pas d'avoir un tel comportement et il ne tarderait pas à reprendre "le droit chemin". Rien que ça ! Voilà qui était dit ! Pendant tout le temps de la soufflée qu'elle me mettait, je me faisais petite, me recroquevillant de plus en plus sur ma chaise. J'étais persuadée qu'elle en pinçait elle aussi pour Arnaud, mais le sachant inaccessible, elle dressait ses foudres contre moi… Je préférai donc ne pas entrer dans son jeu, choisissant de jouer les naïves et de me recentrer sur mon travail. Cela ne valait pas la peine non plus d'en parler à Arnaud, cela n'aurait qu'envenimé mes rapports déjà tendus avec la DRH.

La semaine à New York

New York, mercredi 29 juillet 2015

Cette ville était démentielle !

Les rendez-vous s'enchaînaient : partenaires financiers, restaurateurs, relations professionnelles… ces trois jours filaient à un rythme de fou. Nous étions descendus dans un hôtel proche de Central Park, et bien que deux chambres bien distinctes aient été réservées, je passai ces trois dernières nuits dans le lit d'Arnaud. Chaque midi et chaque soir, nous sortions manger dans un des restaurants avec lesquels la société d'Arnaud était en affaires. Nous étions reçus comme des princes, de l'accueil jusqu'au contenu de l'assiette, et je découvris agréablement l'art culinaire d'outre-Atlantique. Je m'aperçus que j'étais emplie de préjugés !

Je n'étais que très peu l'habituée à voyager et profitais pleinement de cette ville si vivante qui se dévoilait à moi, peuplée de personnages tellement étonnants, de lumières, de bruits, de mouvements. D'odeur de friture également. La journée, tout le monde courait. Le soir, Arnaud m'emmenait dans des quartiers qui m'émerveillaient, comme si je pouvais faire le tour de la terre sans sortir de cette métropole.

C'était déjà notre dernière nuit à New York, le lendemain matin nous allions reprendre l'avion pour Paris, puis Bordeaux. Ce soir-là, nous mangions chez Charlie's, un restaurant qui jouait la carte de la gastronomie française. C'était étonnant, presque kitch même, les murs de la salle étaient tapissés de cadres photo de Paris, la tour Eiffel, le Mont-Saint-Michel, mais également Gérard Depardieu, Brigitte Bardot à la belle époque, Catherine Deneuve, il y avait aussi un cliché de Nicolas Sarkozy avec Barack Obama. Tous les visages étaient présents et nous observaient ! En revanche, dans l'assiette, les mets étaient extrêmement raffinés, un délice, et très sincèrement le chef n'avait rien à envier à ses homologues du vieux continent.

Ce dernier se dirigea justement vers notre table et vint à notre rencontre. Un peu plus tôt dans la journée, Arnaud était resté une bonne heure en discussion avec lui, toujours au sujet de notre gamme de vin développée spécifiquement pour un nombre sélectif de restaurants new-yorkais. Pour ma part, j'avais flâné du côté des boutiques de lingerie, je préparais une surprise pour Arnaud…

— M. Lauhné, j'espère que tout se déroule comme il faut ? Avez-vous besoin de quoi que ce soit ? N'hésitez pas à me faire signe si c'est le cas.

— Tout est parfait, votre cuisine est très délicate et je retrouve les souvenirs gustatifs de mon enfance. Je vous félicite.

— Je vous en remercie. Comme vous le savez, nous n'avons pu rouvrir il y a seulement une semaine, à cause de cet incendie criminel dont je vous ai parlé cet après-midi, et j'avoue que nous avons tous à cœur ici à ce que l'activité redevienne ce qu'elle était. Même mieux qu'avant, nos plats seront encore meilleurs, tint-il à préciser avec l'énergie de celui qui se relève plus fort. Le moindre que je puisse dire, c'est que le public est au rendez-vous. Je sens que ces semaines sombres sont derrière nous désormais.

— J'en suis persuadé, cher ami, il n'y a qu'à voir le monde qui se presse sur le trottoir, dit Arnaud en constatant la foule qui attendait patiemment une table.

— Un journaliste du New York Times vient d'arriver, et je ne doute pas qu'un de leur critique culinaire se soit glissé dans la salle. Je ne pouvais pas mieux rêver !

Effectivement, quelques minutes plus tard, le professionnel en question vint nous interroger, friand des commentaires que nous, Français, travaillant de surcroît dans le prestigieux secteur viticole, pourrions apporter. Les éloges pleuvaient, d'abord parce que c'était extrêmement bon, mais aussi parce que Charlie's était un client important qu'Arnaud n'aurait su négliger. Nous eûmes même l'honneur d'être photographiés par le journaliste !

Cette ultime soirée avait été très agréable et c'était avec un petit pincement au cœur que je rentrais à l'hôtel, serrant fort le bras protecteur d'Arnaud. Lui et moi avions essayé de profiter au maximum de la proximité créée par ce séjour, du plaisir d'être ensemble 24 h sur 24 h. Il était près de minuit, et je me glissai une dernière fois dans son lit. Il était nu, il m'attendait et m'enveloppa instantanément.

Je voulais tellement connaître son ressenti sur ces quelques jours, savoir s'il m'aimait un peu plus qu'avant de traverser l'Atlantique. Moi j'étais devenue complètement frappadingue de lui. D'une voix hésitante, je me lançai :

— Verdict de ces derniers jours passés ensemble ?

— Parfait ! Tu es une employée très professionnelle, nous avons bien avancé sur le dossier New York, je ne regrette pas de t'avoir embauchée, me répondit-il en me déposant un baiser sur l'épaule.

— Arrête, tu sais très bien que je ne parlais pas du travail ! ripostai-je en m'installant à califourchon sur lui.

J'aurais bien aimé le faire parler un peu, savoir comment il avait vécu ce séjour. J'étais définitivement amoureuse de lui, je n'imaginais plus me passer de lui, et tout cela m'effrayait car, au fond, notre relation était encore si jeune. Durant ces trois jours, j'avais essayé de deviner ses pensées, de décrypter ses gestes envers moi. Mais la journée, le travail prenait le dessus sur tout le reste, il était complètement fermé. Le soir par contre, c'était un autre homme, attentionné, tendre, et un amant exceptionnel. Comment faisait-il pour scinder si facilement ces deux facettes de sa personnalité ?

— J'imagine bien Lily que tu ne parles pas boulot. Que veux-tu savoir ? demanda-t-il.

Je me lançai, sa main caressant délicatement ma hanche me donnait le courage de lui poser cette question assassine qui me brûlait les lèvres :

— Que suis-je pour toi ?

— Tu..., tu m'es devenue indispensable.

Ouah, ça fait de l'effet une phrase comme ça !

— Moi, répondis-je à mon tour, j'ai adoré passer ces trois jours avec toi. Être à tes côtés jours et nuits, me réveiller dans tes draps, prendre tous mes repas avec toi, voir ce que tu vois, vivre ce que tu vis, et m'endormir lovée contre ton corps, après avoir tant fait l'amour.

Je devinais dans ses yeux que mes paroles le touchaient.

— Mais pour combien de temps vas-tu me laisser ce plaisir ? Je te suis indispensable, mais tout peut partir si vite...

— Pourquoi ? demanda-t-il, réellement étonné.

— Parce que tu es beau, riche, mystérieux, intrigant... Toutes les femmes fondent en te croisant. Pourquoi t'es-tu arrêté sur moi ? Je suis si simple à côté de toutes ces jolies femmes que tu côtoies...

Bêtement, les larmes envahissaient mes yeux. Pour la première fois, j'arrivais à exprimer mes sentiments et mes craintes devant lui. Je me lâchai et l'émotion me submergea.

— Viens habiter chez moi !

Là, je ne m'attendais pas à ça. Il me fit cette demande comme on présente une solution à un problème. Était-ce un soucis de l'aimer autant ?

— Comment ? finis-je par répliquer, incrédule.

Vivre avec lui ? J'avais envie de dire oui sur-le-champ, mais c'était probablement trop tôt. Ou pas... Mon Dieu, mais cela voulait dire que lui aussi envisageait notre relation sérieusement ?

— Ne me réponds pas tout de suite, prends le temps d'y réfléchir. Tu peux penser que cela va trop vite, mais tu te rendras compte rapidement que j'ai raison : nous sommes faits pour être ensemble Caroline, nous nous sommes trouvés, tout simplement.

— Ouah, Arnaud, je ne m'attendais pas à ça ! Je….

En réalité, cela en était presque angoissant, j'avais le vertige.

— Ne dis rien, me dit-il en posant son doigt sur ma bouche, en attendant, nous prolongeons notre séjour à New York de deux jours, tu me donneras ta réponse lors de notre départ.

— Mais le bureau, les contrats, le personnel de l'entreprise, cette peste de DRH... tu es sûr que tu peux te le permettre ?

— Si je l'ai décidé, c'est que je peux l'assumer. Et puis, tu ne peux pas redécoller sans que je te fasse faire un peu de tourisme, nous avons travaillé comme des fous, je veux que tu puisses voir d'autres aspects de cette ville, avec moi.

Avec lui.

— Tu es un amour ! Je suis tellement heureuse, tu me rends tellement heureuse, merci pour tout.

Mes larmes revenaient. Sa proposition de vivre avec lui et l'engagement que cela représentait pour lui, ce séjour qui se prolongeait, tous ces instants magiques déjà passés ici, dans cette ville, dans cette chambre aussi. Je l'aimais, même si je n'arrivais pas à lui avouer pour le moment, j'étais complètement folle de cet homme !

Nous avions encore deux nuits supplémentaires pour en profiter, j'étais vraiment très heureuse ce soir. Bien sûr, je ne savais pas que ce bonheur allait bientôt s'effriter...

***

Il était 10 h du matin. Nous devions être dans l'avion, mais au lieu de cela nous étions en train de boire un café au Rockfeller Center. C'était génial, des gens grouillaient de partout, pourtant je me sentais dans mon élément. J'adorais cette effervescence, tous ces gens pressés et ceux qui sautillaient de vitrine en vitrine. Ces familles, ces hommes d'affaires, ces paumés, il y avait tant de vies différentes qui se déroulaient sous mes yeux. J'aurais aimé séjourner là-bas des semaines, des années, mais Arnaud m'offrait déjà deux jours supplémentaires et je comptais bien les vivre complètement.

— Tu es prête ? Tu as fini ton café ?

— Oui chef, I'm ready ! Où m'emmènes-tu maintenant ?

— Au MoMa, le musée d'art modern de New York, tu vas adorer ! Ce lieu regorge de véritables petits bijoux. On peut y rester toute la journée si tu veux, tu ne t'apercevras pas du temps qui s'écoule !

J'aimais de plus en plus ces moments qui n'étaient ni professionnels ni sexuels. Juste des émotions partagées, des rires, des discussions spontanées. Effectivement, je n'avais pas vu passer cette journée au musée, Arnaud avait raison, cette visite était passionnante. J'avais l'impression de m'ouvrir au monde, de voyager à travers les époques, les pays, l'Art. Il savait exactement ce dont j'avais besoin et la façon donc je ressentais les choses qui m'entouraient. C'était comme s'il me comprenait déjà depuis longtemps.

Le lendemain matin, je demandai à Arnaud de m'offrir un véritable petit déjeuner américain. Il m'emmena dans un petit restaurant qu'il connaissait bien, assez proche de l'hôtel. Devant mon assiette, je restai dubitative.

— Cette odeur de gras de si bonne heure, je crois que je ne pourrai pas m'y faire !

— Goûte donc le café, me suggéra Arnaud, tu verras que ce n'est pas qu'une légende.

— Quelle légende ?

Je bus et compris aussitôt ce dont il parlait...

Pourtant, je me sentais bien dans cet endroit. Une atmosphère paisible y régnait. Chacun se réveillait en douceur, en lisant le journal ou en profitant tout simplement de la climatisation qu'ils n'avaient peut-être pas chez eux. Il n'était que 9 h et il faisait déjà si chaud. La nuit n'avait été d'aucun secours pour rendre l'air un peu plus respirable.

— Que dirais-tu d'une petite promenade à Central Park ?

Samedi 1er août 2015

Je jetai un dernier coup d'œil à ma chambre avant d'attraper ma valise et de franchir le seuil de la porte. *Au revoir, cher hôtel, ce lieu demeurera pour moi un endroit plein de souvenirs savoureux et de confidences prometteuses...*

— Tu es prête Lily, pouvons-nous y aller ? me demanda tendrement Arnaud.

— Oui…

Et s'approchant de moi, pour me prendre la main et déposer un baiser sur mon épaule, Arnaud me reposa la question, celle pour laquelle la réponse était restée en suspend :

— Emménageras-tu chez moi, dès notre retour ?

— Dès notre retour ?

— Ou d'ici une semaine, je peux comprendre qui tu as des choses à régler avec ta colocataire.

— Arnaud, j'adorerai vivre avec toi. Mais cela me semble très soudain… et très engageant lorsque l'on te connaît. Que va-t-on dire au bureau ? Et puis effectivement, je ne peux pas abandonner Pauline du jour au lendemain !

— Tu refuses ma proposition ? s'inquiéta-t-il.

Je vis ses yeux s'obscurcirent, Arnaud n'aimait pas qu'on lui dise non.

Je mourrai d'envie de m'installer chez lui, c'était certain. Mais ma petite voix me conseillait d'attendre, car on ignorait où nous mènerait cette relation qui venait de naître, Arnaud n'était encore qu'un inconnu sur bien des aspects pour moi, je ne savais que si peu de choses sur lui… Hum, c'est évident, il aurait été bien plus raisonnable de décliner sa proposition, ou tout du moins de repousser un peu l'échéance, mais finalement mon cœur prit le dessus.

— Je ne refuse pas… j'accepte même, et avec joie ! … et un peu d'angoisse aussi. Je t'aime Arnaud, osai-je déclarer, mais laisse-moi juste le temps de m'organiser vis-à-vis de Pauline.

— Parfait, tu fais de moi un homme très heureux. Allons attraper notre avion maintenant. Et en plus tu m'aimes ! se réjouit-il en m'enlaçant.

Nous avions encore une heure à tuer avant de monter à bord, la circulation avait été exceptionnellement fluide en ce vendredi matin.

— Allons boire un café en attendant, ça te dit ? proposai-je à Arnaud, avec un peu de vague à l'âme à l'idée de quitter cet endroit.

— Oui, bonne façon de patienter Lily, viens là-bas ça ne me paraît pas trop bondé.

L'aéroport était une vraie fourmilière, cela me rappelait le jour où j'avais croisé, foncé, dans Arnaud, sauf qu'ici c'était puissance mille. Arnaud avait raison (mais comment faisait-il ?), à cinquante mètres sur notre droite, un espace caché semblait épargné par l'assaut des touristes. Une minuscule table ronde et deux chaises nous y attendaient. Le temps d'un instant, je me demandai si Arnaud n'y avait pas une place réservée en permanence !

— Je vais te chercher un café crème ou autre chose ? me proposa-t-il.

— Oui, un café s'il te plaît… Et éventuellement une petite douceur, si tu me trouves quelque chose d'appétissant et de pas trop gras.

— Je reviens dans un instant, dit-il en me posant un baiser sur mon front.

Il s'était montré tellement affectueux durant notre séjour, alors que dans son entreprise, c'était vraiment très différent. J'avais le sentiment d'avoir une tout autre personne en face de moi.

Je me demandai aussi si la DRH avait ébruité notre relation au reste du personnel. Elle serait bien bête de le faire, Arnaud ne mettrait qu'une seconde à deviner l'origine de la fuite et dès lors je ne donnerais pas très cher de sa peau, ni de sa carrière. Pourtant, parfois les hommes (les femmes surtout) peuvent nous surprendre dans leurs réactions… « le scoop : Arnaud et la petite nouvelle couchent ensemble ! », « Le patron a fait embaucher sa nouvelle maîtresse et joue les prolongations en fin de journée », « n'entrez jamais sans frapper, promotion en court »… Plus j'y pensais, et plus je me disais que l'on risquait gros. Il en allait de ma réputation et de mon intégration dans l'entreprise, mais il s'agissait aussi de l'honneur d'Arnaud. Sa froideur et son manque d'empathie créaient instantanément auprès de ses interlocuteurs de la crainte. Il suffisait qu'il entre dans une pièce pour que tout le monde se taise. Il aimait jouer de cette barrière invisible qu'il mettait entre lui et les autres. J'avais peur que notre relation vienne ébranler son personnage.

— Tu ne devineras jamais ce que j'ai trouvé au comptoir ! dit-il avec un large sourire.

Arnaud posa sur la table un plateau métallique contenant nos deux tasses de café, un très appétissant petit muffin aux pépites de chocolat et le journal du jour.

— Hummm, merci. Alors, qu'as-tu découvert ?

— Ouvre le journal, page 8, m'indiqua-t-il.

Intriguée, je m'emparai du quotidien en question et cherchai rapidement la fameuse page.

— Oh, c'est excellent, nous sommes en photo ! Elle a été prise l'autre soir, tu te rappelles lorsque nous avons dîné chez Charlie's. Je n'aurai pas pensé que nous finirions dans les chroniques du New York Times ! m'étonnai-je.

— Tu sais, Charlie's était un restaurant très en vogue avant qu'il ne soit incendié. Beaucoup de people et même de politiques fréquentaient cet endroit. Sa réouverture était très attendue.

— Super publicité en tout cas pour le chef ! Mais pourquoi est-ce que le journal a choisi de publier notre photo ? C'est rigolo.

— The French Touch ! Après tout, ce restaurant propose majoritairement de la cuisine française.

— Je le ramène chez moi, en souvenir de notre séjour.

Notre vol se passa bien, mais il me parut très long. Je n'avais pas envie de rentrer. J'ignorais bien sûr que ce petit article allait bouleverser la suite de notre histoire.

L'accident

Après New York, nous avions passé deux semaines à bosser comme des fous. L'exploitation de toutes les informations traitées pendant le séjour et le retard dû à nos quelques jours de plaisirs égoïstes nous avaient valu des journées et surtout des soirées de travail interminables. Mais le résultat était au rendez-vous, le projet avançait de façon très prometteuse et prenait vie petit à petit. J'étais tellement excitée par ce projet que j'adorais, et par Arnaud que je ne quittais plus, ou presque.

Car ce week-end, j'avais promis de rester avec Pauline. Juste elle et moi, pour profiter de nos moments de complicité avant de sauter le pas et d'habiter avec Arnaud. Lui devait passer une grande partie de ce temps au bureau, pour boucler la première phase du dossier New-Yorkais. Finalement, cela tombait bien, chacun allait occuper sa fin de semaine à sa façon, et le samedi suivant, j'emménagerai officiellement chez Arnaud.

Pauline avait été assez surprise lorsque je le lui avais annoncé, et j'avais également vu de la déception dans ses yeux. Il est certain que nous étions toutes deux bien tristes de mettre un terme à notre joyeuse colocation.

Cet après-midi-là, l'heure était aux papotages. Chacune assise à une extrémité du canapé, face à face, nous partagions le plaid bleu et nos pensées : les rencontres sentimentales de Pauline, ses projets professionnels et les quelques pistes qu'elle prévoyait d'exploiter pour décrocher un emploi, les potins sur ses copines… mais aussi le dernier tailleur que je m'étais offert pour me rendre au bureau, l'adaptation cinématographique du bouquin que je lui avais recommandé cet été, le nouveau voisin qui venait d'emménager sur le palier… bref tout y passait. Mais mon sujet de prédilection restait toujours le même : Arnaud.

— Tu sais, à New York j'ai réellement appris à découvrir Arnaud. C'est un homme tellement passionné, cultivé, et je crois même que je vais finir par aimer son humour !

— Je suis très heureuse pour toi, vraiment, mais quelque chose chez lui m'intrigue.

— Tu penses à quoi exactement ? l'interrogeai-je. Parce que c'est juste, il est très intrigant, c'est d'ailleurs ce qui lui donne autant de charme. Ne trouves-tu pas terriblement sexy un mec doté d'un tel charisme ?

— Je ne sais pas… C'est difficile de dire de quoi cela relève, mais je le sens…enfin, il est un peu étrange. OK, en public il joue son rôle de chef d'entreprise strict et distant. Et j'ai bien compris que lorsqu'il est seul avec toi c'était très différent. Mais tu le connais à peine encore, tu es sûre de ne pas aller trop vite ? insista Pauline, d'une voix gênée.

Les paroles de Pauline m'agaçaient, parce que je savais qu'elle avait probablement raison. Mais pour une fois, je n'avais pas envie de réfléchir, je voulais juste me fier à mon instinct et me faire plaisir.

— Voilà ce que je te propose, lançai-je à Pauline, puisque ce week-end est exclusivement pour toutes les deux, on ne parle plus d'Arnaud, ni de mon déménagement, ni du boulot. Rien que nous et on va commencer en partant faire les magasins !

— J'adhère à 100 %, allons-y, déclara Pauline en se levant aussitôt du canapé.

C'était ainsi que Pauline et moi nous sommes retrouvées en haut de la rue Sainte-Catherine, la grande rue piétonne de Bordeaux. De boutique en boutique, nos bras étaient de plus en plus chargés, mais notre détermination toujours inébranlable.

— Tiens, ici ils font des petits ensembles très sexy, allons voir, proposa Pauline, en poussant déjà la porte vitrée.

Je connaissais bien cette boutique de lingerie. Je m'y arrêtais souvent, mais je n'y étais jamais rentrée, les prix étaient bien trop élevés.

— Je ne crois pas…

— Mais si, fais-toi plaisir. Bon, je romps notre pacte qui était de ne pas parler d'Arnaud ce week-end, mais regarde comme tu pourrais pimenter vos soirées avec cette jolie nuisette en dentelle noire.

— Le prix ne fait pas dans la dentelle par contre, murmurai-je

— Tu vas vivre dans un appartement de malade, dans un des quartiers les plus recherchés de Bordeaux, avec une vue à couper le souffle. Tu crois que ton pyjama H&M va se fondre dans le décor ? plaisanta-t-elle.

En fait, ce pyjama était mon préféré, il était large et doux, avec de petits motifs en spirale rose et orange, très seventies. OK, il était parfait pour dormir seule, mais je voulais quand même attendre un peu avant de le présenter à Arnaud. Par contre, Pauline avait tort, j'avais d'autres tenues très coquines à faire pâlir la vendeuse péteuse en face de moi. Pourtant, je finis par me laisser tenter, après tout ma paie avait nettement progressé en rentrant chez Lauhné Entreprise.

Vingt minutes plus tard, et 300 € de moins, je ressortis fièrement avec une lingerie qui allait magnifier mon corps de façon très suggestive. Une vraie bombe. J'avais hâte de voir comment Arnaud allait réagir !

— On repasse à l'appartement pour déposer les paquets et nous préparer pour sortir dîner ? On pourrait aller à la Bodega ensuite ?

— Très bonne idée, on pourra danser là-bas ! m'exclamai-je.

La Bodega était un restaurant à l'ambiance espagnole à la mode, lequel se transformait au cours de la soirée en boîte de nuit. On trouvait beaucoup d'établissements de ce style à Bordeaux, pour le plaisir des plus festifs. C'était aussi pour cela que j'adorais cette ville.

Mais en entrant dans le hall de notre immeuble, Pauline s'arrêta soudain, visiblement très contrariée. Moi, je n'avais pas remarqué tout de suite ce qui posait problème.

— Qu'est-ce tu as Pauline, demandai-je étonnée de sa réaction.

— La boîte aux lettres : regarde ! Quelqu'un l'a forcée, elle est ouverte et s'il y avait du courrier, il a disparu !

Devant nous, la petite porte pendait vers le bas, laissant le casier grand ouvert. Sans aucun doute, elle venait d'être visitée, sans que l'intrus ne prenne la peine de la refermer.

— Mais qui est l'idiot qui a pu faire ça ? Et regarde les autres, elles sont intactes. Pourquoi uniquement la nôtre, c'est dégueulasse de faire ça ?

— Je ne sais pas ce qui se passe, mais après la disparition de mon téléphone portable l'autre jour, c'est maintenant de notre courrier dont-on s'empare, à notre insu. Tout ça va finir par me chauffer ! s'énerva Pauline.

Je n'aimais pas l'idée qu'un inconnu ait pu consulter nos lettres et nos factures. Et de voir que seule notre boîte était visée me piquait encore plus.

— Demain, j'appellerai Marie et je lui demanderai si son frère peut venir, pour changer la serrure de la boîte, dit Pauline, décidée à ne pas laisser cet évènement nous gâcher notre moment.

M'inspirant de son positivisme permanent, j'enchaînai :

— Oui, faisons comme ça. Bon, allons nous préparer pour la soirée. Après tout, si moi je profite de mes derniers instants de célibataire, toi au contraire tu restes un cœur à prendre, allons te trouver un Jules.

Bien que fatiguées par cette journée de shopping et de papotages, nous montâmes les marches motivées par le programme qui suivait. Puis j'ouvris la porte, et là nous nous étalâmes sur le canapé. Cet appartement allait me manquer. Nous y avions de beaux souvenirs, c'était mon cocon, mon refuge. Il m'avait semblé vide durant l'absence de Pauline, mais maintenant nos rires résonnaient à nouveau sur tous les murs, pour quelques heures encore. Demain, ce ne serait plus chez nous, mais chez elle uniquement, et elle chercherait alors une nouvelle colocataire...

— Je te laisse le temps de revenir, me rassura-t-elle, comme si elle avait pu lire dans mes pensées, si tu devais regretter ton choix, ce que je ne te souhaite pas. Et sache que tu retrouveras ta place à l'instant même où tu en ressentiras le besoin, m'avait-elle promis lorsque je lui avais annoncé mon probable départ.

Pauline alla chercher une bouteille de Champagne que nous bûmes en nous préparant. De mon côté, j'occupais la fonction DJ. Chantant à tue-tête sur du Bruce Spreensting, *« born to the USA ! I was, born to the USA …* », nous passions au crible nos armoires afin de trouver la tenue adéquate. Pauline avait opté pour une jupe courte et fluette, beige et un chemisier de mousseline doré. Ça lui allait vraiment bien, avec sa peau toute hâlée, elle me faisait penser à une publicité pour du parfum, dont le tournage se serait déroulé sur la plage de Cancún, au zénith lorsque le mannequin se fond dans l'intensité blanche du ciel d'été. Pour ma part, j'avais enfilé un petit short noir et un top kaki, couvert de dentelles. Quelques accessoires aux mains, autour du cou, dans les cheveux… et nous étions prêtes pour aller danser. La bouteille de Champagne, aux trois quarts vide, trônait sur la table basse. J'attrapai mon sac, Pauline fit de même, et nous redescendîmes les marches de l'immeuble avec beaucoup plus d'entrain que pour les monter. Prenant la direction du tramway, j'humais l'odeur du crépuscule avec ce sentiment de légèreté que je ressentais chaque fois que nous sortions faire la fête. Cette sensation d'avoir la nuit pour nous, fières de notre beauté, notre jeunesse et de l'avenir merveilleux qui s'offrait à nous.

Pourtant, cette insouciance allait prendre fin.

Pauline descendait du trottoir pour traverser la voie et rejoindre le tramway et moi je la suivais de près, quand soudain une voiture fonça sur nous. En un instant, comme un éclair, elle faucha Pauline qui n'eut pas le temps de réagir. Je la vis voler sur le capot du véhicule puis retomber lourdement sur le côté. Des bruits de pneu crissèrent et cet enfoiré disparut aussi vite qu'il était apparu. Je ne savais pas d'où sortait la voiture, l'instant d'avant la rue était si calme ! Tétanisée par ce qui venait de se dérouler devant moi, je mis plusieurs secondes avant de me jeter sur Pauline. Je n'osais pas la toucher.

— Pauline, mon Dieu, Pauline, réponds-moi ! Réponds-moi Pauline !

J'éclatai en sanglots, bruyants, submergeant ma voix.

Un attroupement se forma rapidement autour de nous. Je sentais cet étau se refermer sur elle et moi. Mes yeux remplis de larmes ne me permettaient plus de voir ce qui se passait. Je tenais juste la main de Pauline, molle comme une poupée de chiffon, et j'espérais du plus profond de moi qu'elle bouge. Mais rien ne se produisait. Putain de merde, Pauline restait désespérément inerte !

***

— Arnaud, c'est encore moi, pleurais-je au téléphone, rappelle-moi… j'ai tellement besoin de toi !

Mais rien. C'était au moins le dixième message que je laissais sur son répondeur. Je ne comprenais pas pourquoi je n'arrivais pas à le joindre. « Décroche, je t'en supplie ! ». J'arpentais de long en large le hall de l'hôpital. Je sortais, je rentrais. J'attendais impatiemment que l'on me donne des nouvelles sur l'état de santé de Pauline, le silence était insupportable. Je voulais qu'Arnaud débarque en courant et me rassure, me dise que tout irait bien. Je priais pour que quelque chose se produise et mette fin à ce terrible moment.

Je ne savais pas exactement depuis combien de temps j'étais là. Les secours étaient vite intervenus, d'abord les pompiers, et peu après la police. Pauline était restée étendue, par terre, les médecins s'affairant autour d'elle, pour ce que me semblait durer une éternité. Durant ce temps, les agents m'avaient interrogée sur ce qui s'était déroulé, ils avaient pris des notes, posé des questions, mesuré, photographié… puis ils étaient revenus vers moi et m'avaient de nouveau assaillie d'autres questions, des tas de questions. Mais tout s'était passé tellement vite, j'avais malheureusement le sentiment de ne rien pouvoir leur dire de concret. La couleur du véhicule ? Euh foncé, gris-anthracite ou noir, peut-être vert bouteille, je ne me souviens pas vraiment, c'était si rapide. La marque ? Ben, c'était une voiture de taille normale, banale, type Clio. Les passagers ? Combien ? Je ne sais pas… Et ainsi de suite, un flot de questions qui ne trouvaient que de maigres réponses. J'aurais voulu les aider, mais sitôt le choc arrivé, je me suis jetée vers Pauline, plus rien d'autre n'avait d'importance. C'est tout.

Je n'avais pas pu monter dans le camion de pompiers qui avait emmené Pauline aux urgences, mais un des policiers qui m'avait interrogée avait eu la gentillesse de m'y déposer. Je crois que mes larmes incessantes lui avaient fait redouter que je puisse causer moi-même un accident si j'avais dû prendre la voiture.

Les médecins ne me donnaient que très peu de nouvelles. Je savais juste qu'elle allait être opérée bientôt, peut-être même était-elle déjà sur la table d'opération. Que devais-je faire ? Et pourquoi Arnaud ne répondait-il pas ? J'étais anéantie, ma meilleure amie, ma sœur, était entre la vie et la mort, je risquais de perdre la personne qui comptait le plus pour moi et Arnaud n'était pas là ! Mais nom de Dieu, où était-il ? Il avait toujours son portable sur lui d'habitude, ce n'était pas normal. Son téléphone de bureau sonnait également dans le vide, pourtant il devait y passer son week-end. Lorsqu'il travaillait ainsi le samedi, il y restait souvent tard le soir. Chez lui, pareil, personne. L'angoisse montait et pour la première fois depuis longtemps, je me sentais totalement seule.

À 2 h du matin, je décidai finalement de rentrer chez moi. L'opération chirurgicale était toujours en cours, l'infirmière m'avait indiqué qu'il y en aurait hélas pour un bon moment. Pauline avait des séquelles internes, quelques côtes cassées, mais surtout un traumatisme crânien sur lequel les médecins ne souhaitaient pas encore se prononcer. J'étais horriblement triste et Arnaud restait absent. Incapable d'avaler quoi que ce soit, je pris une rapide douche, comme si l'eau fraîche avait le pouvoir de me sortir de ce mauvais rêve. Le téléphone, posé sur le rebord du lavabo, ne sonnait pas. Pas de SMS non plus. Lorsque je pénétrai sous les draps, mon cœur battait toujours à un rythme anormalement élevé, comme si je venais de courir un marathon. La pression ne descendait pas. Je n'arrivai pas à me calmer. De nouveau, je me mis à pleurer, et c'est ainsi que je glissai lentement dans un sommeil agité.

Le retour, enfin

Le lendemain matin, mon premier réflexe fut d'appeler l'hôpital. L'opération s'était bien déroulée, et Pauline était désormais en observation. Les résultats d'examens étaient assez encourageants, à cela près que Pauline restait endormie.

— C'est courant lors d'un traumatisme de cet ordre, avait tenté de me rassurer le chirurgien. Nous devons attendre pour le moment, avant de nous prononcer plus sur les suites à venir.

Le mot coma n'avait pas été dit, mais pour moi, lorsqu'une personne ne se réveille pas après un accident, c'est qu'elle est dans le coma. C'est tout !

Puis j'eus les parents de Pauline au téléphone. Prévenus dans la nuit par le service de réanimation, ils arrivaient ce matin sur Bordeaux, préférant faire le voyage depuis Paris en avion. Ils venaient d'atterrir et j'allais les chercher à l'aéroport, pour les déposer ensuite à leur hôtel, situé à quelques mètres seulement de l'hôpital. Le trajet en voiture se fit dans le silence et l'angoisse. Je leur avais déjà tout dit par téléphone, ils n'attendaient plus maintenant que de voir Pauline.

Je dus me rendre de nouveau au commissariat le lendemain, a priori les passants témoins de l'accident avaient apporté quelques informations complémentaires. J'y restai un long moment, puis sautant mon repas de midi, je retournai à l'hôpital aux côtés de Pauline. Marie et Adèle me rejoignirent un peu plus tard. Avec elles, je me sentais plus forte. Leur présence comblait d'une certaine manière l'absence d'Arnaud. J'avais mes amies avec qui parler encore et encore de ce drame et relater cent fois cette scène, mais ce n'était pas pareil. Je ne m'estimais pas autant en sécurité qu'auprès de lui. Il me manquait. L'état de santé de Pauline demeurait stationnaire depuis ce matin, pas d'amélioration, pas de dégradation. Nous ne restâmes finalement pas si longtemps, ne voulant pas gêner les parents de Pauline si bouleversés.

Les filles et moi buvions un petit café noir, dans une brasserie face à l'hôpital, lorsqu'Arnaud me téléphona enfin. Ce n'était que le milieu d'après-midi d'une journée qui paraissait interminable. Mais j'étais tellement soulagée de réussir à lui parler. J'avais tant besoin de lui.

— Lily, j'ai eu tes messages, qu'est-ce…

Mais je ne lui laissai pas le temps de finir sa phrase, les questions se bousculaient dans ma tête et cherchaient toutes à sortir de ma bouche de façon anarchique.

— Arnaud, mais où étais-tu ? J'essaye de te joindre depuis hier soir ! Une voiture nous a foncé dessus, Pauline est à l'hôpital… J'ai besoin de toi, Arnaud, mais enfin pourquoi tu ne m'as pas répondu ! suppliai-je.

Les larmes restaient en moi tant ma tristesse et ma colère me paralysaient.

— Je suis désolé, Lily, je t'expliquerai, mais je suis avec toi maintenant, où es-tu ? Toujours à l'hôpital ?

— À côté du CHU. J'allais partir, je rentre chez moi. Retrouve-moi là-bas.

— D'accord, j'arrive. Lily… je t'aime.

— Moi aussi. Rejoins-moi, vite s'il te plaît, j'ai besoin de toi, murmurai-je.

Son « je t'aime » me donna une bouffée d'oxygène. Pourtant, pour la première fois depuis le début notre histoire, Arnaud m'avait déçue. Énormément. Déçue par son absence, mais surtout par la question évidente qui se profilait : où était-il ? Il n'avait pas travaillé au bureau et n'était pas resté chez lui non plus. Je n'avais aucune idée de ce qu'il avait fait de son week-end…

Le son de l'interphone me fit sursauter. Après avoir appuyé sur le bouton, j'ouvris la porte, impatiente. Dès qu'il fût en haut de l'escalier, je me jetai sur lui. J'enfouis ma tête dans son cou, aspirant son odeur, me calmant progressivement au contact de sa peau chaude. Nous restâmes un long moment comme cela, enlacés sur le paillasson, respirant à l'unisson.

— Tu me racontes ? me dit-il en me dégageant doucement de ses bras.

— Viens, entre, répondis-je en le prenant par la main pour le faire rentrer chez moi.

Il enleva sa veste, qu'il posa précautionneusement sur une chaise, puis s'assit sur le canapé. Tout en nous préparant du café, je me mis à décrire la soirée de la veille. Tout avait si bien commencé, ce week-end devait être un réel moment de détente. Et soudain, ce connard de chauffard, sorti de nulle part, avait fait basculer nos vies.

— Et tu es certaine qu'il a foncé volontairement sur vous ? me demanda Arnaud, incrédule.

— Oui, bien sûr, et lorsque j'ai vu la voiture se diriger vers nous, elle accélérait. Mais cela a été si rapide que je n'ai pu réagir suffisamment vite. Comme si mes yeux n'arrivaient plus à communiquer à mes muscles, un quelconque mouvement.

Parcourue de frissons tout le long de ma colonne vertébrale, je commençai à trembler et préférai m'assoir sur le canapé. Je remontai le plaid, plié à côté de moi, jusqu'au-dessus de mes genoux.

— Plus tard, la police a pris ma déposition, ainsi que celles des passants qui avaient assisté à la scène, mais ils ne débordent pas d'optimisme sur la suite éventuelle qui pourrait être donnée. Selon eux, ce type d'accident arrive de plus en plus souvent, particulièrement le samedi soir, des petits malins frôlent la foule pour faire peur aux gens, et des fois ils loupent leur freinage…

— Tu déconnes là ? Et personne n'a pu voir leur plaque d'immatriculation ?

— Un lieutenant m'a dit qu'ils utilisaient fréquemment des voitures volées. Souvent, ils n'avaient même pas le permis ! Des gamins encore mineurs s'y mettaient aussi ...

— Quelle bande de sals cons ! Les chances de les coincer sont donc minces…, s'agaça Arnaud.

— C'est ça, répondis-je.

Je ne tenais pas en place et retournai dans la cuisine chercher les tasses de café. Il était injuste que cela tombe sur nous maintenant.

Je me blottis finalement dans la chaleur de ses grands bras réconfortants. Après lui avoir donné quelques précisions supplémentaires sur l'état de santé de Pauline, mon esprit commençait à saturer des images de cette scène traumatisante. Je voulais juste m'abandonner contre lui, calquer ma respiration sur la sienne et tout oublier. Tout effacer. Il m'avait comprise. Délicatement, il me prit dans ses bras et m'amena dans ma chambre. Nous fîmes l'amour de la façon la plus tendre qu'il soit possible d'imaginer. Je ne l'avais jamais vu aussi doux, ses baisers effleuraient ma peau devenue ultra-sensible. Son souffle me faisait frissonner, j'étais à fleur de peau, tous mes sens décuplés par la découverte de cette soudaine fragilité. Je cherchais son contact qu'il me refusait sciemment, faisant grandir en moi un désir intenable. Dès qu'il fût en moi, j'explosai en silence, en larmes.

Je ne me réveillai que deux heures plus tard, au son d'une porte qui se refermait. Après avoir craint qu'Arnaud ne soit parti, j'entendis au contraire qu'il revenait de l'extérieur. Je me levai et allai le retrouver dans le séjour.

— Tu dormais si bien, ma chérie, que je n'ai pas voulu abréger ce repos. Je suis passé chez le traiteur chinois, je me suis dit que tu n'aurais ni envie de sortir ni envie de cuisiner.

— Tu as tout compris Arnaud, merci.

Il était attentionné, affectueux, amoureux. Je me sentais sous sa protection, comme un petit animal fragile qui se réfugiait sous un chêne robuste. Pourtant, il fallait que je lui pose la question de son absence. Je ne voulais pas tout gâcher, surtout pas le faire fuir, mais je devais savoir. Je pris une grande respiration et lui demandai où il était ce week-end, lorsque je cherchais en vain à le contacter.

— Je sais que tu ne travaillais pas au bureau, je doute que tu sois resté chez toi aussi. Arnaud, que faisais-tu ?

Son regard se noircit soudainement. Je me blottis encore plus intensément contre lui, de peur de sa réponse, de peur qu'il me repousse.

— Penses-tu accepter que je garde une part de secret ? me posa-t-il la question, calmement.

— Non, Arnaud, je veux savoir pourquoi je n'ai pas pu te joindre et je comprendre ce que cela cache. Notre relation prend de l'importance, elle grandit et cela me fait peur, car si tu dois me trahir ou me mentir j'en souffrirais énormément. Alors, autant être honnête dès maintenant, même si je dois avoir mal...

C'était la première fois que je lui tenais tête pour quelque chose de sérieux. C'était une première pour nous d'avoir une discussion aussi grave au sujet de notre couple. Je le sentis hésitant, car il réfléchit un instant avant de prendre la parole.

— J'étais à Arcachon.

— Arcachon, que faisais-tu là-bas ? Et… avec qui ? demandai-je, effarée. Je ne m'attendais pas à une telle réponse.

— J'y étais seul, je me ressourçais.

— Et… ? Peux-tu m'en dire un peu plus ? Nous aurions pu y aller ensemble le week-end prochain, dans un hôtel Spa, ça aurait été sympa !

— Non, dit-il sèchement.

Arnaud se leva, nous servit un verre de vin et s'engagea hésitant dans des explications plutôt confuses.

— J'ai une maison à Arcachon. Et si je ne t'ai rien dit à ce sujet, c'est parce que c'est un lieu que je souhaite garder privé. Je m'y rends pour être seul, pour réfléchir. Je te fais ici une confidence, et je te demande de ne pas en parler. Je veux que ce lieu reste discret, loin des médias et des curieux.

— Pourquoi tu ne m'as jamais rien dit ?

— Je n'en ai pas encore eu le temps. Lily, tu ne connais pas tout de moi, loin de là...

— Allons-y ensemble ! Montre-moi cet endroit !

— Tu n'écoutes pas ce que je viens de t'expliquer, grogna-t-il. Je n'y vais jamais accompagné. Je n'y ai jamais emmené aucun ami ni aucune fille. Cette Villa n'est pas un lieu de… vacances.

Comment pouvait-il posséder une maison à Arcachon et y rester enfermé, seul ? De nouveau, Arnaud remettait devant moi ce masque d'homme froid et distant. Je décidai d'insister encore, mais il se mit alors en colère. L'espoir de m'accorder la découverte de son refuge était rejeté en bloc.

— Une dernière question Arnaud : les portables passent très bien à Arcachon. Pourquoi ton téléphone était-il éteint ?

— Tu n'as pas idée de la pression que j'ai quotidiennement sur les épaules, s'énerva-t-il. Je me consacre à 100 % à ma société, jour et nuit s'il le faut. Mais lorsque je suis dans ma Villa d'Arcachon, je déconnecte du monde, des gens. Tu étais avec ton amie, je te pensais dans ton élément, heureuse, je voulais être dans le mien. Fin de la discussion.

Je savais qu'il était inutile d'insister pour le moment. Cette discussion avait fait monter la tension d'un coup. En quelques minutes, Arnaud était passé de l'homme doux et généreux qui m'avait admirablement bien réconfortée, à un personnage strict et distant. Et secret aussi. Mais surtout, à défaut d'être rassurée, j'angoissais maintenant bien plus. De nouveau, un flot de questions submergea mes pensées, en silence.

Nous mangeâmes les plats chinois avant qu'ils ne refroidissent et petit à petit, l'ambiance se radoucit. À la fin du repas, Arnaud nous resservit un autre verre de vin et m'enlaça. Son baiser atténua les interrogations de ces dernières heures. Il m'aimait, je le savais.

— Demain, reste ici, ne viens pas au bureau, me proposa Arnaud, d'une voix affectueuse.

— Non Arnaud, je veux travailler, je ne serai pas d'une grande aide à tourner en rond dans l'appartement. Les parents de Pauline ont promis de me téléphoner s'il y a du nouveau, et je passerai la voir en sortant du boulot.

— Comme tu le sens, fais ce qui te semble le mieux pour toi et pour Pauline.

— Une dernière chose… au sujet de mon déménagement…

— Je suppose que tu ne prévois pas de me rejoindre tant que Pauline est hospitalisée ? devina-t-il en me serrant contre lui.

— Oui, c'est ça. J'ai tellement envie d'être avec toi, mais je n'emporterai mes affaires définitivement qu'après son retour. À ce moment-là, je ne veux pas qu'elle se retrouve dans un appartement à moitié vide, sans personne pour l'accueillir… Mon Dieu, je ne sais même pas quand elle pourra sortir de l'hôpital ni dans quel état physique et moral…

— Ne t'inquiète pas, tout se passera bien, j'en suis certain. Je comprends, pour le déménagement. Pauline a de la chance de t'avoir comme amie. Mais rassure-moi, tu viendras quand même dormir chez moi de temps en temps ?

— Oh que oui !!! Merci pour ta compréhension, Arnaud.

— Je t'aime. On va se coucher ?

— Chez toi ou chez moi ?

— Chez moi, prends quelques affaires et allons-y, décréta-t-il.

Le réveil de Pauline

Ce lundi matin était gris et triste. Pourtant, la veille, Arnaud avait été parfait. Les tensions nées inutilement au sujet de la maison d'Arcachon s'étaient évaporées. Nous avions parlé longtemps, de lui, de moi. Il savait à quel point j'étais attachée à Pauline. Je l'avais toujours considéré comme un membre de ma famille. Nous nous soutenions mutuellement, et même si son absence des derniers mois avait été difficile, nous avions continué à communiquer, à prendre des nouvelles et veiller l'une sur l'autre à distance. Cette fois-ci, à quelques kilomètres de moi, elle semblait si loin.

J'arrivai au bureau une heure après Arnaud. Il était matinal, comme à son habitude. Je passai devant les jumelles parfaites de l'accueil, leur adressant un petit sourire en guise de bonjour. En traversant le patio, je croisai Christine, l'assistante de la DRH, qui entama malheureusement la conversation.

— Bonjour, Caroline, comment vas-tu ? J'ai entendu dire que le projet de New York avançait bien ?

— Oui, tout se décline comme prévu pour le moment, Christine. Et pour toi, est-ce que tout roule ?

Nous marchions côte à côte, visiblement elle s'apprêtait à prendre l'ascenseur. En temps normal, j'aurais emprunté les escaliers, mais ce matin j'étais vraiment trop fatiguée. Le manque de sommeil et d'entrain me pesait déjà.

— C'est un gros coup, ce projet, même si ta période d'essai n'est pas encore terminée, mais elle va être confirmée, c'est certain.

Cette période d'essai était-elle concluante ? Drôle de question au vu du contexte. Je n'y pensais même plus, mon poste chez Lauhné était tellement lié à ma relation avec Arnaud, que je ne m'interrogeais plus au sujet de ma place ici. Je n'envisageais pas qu'elle puisse être remise en cause. Je réalisai une fois de plus combien Arnaud était devenu important pour moi et combien aussi il avait changé ma vie. Christine appuya sur le bouton d'appel de l'ascenseur.

— Tu as entendu parler de cet accident samedi soir ? Une femme s'est fait renverser par une voiture, à Bordeaux. Il paraît que ce n'était pas un accident, mais un acte volontaire. Ce monde est fou, non ?

— Je sais, c'était mon amie, nous étions ensemble lorsque c'est arrivé.

Ma voix s'étrangla en prononçant ces quelques mots. Pourquoi avait-il fallu que je dise ça, bon sang ! Je devais mettre fin à cette discussion tout de suite. Mais trop tard, le poisson était ferré. Elle me bombarda alors de questions, la commère au meilleur de sa forme ! Elle me regardait avec ses yeux curieux, excitée, pressée de pouvoir colporter des informations fraîches, des scoops, à chaque étage. Pauvre fille, si tu savais tout le reste !

La suite de la journée se déroula lentement, j'aurais aimé déjeuner avec Arnaud, mais c'était impossible. Par ailleurs, il resta enfermé dans son bureau jusqu'au soir, et n'en sortit que très peu, pour prendre un dossier ou en déposer à un collaborateur. Je préférai ne pas aller le voir, je me doutais qu'il n'apprécierait pas. L'entreprise, la vie privée, deux univers hermétiques. C'était dur, quand même.

En fin de journée, Marie m'appela. Je répondis à la première sonnerie, mais le regrettai presque aussitôt, me disant que je n'étais pas prête à entendre une mauvaise nouvelle. Cela faisait presque 48H que Pauline était dans le coma.

— Lily, c'est Marie. Je quitte tout juste l'hôpital, j'ai pu parler avec les parents de Pauline.

Mon ventre se serra douloureusement.

— Et quelles sont les dernières informations ? Dis-moi qu'elle va mieux s'il te plaît...

— Elle vient de se réveiller. Elle est encore vaseuse, à cause des analgésiques et de l'opération, mais elle est sortie d'affaire !

— Génial, super, c'est une super nouvelle ! Nous voilà rassurés, ses parents doivent être tellement soulagés, m'écriai-je en sentant un poids énorme disparaître de mon corps.

Quel soulagement je ressentis à ce moment !

— Elle va rester hospitalisée une bonne dizaine de jours, mais les médecins sont confiants, elle devrait vite aller beaucoup mieux. Et puis, tu la connais, c'est une battante !

— De mon côté, je n'ai pas plus de nouvelles du commissariat, je crains que ce ne soit long, j'aurais pourtant vraiment aimé lui apprendre qu'on avait déjà arrêté ce sale type.

— Ça viendra, Lily, ça viendra.

— Merci pour ton appel, je vais prévenir Arnaud et je passe la voir. Bise, à plus tard, Marie.

— Bise, moi je passe un coup de fil à Adèle. À tout à l'heure, si j'en sais plus je te tiens au courant.

Marie et Adèle connaissaient ma relation avec Arnaud depuis mon retour de New York, lorsque je leur avais annoncé que j'envisageais d'emménager avec lui. D'abord sans voix, elles avaient fini par me féliciter pour « cette belle prise ». J'avais eu beau leur expliquer que j'étais réellement tombée amoureuse de lui, la soudaineté de cet engagement les laissait dubitatives. Au fond, elles pensaient quand même que j'avais mis le grappin sur un super parti et que je m'empressais de le verrouiller avant qu'il ne parte. Pourtant, la vérité était si différente. Mes amies voyaient souvent les choses sous un angle qui n'était pas le mien. C'était mes copines malgré tout. Pauline, elle, avait compris ce que je ressentais vraiment pour Arnaud, même si elle restait méfiante à son égard.

Je décidai tout de même de passer voir Arnaud, sans attendre de nous retrouver chez lui ce soir. Après tout, moi aussi — au même titre que ses autres collaborateurs — j'avais le droit de venir lui parler dans son bureau. Je frappai à sa porte, puis l'ouvris au ton ferme de son « oui ». Il était en fait en entretien avec la DRH. Je rougis malgré moi en croisant son regard et ça m'énerva instantanément.

— Excusez-moi, je ne voulais pas vous déranger, je reviendrai…

— Inutile, nous avions fini, je vous laisse, répondit-elle. Arnaud, je vous souhaite une bonne soirée. Caroline.

Je n'aimais pas son ton, je n'aimais pas sa phrase et ce qu'elle sous-entendait et je n'aimais pas cette femme tout court. J'attendis qu'elle ferme la porte pour reprendre une respiration normale.

— Cette nana me stresse, elle me déteste, j'en suis certaine.

— Et après ? me demanda Arnaud en restant derrière son bureau. Peu importe ce qu'elle pense, c'est moi le patron ici, et moi je t'aime. Je t'aime vraiment beaucoup, Caroline.

Sa voix s'adoucit. Je savais qu'il était inutile d'en parler plus longtemps.

— Bonne nouvelle. Marie vient de m'appeler, Pauline est réveillée !

Tout en lui rapportant les propos de Marie, je m'approchais du bureau, et sans y prendre garde, j'y posai une fesse. Le regard réprobateur d'Arnaud me fit me relever immédiatement.

— C'est parfait, j'en suis heureux. Je ferai livrer un bouquet de fleurs demain, elle pourra en profiter maintenant qu'elle ne dort plus ! Prend ton temps ce soir en allant la voir, je vais finir tard aujourd'hui et tout le reste de la semaine, j'ai beaucoup de dossiers à traiter et j'irai courir un peu avant de rentrer, ça me vide la tête.

Un poil déçue qu'on ne puisse fêter cette bonne nouvelle ensemble, je prie également sur moi pour ne pas me réfugier dans ses bras. J'en avais tellement envie, il était si sexy derrière son bureau, les lumières de la verrière du patio dans son dos.

— A ce soir, monsieur Lauhné.

— A ce soir, mademoiselle Dubrun.

Et c'était ainsi que frustrée de devoir attendre pour profiter de mon homme ce soir, mais si légère de savoir Pauline sur la voie de la guérison, je me dirigeai vers l'hôpital. *Après tout, la semaine passera vite et Arnaud sera de nouveau tout à moi le week-end prochain.* Je n'avais qu'à prendre mon mal en patience et tirer profit de ce temps pour être présente auprès de Pauline. Elle allait bien, c'était l'essentiel. La poisse allait rester derrière nous, que pouvait-il nous arriver de plus maintenant ?

La « visite »

Que pouvait-il nous arriver de plus ?

Et bien ?

Une visite émouvante à l'hôpital. Des sourires et des larmes marquant confusément la joie et le soulagement de serrer Pauline dans mes bras, bien réveillée et bien amochée également. La promesse de revenir demain à la même heure, avec quelques affaires à elle, afin que mon amie retrouve rapidement ses rituels de beauté et sa coquetterie habituelle.

Puis le retour chez moi pour prendre ces fameuses affaires, avec l'idée de repartir au plus vite chez Arnaud, pour y passer une agréable nuit.

Sauf que là, en arrivant sur mon palier, je découvris avec effroi que la porte de notre appartement était grande ouverte, béante !

Le constat était simple, sans appel, tout était sens dessus dessous. Les meubles renversés. Les tiroirs ouverts. Les vases, les lampes, la vaisselle, les papiers, les photos… jonchaient le sol. Mes vêtements, ceux de Pauline, tout trainait par terre, comme si un ouragan avait forcé notre chez nous. Notre appartement avait été saccagé. Notre appartement avait été dévasté. Notre intimité avait été violée.

Non !!!!!!!!!! Mais merde !!!!!!!!!! Pourquoi !!!!!!

Je m'agenouillai, prostrée, et restai là un long moment à pleurer. Pourquoi fallait-il toujours qu'une catastrophe nous tombe dessus dès que tout semblait aller mieux ? Chaque morceau de joie grignoté sur la vie devait-il systématiquement être suivi d'une indigeste surprise ? J'avais envie de vomir toute cette injustice. D'abord notre boîte aux lettres forcée et notre éventuel courrier volé, puis Pauline qui se faisait renverser, et enfin l'appartement cambriolé. À cela, il fallait ajouter la mystérieuse disparition d'Arnaud durant le week-end précédent, la découverte d'une maison dont il ne souhaitait pas dire mot, et son absence programmée des prochaines soirées de la semaine. J'en avais marre, ces derniers jours étaient trop chargés en émotions. Je voulais juste me sentir sereine, tranquille dans les bras d'Arnaud, rien que lui et moi. Oui, c'est de ça dont j'avais besoin.

Lorsque mon discret et tout nouveau voisin osa entrer, je n'avais toujours changé de position. Je levai la tête, sans même être étonnée qu'on puisse pénétrer chez moi si simplement. De toute façon, je n'avais pas refermé la porte derrière moi. Blême, il eut la délicatesse de remettre le fauteuil dans le bon sens afin que je puisse m'assoir. S'excusant de n'avoir rien entendu, il piétinait, ne sachant s'il devait partir ou rester, n'osant rien toucher, se permettant tout juste de me parler. À sa décharge, mon regard aux yeux exorbités devait faire peur, ou pitié plutôt. Il finit par prendre son téléphone portable et contacta la police.

— Vous pouvez aussi appeler cet homme s'il vous plait ? lui demandai-je en tendant un papier froissé trouvé par terre, sur lequel j'avais écrit le numéro d'Arnaud. Cette feuille qui trainait, c'était une ancienne ordonnance pour ma pilule contraceptive. Ils avaient vraiment fouillé partout.

— Bien sûr…
— Et pouvez-vous m'emmener ailleurs, je vous en prie.
— Oui euh… chez moi, c'est juste en face ? Je ne comprends pas pourquoi je n'ai rien entendu…
— Très bien chez vous. Merci. Ce serait possible avec un verre de vin… Au fait, puisqu'on ne se connaît pas, je m'appelle Caroline.

Puis je fondis en larmes, encore.

— Enchanté… bien que d'autres circonstances auraient été préférables, déplora-t-il. Moi, c'est Hervé.

Par chance, Hervé put joindre Arnaud du premier coup. Il sortait du bureau et s'apprêtait à partir courir. Il me retrouva dans l'appartement de mon voisin en un temps record. Vêtu de ses habits de sport, et d'un large sweat, il ne ressemblait plus à mon homme d'affaires. C'était un athlète, il paraissait encore plus costaud qu'habituellement. Je fondis dans le réconfort de ses bras.

Avec un amer sentiment de répétition, je dus expliquer aux policiers, arrivés sur les lieux juste après Arnaud, ce que j'avais découvert en arrivant. Le plus petit d'entre eux, un nerveux qui ne tenait pas en place, m'interrogea tout en gesticulant dans mon séjour, comme si des puces s'étaient immiscées dans ses vêtements. Il me donnait le tournis.

— J'ai d'abord vu que la porte était ouverte, mais comme les parents de ma colocataire sont en ville en ce moment, pour la soutenir, à l'hôpital, parce qu'elle s'est fait renverser il y a deux jours… bref, du coup j'ai d'abord pensé qu'ils étaient venus pour lui récupérer quelques affaires, et puis tout d'un coup, alors que j'étais là devant l'embrasure…
— Doucement mademoiselle, prenez le temps de respirer, et expliquez-moi les choses dans l'ordre, me gronda-t-il
— C'est dans l'ordre, grognai-je…
— Cet accident dont vous parlez, c'est l'histoire de la petite blondinette fauchée rue Saint-Nicolas ?
— Oui, et son prénom, à la blondinette, c'est Pauline…
— C'est ça, Pauline je ne sais plus comment... Et elle habite ici, avec vous ? Elle est étrange, cette coïncidence.
— Oui, pour le moins…

Il gigotait de plus en plus et m'agaçait. Ses petits yeux noirs, furtifs, balayaient chaque coin de la pièce, de haut en bas. Il s'attardait sur les objets jetés au sol et je me sentais une fois de plus bafouée par cette intrusion dans ma sphère privée.

— Continuez mademoiselle, m'invita-t-il finalement.

— Donc la porte était entrouverte et dès que je suis entrée, j'ai vu ce carnage. Je n'ai touché à rien, c'était comme ça, expliquai-je en montrant de la main l'état de mon logement.

— Vous n'aviez pas mis un tour de clé, quand vous êtes sortis de votre appartement ? me reprocha-t-il.

— Si, bien sûr que si, affirmai-je, pas si certaine que ça.

C'est vrai que ces derniers jours, j'avais tellement l'esprit ailleurs. Était-il possible que ce soit de ma faute ? Je ne savais plus, j'étais fatiguée, je voulais rentrer chez moi… non chez Arnaud. Et j'avais de nouveau envie de pleurer, d'ouvrir les vannes sous la pression de toutes ces émotions. Arnaud était à quelques mètres de moi, parlant avec mon voisin, pour le remercier probablement. Mon regard croisa le sien et immédiatement il comprit ce dont j'avais besoin. Il s'approcha de moi, se glissa derrière mon dos, et me pris dans ses bras. Sa chaleur me réconforta instantanément.

— Monsieur l'agent, Caroline, mademoiselle Dubrun, est très secouée par ce qui vient d'arriver. Je la ramène chez moi, est-il possible de terminer cet interrogatoire demain ? demanda-t-il.

— Ce n'est pas un interrogatoire, mais une déposition. Écoutez, nous avons presque fini de relater les faits, bien que la porte n'ait pas été forcée, ce qui laisse planer des doutes sur une effraction, je constate tout de même des éléments qui m'interpellent…

— J'espère que vous ne sous-entendez pas que Caroline est en train de mentir ? Non, mais vous avez vu l'état de cet appartement ? s'énerva Arnaud.

— Vous savez, monsieur… ?

— Monsieur Lauhné ! s'agaça encore plus Arnaud.

— Vous savez, monsieur Lauhné, si je devais vous raconter tout ce que j'ai pu voir dans ma carrière ! Des nanas hystériques, vexées d'avoir été jetées par leur Jules, et qui cassent tout autour d'elles pour passer leur rage…

— Cette « nana » devant vous n'est pas hystérique, et son Jules c'est moi, et il n'est pas question que je la plante !

Je sentis mon cœur se réchauffer. Il s'énervait pour me défendre, et surtout, il venait d'avouer son attachement pour moi devant un inconnu ! C'était inédit !

— Pas la peine de vous agacer, vous verrez les gens ne sont jamais ce qu'ils paraissent être. Bon, on termine le constat vite fait. Mes gars de la police technique passeront demain.

— Demain ? demandai-je inquiète.

— Et oui, mademoiselle, ici ce n'est pas les experts Miami. Encore une chance que je les fasse venir, mais là, avec l'accident de voiture d'il y a deux jours, ça fait beaucoup. Je vais faire le point avec mon collègue qui s'occupe du cas de la blondinette, et dès que les relevés d'empreintes donneront quelque chose, je vous tiendrai au courant. D'ici là, fermez bien votre porte à clé, puisque la serrure fonctionne. Vous n'auriez pas un double à me filer pour demain, des fois ?

— Euh si, il était là, dans le vide-poche, mais tout est parterre, je ne sais pas…

— Laissez tomber madame, on a ce qu'il faut en boutique de toute façon. N'oubliez pas de prévenir votre assurance, et il va aussi falloir établir la liste des objets volés.

— Bien sûr…

S'adressant à ses deux équipiers, le policier 10 000 Watts donna le signal d'un départ imminent.

— Les techniciens viendront demain. Finissez avec vos photos, et le voisinage, et pour le reste ce sera demain.

Les policiers restèrent encore une bonne demi-heure, l'enquête de voisinage me sembla durer une éternité. Il était 22 h lorsque finalement on put quitter l'appartement. Comment allais-je l'annoncer à Pauline ? Demain, après le passage de la police technique, j'irai récupérer les affaires demandées par Pauline, puis je ferai l'inventaire de ce qui nous manque. Mon Dieu, mais pourquoi est-ce que toute cette poisse nous tombait dessus ?

Arrivée chez Arnaud, je me sentis enfin en sécurité. Désormais, son appartement était le lieu le plus serein où je puisse me trouver. Un refus, un cocon, un très spacieux cocon.

— Merci d'être accouru si vite, j'avais tellement besoin de toi…
— Chut, me dit-il, en caressant doucement ma joue. Je suis là, détends-toi. Je serai toujours présent quand tu auras besoin de moi.
— Heureusement, tu n'étais pas à Arcachon.

Je regrettai aussitôt ma phrase. Quelle idiote ! Ses sourcils se froncèrent quelques secondes, avant de laisser de nouveau la place à son regard si rassurant. Celui que je connaissais, celui qu'il me réservait.

— Tu as raison, Lily. Il n'aurait pas fallu que je sois injoignable. Désormais, même lorsque je me rendrai sur la côte, je garderai mon portable allumé.
— Promis ?
— Je t'en donne ma parole, mon ange, me rassura Arnaud avec sa voix chaude.
— Merci.

Émue, je me blottis de nouveau dans ses bras. Je me dis aussi, intérieurement, que je comptais bien aller avec lui dans cette maison d'Arcachon. Elle m'intriguait. Mais ce n'était pas encore le moment de parler de cela.

— Cette fois-ci, m'imposa-t-il, tu n'iras pas travailler. Tu vas avoir des choses à faire demain, et je vais essayer de me libérer pour t'accompagner. Je te rejoindrai ici, je pense en milieu de matinée, et l'on se rendra ensemble dans ton appartement. Tu dois dormir aussi, alors fait la grasse mat' demain, tu en as besoin, et c'est un ordre !
— D'accord pour ta présence, j'ai un peu peur d'y retourner seule. Et si le cambrioleur était encore dans les parages ?
— Je viens avec toi, ne t'inquiète pas, me promit Arnaud, sans que je ne cherche à contester quoi que ce soit, cette fois-ci.
— Je pense qu'il serait même mieux que tu prennes ta semaine entière pour te reposer, tu es trop fatiguée, trop éprouvée. Garde du temps pour récupérer.
— Je ne sais pas trop Arnaud, toute une semaine ça fait beaucoup… on verra.

Ma tête toujours calée contre son torse, je sentis sa main caresser mes cheveux. Il remit des petites mèches derrière mon oreille puis laissa son pouce effleurer mon cou. J'en avais des frissons. Heureusement que je l'avais près de moi, il était arrivé dans ma vie au bon moment.

— Je vais te faire couler un bain, Lily, avec des huiles aux senteurs d'amande douce, c'est cela ?

— Tu as cela chez toi ?

— Oui, j'en ai acheté pour fêter ton emménagement chez moi, j'avais quelques idées derrière la tête… et cette odeur délicate sur ta peau blanche, hum ... Mais ce sera pour une autre fois, là tu as juste besoin de te relaxer et de détendre tes muscles durs comme de la pierre !

C'était vrai, j'étais hyper tendue, encore sous le coup de l'adrénaline. Quel amour il était d'avoir pensé à mes huiles essentielles afin que je me sente un peu chez moi ici, chez lui.

Lui monta dans la salle de bain et moi pendant ce temps j'admirai les lumières de Bordeaux qui brillaient dans le ciel noir. C'était magnifique. Comme l'était Arnaud avec moi. Certes, tout son être me faisait fondre, mais ce n'était pas seulement son physique qui me séduisait tant, il représentait beaucoup plus. Il souriait rarement en public, mais lorsqu'il était avec moi et qu'il se détendait enfin, ses yeux se chargeaient en électricité. Je voyais dans son regard un concentré d'émotions qui me rassuraient, qui me réchauffaient et m'enveloppaient. Je me noyais dedans. Mon corps et mon esprit s'abandonnaient à lui, petit à petit. Sa force, contrastant avec ma silhouette fébrile, me rendait si vulnérable dans ses bras. J'adorais cela, j'aimais de plus en plus le laisser guider ma vie. *Comment pourrais-je désormais vivre sans lui ?*

— Tu as raison, je n'irais pas travailler cette semaine, murmurai-je sans qu'il ne puisse déjà plus m'entendre.

En descendant l'escalier tranquillement, il m'annonça fièrement la grande nouvelle :

— Le bain de mademoiselle est prêt !

— Merci… mon amour, déclarai-je les yeux humides.

— Mon amour ?

— Je ne peux pas t'appeler comme ça ? m'étonnai-je, avec le cœur qui se mit à battre de crainte d'être allée trop vite.

— Oh si, carrément… mon amour, dit-il en m'attrapant la tête et en plaquant puissamment ses lèvres sur les miennes, m'offrant un baiser viril que j'aurai voulu ne jamais sentir s'arrêter.

L'eau du bain était exactement à la température que je voulais : très chaude, fumante, dégageant un nuage de buée fruitée et délicate. J'y entrai doucement, laissant à ma peau le temps de s'habituer à cette chaleur. Une mousse aux fines bulles recouvrait la baignoire, l'odeur de l'amande embaumait la pièce, tout commençait à tourner autour de moi. Je lâchais prise, sans plus réfléchir, comme une poupée de chiffon, seule ma légère respiration faisait faiblement onduler l' eau laiteuse.

Arnaud me rejoignit un petit quart d'heure plus tard. Nu, splendide, bandé. Me poussant gentiment, il s'assit derrière moi, m'enveloppant de ses jambes musclées rabattues sur les miennes. Il mit un peu de savon au romarin dans sa main et commença à me masser les épaules, doucement. Hum, son odeur...

— Ta peau est si satinée, si délicate. Elle me donne envie de te couvrir de baisers puis de te croquer. Depuis le jour où je t'ai retenue, à l'aéroport, je te désire. Lily, tu es d'une sensualité irrésistible, tu n'as pas idée à quel point je te désire.

Je ne dis rien, je savourais les mots qu'il prononçait, buvant chacune de ses paroles, comme le nectar du fruit défendu. Ses mains s'emparèrent de mes seins, qu'il couvrit aisément. Son étreinte se fit plus ferme, il m'enveloppait, me cinglant puissamment contre lui. Je sentis son souffle s'accélérer, les battements de son cœur résonnaient le long de ma colonne, j'avais l'impression de ne faire plus qu'un avec lui. Nos fragrances d'amande douce et de romarin se mêlaient, créant un nouveau parfum, le nôtre. Son sexe, dur, m'appelait. Puis sa main descendit sur mon ventre qu'il malaxa doucement, avec ses doigts qui pressaient agréablement ma chair, comme s'il s'appropriait chaque espace de mon corps. Sa paume appuyait sous mon nombril, me faisant découvrir des sensations jusque-là inconnues. *Comment fait-il ça, c'est si bon !* Puis ses doigts parcoururent ma toison et me pénétrèrent, prenant ainsi toute la mesure du degré d'excitation que suscitait Arnaud en moi.

Un petit cri de surprise s'échappa de ma bouche. Tout en couvrant mon cou de baisers, il glissa ensuite ses mains sur le haut de mes cuisses, qu'il agrippa et écarta. Je me laissais guider, il pouvait faire ce qu'il voulait de mon corps, je savais que ce ne serait que pur plaisir. À ce moment-là, je lui appartenais complètement.

La morosité

Arnaud partit courir tôt le lendemain, me lassant dormir quelques précieuses minutes supplémentaires.

La journée allait être pénible, je ne pouvais pas y aller, je ne voulais pas sortir du lit d'Arnaud. J'attendis qu'il revienne pour me lever. Sitôt rentré, il monta directement me voir dans la chambre.

— Il y a du café pour toi dans la cuisine, et je suis passé à la pâtisserie pour nous acheter des chaussons aux pommes, me dit-il en déposant un doux baiser sur mon front.

Mon sourcil, interrogateur, se souleva.

— En tout bien tout honneur, je te promets !

Il riait, il me faisait du bien.

— Je file sous la douche, pendant ce temps, toi tu déjeunes, et quand tu te seras préparée nous irons ensemble à l'appartement. J'ai pu annuler mes rendez-vous de la matinée.

— Merci. Mais à cause de moi, tu vas prendre du retard dans tes projets, je suis désolée pour tout ce qui se passe depuis ces derniers jours.

— Ce n'est pas de ta faute, tu n'y es pour rien… répondit-il pensif.

J'essayais de voir le bon côté des choses, un mal pour un bien, plus il survenait de problèmes, plus Arnaud était protecteur avec moi. J'aimais ça.

Lorsque nous arrivâmes à l'appartement, à 10 h, les techniciens de la police venaient de terminer les prélèvements. Ils finirent de plier leur matériel et m'indiquèrent que je pouvais désormais remettre en ordre mon logement et constater les pertes et dégâts. Dans ma tête, je remerciai encore Arnaud d'être avec moi. Bon sang, par où allais-je commercer ?

Comment les cambrioleurs avaient-ils pu foutre autant de bordel ? Plus je rangeais, et plus j'enrageais. Je ne pouvais que déplorer la hargne dont ils avaient fait preuve en faisant ça. *Heureusement que je ne suis pas tombée sur eux, pensai-je.* Je pris aussi la mesure de ce que représentait cette intrusion : ils connaissaient ma vie, et celle de Pauline, ils avaient touché à nos photos, nos courriers, nos habits, nos produits de toilette… Je me sentais salie. Il allait falloir que je lave toutes nos affaires, nos draps, nos serviettes. Le sol était couvert de traces de pas, depuis hier mon appartement était le théâtre de multiples va-et-vient : cambrioleurs, voisin, policiers, techniciens…

À 13 h, et à grands coups d'énergie alimentée par la colère, le logement avait déjà une meilleure allure. Nous avions remis les meubles à leur place, jeté dans de grands sacs-poubelle les objets cassés, rassemblé les affaires par tas, les vêtements de Pauline, les miens, les papiers de l'appartement, les factures pour l'assurance, nos documents personnels, un nouveau tas pour Pauline, et un pour moi, et ainsi de suite…

Plus nous avancions dans le rangement, et plus je m'étonnais : rien visiblement n'avait été volé.

— Tu ne trouves pas cela étrange, Arnaud ? Mes quelques bijoux sont toujours là, le téléviseur, mon ordinateur, rien de tout cela n'a été pris. Rien n'a de sens là-dedans !

— Pourquoi diable alors pénétrer chez vous, et tout saccager, s'énerva-t-il devant ce constat. Quel était le motif ? C'est comme si les gars qui avaient fait ça cherchaient quelque chose de précis… ou en avaient personnellement contre vous...

Cette idée me fit froid dans le dos, d'autant qu'elle me paraissait de plus en plus envisageable. Mais pourquoi donc ?

— Écoute Lily, je sais que tu voulais rester ici jusqu'au retour Pauline, mais ce qui vient de se passer hier change le donne. Il est impossible que tu demeures dans ce lieu, surtout que je te rappelle que la serrure n'a pas été forcée. Si ce n'est pas toi qui as laissé la porte ouverte, il est donc probable qu'une autre personne détienne les clés de chez vous. D'ailleurs, tu n'as pas retrouvé les doubles du trousseau, ce qui m'inquiète. Viens vivre avec moi, ensuite nous trouverons une solution lorsque Pauline sortira de l'hôpital.

Le ton de sa voix ne me donnait pas vraiment le choix. Je ne savais toujours pas si c'était un oubli de ma part pour la porte, je n'arrivais plus à me souvenir…

— Déjà, nous allons faire changer la serrure, continua-t-il. J'ai un ami serrurier, je vais lui demander de passer au plus vite. Et je veillerai aussi en personne à ce que la police s'occupe de cette affaire avec la plus grande attention.

Il prenait les choses en main, je n'avais qu'à suivre ses instructions, juste à me laisser guider.

— N'oublie pas de contacter ton assureur, et désormais tu donneras comme adresse de courrier mon adresse. Ta boîte aux lettres a déjà été forcée, je ne tiens pas à ce que l'on s'empare à nouveau de tes documents personnels.

Ouah, qu'est-ce qu'il pouvait être directif, mais c'était exactement ce dont j'avais besoin ! J'avais encore beaucoup de choses à faire dans l'appartement, et Arnaud avait dû me laisser pour retourner au bureau. Je me retrouvai donc seule et entamai l'inventaire des objets volés.

Au bout d'une heure, le constat était clair : comme je l'avais rapidement remarqué, vraiment rien n'avait été dérobé. Du moins, rien n'appartenant à la colocation ou à moi-même. Pour ce qui était des affaires personnelles de Pauline, je ne savais pas très bien. Il fallait que je lui dise, lors de ma prochaine visite, un peu plus tard dans l'après-midi, et très sincèrement je redoutais sa réaction.

Vers 16 h, je décidai de quitter ces lieux, j'en avais plus que marre, j'attrapai à la hâte quelques vêtements pour Pauline, puis m'éloignai cet endroit malsain. Comme je m'y étais attendue, l'annonce du cambriolage mina complètement le moral de Pauline qui était pourtant si enjouée habituellement. Les évènements récents pesaient désormais lourd. On pensait toutes les deux à la même chose : beaucoup de malchance accumulée ces derniers jours et une inquiétude qui s'amplifiait. Je partis tôt, vers 18 h, la laissant avec ses parents. Ils avaient besoin de prendre du temps avec leur fille et j'avais encore quelques appels téléphoniques à passer.

Ce soir-là, Arnaud rentra tard, comme il me l'avait annoncé la veille. Il rattrapait probablement le temps perdu avec moi ce matin et je savais que quelques dossiers sensibles devaient être réglés d'ici les prochains jours.

Ce fût ainsi tout le début de la semaine, je devais veiller chaque soir pour avoir une chance de le voir. Heureusement, il écarta l'idée d'aller courir après sa journée de travail. Il faisait en sorte de garder quelques précieuses minutes pour moi, ce à quoi je lui étais reconnaissante. Même s'il ne voulait pas me le montrer, Arnaud était inquiet. Je le devinais dans ses yeux.

La journée du jeudi me sembla durer une éternité, c'était de trop. Aussi, vendredi, je décidai de retourner au bureau. J'avais fini de tout remettre en ordre dans mon appartement et je tournais en rond dans celui d'Arnaud, à m'en rendre marteau. Désapprouvant cette idée sur le moment, il comprit rapidement que je retrouverais le moral beaucoup plus vite en allant travailler. Et, qui plus est, le dossier de New York avait déjà accusé assez de retard. Ça me fit du bien d'y aller et de croiser des personnes qui n'étaient ni en uniforme de policier ni en blouse de médecin.

Ce vendredi soir, après être passée voir Pauline comme tous les jours, je rentrais chez Arnaud comme si j'étais chez moi. Presque, bientôt.

Cette fois-ci, Arnaud me fit la surprise d'être là beaucoup plus tôt, il n'était que 20 h lorsqu'il franchit le pas de la porte, accompagné d'un très prometteur dîner fumant.

— Hum, ça sent super bon ! m'exclamai-je heureuse de le savoir à mes côtés.

— Sri-lankais, c'est un petit traiteur à trois rues d'ici qui fait des merveilles. Le voyage au bout du monde est garanti, m'expliqua-t-il en sortant du réfrigérateur une bouteille de Chablis.

— Tu avais mis du vin au frais, bravo, tu penses à tout, lui dis-je, étonnée.

— J'espérais bien partir du bureau plus tôt que les autres jours de la semaine pour que l'on puisse manger ensemble cette fois. L'idée de prendre le dîner de ce soir chez le traiteur m'est venue à midi, mon choix pour le Sri-Lankais a été définitivement arrêté à 16 h.

Il était fier de lui, content de me voir heureuse.

— Ah ! Et tu gardes tout de même un peu de temps pour travailler quand tu ne penses pas au repas du soir ? plaisantai-je.

— J'avais envie de passer ma soirée ici avec toi, dans une tenue décontractée, à manger avec les doigts.

Il me prit par la taille, m'attira à lui et me mordilla l'index puis le pouce.

— Avec les doigts, répétai-je en riant, sachant qu'il exagérait un peu. C'est vrai, OK pour se goinfrer sur ton canapé blanc hors de prix…

Son regard me signifia immédiatement que le sofa ne faisait pas partie du plan, il ne fallait pas trop forcer son humour, tout de même.

Arnaud nous servit un verre de Chablis et vint me rejoindre devant la baie vitrée qui dominait les rives de Bordeaux. Qu'est-ce que j'adorais me faire hypnotiser par ces lumières scintillantes. Le Pont de Pierre surplombant le fleuve ainsi éclairé reflétait une ambiance tellement romantique. D'un coup, l'idée qui me trottait dans la tête depuis quelques jours refit surface. J'espérais que le moment s'y prêtait. J'étais certaine que ma proposition allait lui plaire… après un petit temps de persuasion peut-être.

— Cette semaine a été éprouvante, commençai-je tandis que je sentais son corps à quelques centimètres du mien.

— Tu aurais dû te reposer plus, Lily, je te l'ai dit, me sermonna Arnaud, avec son ton paternaliste.

Ce ton, volontairement réprobateur, se voulait surtout protecteur.

— Toi aussi tu as bossé comme un fou cette semaine, c'est toujours comme ça ? j'entamai mon approche discrètement vers le sujet que je comptais aborder.

— Oui parfois, souvent même, plus vers la fin l'année, avec les aléas qui peuvent arriver lors des vendanges et l'augmentation des ventes pour les fêtes de décembre, notre chiffre d'affaires dépend beaucoup du dernier trimestre. Mais je ne t'apprends rien, rassure-moi ?

Parfait, sans le savoir encore, il amenait de l'eau à mon moulin.

— Oui, je connais les périodes de pic d'activité de l'entreprise, bien sûr. C'est plutôt toi qui…. Tu es tellement pris en ce moment en comparaison des premières semaines que nous venons de vivre ensemble, j'ai l'impression d'être toujours en manque de toi…

— Ce sont les affaires Lily. Tout ce que ma famille a bâti, et tout ce que je continue de faire fructifier, suppose de ne pas compter son temps. Jamais. Mais dès que je le peux, c'est avec toi que je suis. Je pensais que tu l'avais compris.

— Oui.

— C'est un petit oui, s'inquiéta-t-il.

— Tu passes aussi du temps dans ta maison, à Arcachon…

— Oui, j'y vais régulièrement pour me reposer. Mais je m'y rends beaucoup moins depuis que je te connais, essaya-t-il de me rassurer.

Approchant sa bouche de mon oreille, il murmura la fin de sa phrase :

— Je me ressource autrement, depuis que tu fais partie de ma vie.

C'était le moment de lui demander. Je me lançai.

— Nous pourrions partir nous y ressourcer ensemble, tous les deux, dans ta Villa d'Arcachon, ce week-end par exemple…

Je le sentis instantanément se réagir. Il fit un pas en arrière et but une gorgée de vin. Qu'allait-il répondre, mon Dieu, j'espérais ne pas l'avoir braqué !

— Lily, nous en avons déjà parlé, c'est trop tôt…

— Mais pourquoi ? Nous nous sommes tellement rapprochés ces dernières semaines et plus encore ces derniers jours. Pourquoi veux-tu attendre et qu'attends-tu d'ailleurs ? Arnaud, je t'aime, et j'ai envie de te connaître toujours plus.

— Justement, marmonna-t-il…

Choisissant d'ignorer ce qu'il venait de dire, je décidai d'insister.

— Allons sur la côte, prendre l'air marin et nous reposer, comme tu aimes le faire, ce sera même mieux, car nous serons ensemble. S'il te plaît, nous en avons besoin tous les deux, tu travailles comme un dingue et moi, je suis tellement chamboulée par tous ces actes malveillants. Allons nous retrouver à Arcachon, cette ville a tant de charme !

Me blottissant dans ses bras, comme j'aimais le faire, je sentais son cœur qui battait plus fort qu'à l'ordinaire. Avait-il envie de moi ou cette discussion l'énervait-elle tant que cela ?

— Là-bas, c'est mon univers et c'est une partie de moi que tu ne connais pas encore…

— Et que je veux découvrir ! ripostai-je.

— Non ! me cria-t-il dessus.

Surprise par son attitude démesurée, je reculai d'un pas. Qu'est-ce que cette maison pouvait bien représenter pour lui pour qu'il réagisse de façon aussi virulente ? Les larmes remplissaient soudain mes yeux, c'était la première fois qu'il haussait la voix sur moi !

— Excuse-moi Lily, je ne voulais pas te faire peur.

Il semblait vraiment désolé, dépassé lui-même par sa réaction.

— Et puis tu vois, il y a encore beaucoup de touristes à cette période, je ne sais pas si tu vas pouvoir te reposer…, argua-t-il.

Ouf, c'était gagné ! Nous allions passer le week-end à Arcachon ! Je trouvais que c'était exactement ce qu'il nous fallait, deux petits jours en amoureux sur le bassin avant d'entrer dans le stress de l'automne. Et en plus, j'allais en apprendre un peu plus sur sa vie ! Finalement, ce n'était pas si compliqué que cela de le convaincre.

Comme une enfant, je serrai très fort mes bras enroulés autour de sa taille, laissant éclater ma joie. Puis je l'embrassai à pleine bouche, goulument, comme une ado excessive en nage d'hormones, prête à le manger.

— Hum… on s'attaque au repas ? arrivai-je à souffler, luttant contre mon envie brûlante de le déshabiller.

— À table, me dit-il sur un ton faussement enjoué.

Il paraissait préoccupé, comme s'il regrettait déjà d'avoir cédé si vite. Je fis celle qui ne s'aperçut de rien.

La Villa majestueuse

Ce samedi matin, j'étais vraiment de bonne humeur. Je finissais de rassembler quelques affaires dans un sac, mais juste les miennes puisque Arnaud avait tout son nécessaire là-bas. D'ici une heure, j'allais découvrir enfin cette fameuse demeure. Je me voyais déjà marcher sur la plage avec Arnaud, le sable chaud glissant entre nos orteils. Je me demandais si sa maison avait une piscine. Donnait-elle directement sur le bassin d'Arcachon ? Était-elle grande ou petite ? Je ne savais vraiment rien au sujet de cette mystérieuse Villa dont il cherchait à me cacher l'existence.

Ça serait tellement chouette qu'elle donne sur le front de mer, le soir nous pourrions alors laisser les fenêtres ouvertes et nous endormir bercés par le ronronnement des vagues. Ce doit être comme ça qu'il se ressource, c'est si relaxant le son de l'eau.

Arnaud était étonnant silencieux durant le trajet. Certes, ce n'était pas un grand bavard de nature. Il était plus à l'aise pour distribuer des ordres et prendre des décisions franches que pour s'étendre sur ses états d'humeur. Mais tout de même, là, on frôlait la discussion monosyllabique.

— Depuis quand possèdes-tu cette Villa ? demandai-je à Arnaud, dans l'espoir de rompre son mutisme.

— Longtemps, répondit-il simplement.

— Et tu t'y rends souvent, c'est un peu comme ta maison de campagne à la mer ? continuai-je, bien décidée à ne pas lâcher le morceau.

— Oui et non, dit-il en faisant semblant d'être très concentré sur la route.

— Et ça va être comme ça tout le week-end, Arnaud ? Aussi… bref dans tes réponses ?

— Excuse-moi, j'étais dans mes pensées… Les affaires, je voudrais boucler un dossier absolument avant la fin de la semaine prochaine, il va falloir prendre des décisions délicates à ce sujet, car il s'agit d'un cas assez sensible.

— Raison de plus pour profiter de ces deux jours à Arcachon. Tu vas voir, je suis certaine que tu auras les idées beaucoup plus claires lundi.

— Oui, répondit-il simplement, l'air songeur.

Bon, je tentais de paraître optimiste, mais ça n'allait pas suffire, j'aurais aimé qu'il y mette un peu du sien ! Je ne lui connaissais pas cet aspect… grognon. C'était une découverte, finalement ce week-end allait vraiment me permettre de mieux le connaître. En bien, j'espérais.

Sentant probablement ma déception, Arnaud reprit étonnamment la conversation.

— C'est une maison de famille, commença-t-il à m'expliquer. Lorsque mon grand-père a fait fortune, grâce au développement important de l'entreprise familiale Lauhné Entreprise, qu'il avait créée 15 ans plus tôt, il a offert cette Villa à ma grand-mère. Ils avaient environ la quarantaine, un peu plus même, et ma grand-mère avait toujours rêvé d'avoir une vraie Villa arcachonnaise. Il paraît qu'elle pouvait passer des heures à les regarder, de la rue, déambulant dans la ville d'hiver, s'imaginant maîtresse de maison de l'une d'elles.

— Tu es en train de me dire que la Villa se trouve dans la ville d'hiver ? C'est le quartier historique d'Arcachon, le plus beau ! m'exclamai-je.

— Mon père était jeune, peut-être une dizaine d'années lorsque la famille a fait cette acquisition. Bien que ce soit une résidence secondaire, la mère de mon père y passait un temps fou, elle était littéralement tombée amoureuse de cette maison qu'elle décora avec tellement de minutie et de goût. Tu verras, la Villa n'a presque pas changé depuis cette époque.

— Ah bon ? Durant toutes ces années, elle est restée telle quelle ?

— Bien sûr, elle a évolué avec les années. La modernité et la technologie sont entrées dans ses murs. Mais la décoration, l'esprit même de la fin du 19e siècle, période de sa construction, a été préservée.

— Elle doit être magnifique.

— Elle l'est. Mon père a ainsi passé les étés, les week-ends, les vacances de son enfance là-bas. Pour des raisons professionnelles, mon grand-père restait souvent à Bordeaux durant les petites vacances, mais ma grand-mère et papa s'y retrouvaient tous les deux. Puis, lorsque mon père a fondé sa famille, ce fut à notre tour avec mes parents et mon frère Stéphane de faire de même. Ma grand-mère était si joyeuse de regarder ses petits-enfants dévaler les escaliers en courant !

— Tu dois y être très attaché. Ce que je veux dire, c'est que tu dois avoir une multitude de souvenirs de jeunesse là-bas ?

Sitôt ces quelques mots innocents prononcés, je le vis se rembrunir, ses doigts se crispèrent sur le volant et il fixait désormais la route avec une attention exagérée. Qu'avais-je dit de mal ? Je décidai malgré tout de pousser ma curiosité plus loin.

— Si c'est une maison de famille, pourquoi ton frère n'y va-t-il plus ?

Mécaniquement, sur un ton plat dénué de toute émotion, il m'expliqua que Stéphane et sa femme avaient préféré s'offrir un bel appartement de standing face à la mer. La Villa ne donnait pas directement sur la plage et ne disposait pas de piscine. Elle vieillissait et ne proposait pas le confort pratique des constructions modernes. Elle respirait les courants d'air aussi et au final était bien trop grande.

Il poursuivit son récit avec cette même voix neutre, la passion qui l'avait habité deux minutes plus tôt en me racontant l'histoire de cette maison s'était envolée subitement.

— Avec leurs enfants, ça leur semble plus facile de faire comme ça. Ils ont probablement raison, ce que veulent les gosses, c'est voir l'océan et jouer sur la plage. À notre époque, les petits monstres sont rois…

Je le trouvais étonnamment critique vis-à-vis de son frère, moi qui pensais qu'ils s'appréciaient pourtant bien.

— Leur appartement se situe dans l'avenue la plus animée d'Arcachon, à proximité des commerces et des restaurants. Il y a de l'ambiance, du monde, Stéphane est dans son univers lorsqu'il peut côtoyer toutes sortes de personnes. Il aime le contact humain, il a ça dans le sang.
— Mais lui aussi a une profession stressante, il ne cherche jamais le calme ?
— Lui et Amélie possèdent également une maison dans le Périgord, répondit-il.
— Ah, je ne savais pas.

La discussion en resta là et durant la demi-heure qui suivit, la musique remplissait l'habitacle de l'Audit. Le paysage changeait petit à petit et quand nous sortîmes de l'autoroute j'ouvris avec plaisir la vitre, humant l'air marin aux notes de pins qui fouettait mon visage. J'adorais cette odeur. Cela me rappelait mes vacances, enfant, lorsqu'avec mes parents nous arrivions au bord de la mer au terme d'une journée interminable de trajet en voiture. Paris–Sainte-Maxime, 900 km, un réel défi annuel… mais une fois débarqués sur la Côte d'Azur, l'euphorie du dépaysement effaçait tout. Je m'imprégnais de ce parfum méditerranéen et mon état nauséeux disparaissait instantanément. Je voyais dans les yeux de mon père et ma mère, eux aussi éprouvés par ce long trajet, le soulagement. Les trois semaines de vacances commençaient enfin…

— Et tes parents, ils n'y vont pas non plus ? demandai-je à Arnaud, songeant subitement à eux.
— Lily, tu reprends ton interrogatoire ? me gronda-t-il. Non, ils n'y vont plus.
— Pourquoi ?
— Nous arrivons dans Arcachon, Lily. Je vais te montrer la Villa, uniquement parce que tu as su être persuasive et que tu as besoin de fuir l'air de Bordeaux pour 48 heures. Mais c'est déjà beaucoup pour moi, je n'avais pas prévu de venir ici si tôt avec

toi. Alors, cesse de me poser des questions constamment, s'il te plaît.

Son ton se voulait presque paternel, protecteur, me signifiant qu'il agissait pour mon bien, mais que je devais arrêter de me comporter en petite fille. Donc même si ma curiosité n'était pas encore satisfaite, je radoucis mes ardeurs. J'aimais lorsqu'il se montrait comme cela avec moi : comme un homme protecteur.

Nous arrivions dans le quartier de la Ville d'hiver. Je ne connaissais que vaguement son histoire, car comme beaucoup de jeunes de mon âge, lorsque j'allais à Arcachon, je déambulais dans les boutiques du centre-ville, je m'allongeais sur l'une des plages du bassin et me baignais dans son eau plus calme que l'océan. Mais surtout, ce que j'aimais, comme chacun, c'était de manger une glace artisanale face à cette relaxante étendue bleue, tout simplement.

Arnaud avait deviné mes habitudes, je n'étais hélas pas très originale.

— Arcachon est découpée en quatre quartiers, chacun correspondant à une saison.

— C'est poétique…

— La ville s'est développée grâce à ce que l'on appellerait aujourd'hui le tourisme sanitaire. Ce n'était pas vraiment très romantique à l'époque. L'air marin et la forêt de pins, dotés de vertus médicinales, devaient guérir les malades de la tuberculose.

— Ah oui, nous quittons le glamour là, commentai-je.

— La ville d'hiver a été créée à la fin du 18e siècle, dans un style très typique de l'époque et de la région. C'est pour cela que ce quartier est si beau, beaucoup de villas ont été préservées, tu croirais changer d'époque lorsque tu t'y promènes. Et tu as vu que les routes étaient sinueuses, sais-tu pourquoi ?

— Non, monsieur le professeur. Est-ce pour donner plus de rondeur à la ville, plus de féminité ?

— J'aime beaucoup ta réponse, mais ce n'est pas juste. Les rues ont été pensées ainsi afin de protéger les villas des courants d'air, l'objectif était de faire barrage aux vents, expliqua Arnaud, qui visiblement adorait cette ville autant que sa Villa.

— Oh, malin.

Il souriait, fier de me parler de son quartier. J'avais retrouvé l'homme que je connaissais, celui qui savait me montrer une certaine forme de sensibilité. Pas le monsieur Lauhné sérieux et autoritaire qu'il présentait à tout le monde, mais Arnaud, tendre et passionné, tel qu'il était avec moi.

Nous étions arrivés. Arnaud se gara devant un très beau portail rouge en fer forgé, à droite duquel on pouvait lire le nom de la Villa qui figurait sur une petite plaque : la Villa sous les pins. Arnaud ouvrit la grille afin de rentrer le véhicule dans l'allée. Effectivement, la Villa était cerclée de grands arbres qui semblaient l'envelopper comme un écrin. L'extérieur déjà donnait une belle allure à l'ensemble et laissait imaginer la beauté de ce qui allait suivre. Une fois la voiture arrêtée, je descendis et me retrouvai face à la bâtisse. Je levai la tête vers elle, émue. Cette Villa était absolument splendide. Certes, elle paraissait peut-être un peu défraichie, un bon coup de peinture sur les boiseries n'aurait pas été un luxe. Mais peu importait, tellement elle resplendissait. Majestueuse, fière, elle se dressait devant nous, dans son enveloppe de verdure. J'avais souvent vu des maisons arcachonnaises, mais celle-là me semblait unique. Cachée derrière d'immenses arbres faisant barrage aux regards extérieurs, elle était un lieu singulier protégé du reste du monde.

Sa façade était jaune très pâle, ce qui contrastait avec le rouge des briques qui encadraient les portes et fenêtres. Quelques marches étaient nécessaires pour accéder à la terrasse qui donnait accès à l'entrée principale, située exactement au milieu de la maison. La balustrade de cette terrasse de devanture, disposée tout le long de la Villa, de part à d'autre de l'escalier central, était en bois recouvert de peinture blanche, travaillé telle de la dentelle, dans le style mauresque de la fin du 18e siècle. De façon totalement symétrique, les deux balcons du premier étage s'alignaient au-dessus des rambardes du bas, à droite et à gauche de la façade. Enfin, dans le parfait code de l'époque, un second niveau monté uniquement à droite de la Villa, lui donnait cette fantaisie typiquement arcachonnaise. Une nouvelle dentelle de bois blanc reliait de part et d'autre la charpente rouge au dernier petit balcon. Quelle belle maison !

Arnaud prit mon sac dans le coffre et monta les quelques marches menant à la terrasse. Je le suivis, silencieuse, curieuse de pénétrer dans un tel lieu. Bizarrement, j'étais impressionnée.

— Dis-moi, comment trouves-tu la Villa pour le moment ?

Cette fois, c'était lui qui brisa le silence, alors je ne pouvais que l'encourager !

— Et bien, je ne m'attendais pas à cela… Avant tes explications dans la voiture, je m'étais fait l'idée d' une habitation en bord de plage, de plain-pied, moderne à l'image de la décoration que tu as chez toi. Forcément, j'ai compris durant le trajet que la Villa allait être tout autrement, avec beaucoup de cachet, mais là… Ouah ! J'avoue que je n'ai jamais été dans une maison avec autant de charme. Comme j'imagine ce qu'a dû ressentir ta grand-mère lorsqu'elle l'a achetée !

Ma dernière phrase semblait lui faire plaisir. Il me paraissait totalement détendu, comme s'il avait redouté une réaction négative de ma part. Mais comment cela aurait-il pu être possible ?

— Oui, cela n'a rien à voir avec mon appartement à Bordeaux. Sinon, où serait le dépaysement ? dit-il d'un ton malicieux.

Il souriait, il était définitivement fier de me montrer sa Villa.

— En fait, les plages ne sont pas très loin, tu y es en moins de dix minutes. Les commerces aussi sont proches. Mais ce quartier est si bien préservé et cette maison, plus particulièrement, avec son super espace ombragé que tu pourrais te croire…

— … en pleine campagne, à des kilomètres de la première ville !

— Exactement. C'est aussi ce que je ressens.

Arnaud ouvrit la porte et me prit la main pour entrer. Des odeurs de bois, de cire, de pomme contrastaient avec les essences végétales du jardin. Elle ne sentait pas le renfermé ni la poussière. Elle regorgeait de souvenirs d'une autre époque, celle où nos grands-mères astiquaient les meubles en bois et confectionnaient des gâteaux pour accompagner le chocolat au lait du goûter.

— C'est étonnant, la Villa sent le fruit, dis-je amusée à Arnaud. Comment as-tu fait pour garder l'odeur de ton enfance dans ces murs ?

Il éclata de rire. Avais-je une fois de plus dit une bêtise ?

— Mon secret… OK, mais tu ne le répètes à personne ?

— Promis !

— Mon secret… S'appelle Henriette.

Arnaud posa mon sac de voyage au pied de l'escalier et se dirigea vers le séjour pour ouvrir la fenêtre.

— Henriette, c'est ainsi que se prénommait ta grand-mère ? demandai-je logiquement.

Il me regarda l'air encore plus rieur, les yeux attendris par ma candeur. En le suivant dans la cuisine, j'attendais de comprendre ce qui le faisait sourire.

— Henriette est la dame qui entretient cette maison, elle vient y faire le ménage toutes les semaines, et lorsque je prévois de passer, elle fait quelques courses et elle me prépare des desserts. C'est la reine des desserts !

— Oh, c'est ta femme de ménage ?

Il ouvrit la porte du réfrigérateur, et effectivement celui-ci était plein. Tout ça pour un week-end, c'est beaucoup trop, quel gâchis ! Un plat recouvert d'un torchon trônait au milieu de l'îlot : tarte aux pommes ?

— Non, Henriette est plus que cela, elle veille sur la maison. C'est notre gardienne du phare !

— Elle vit ici ? m'enquerrai-je un peu gênée à l'idée de devoir cohabiter avec Henriette durant ces deux jours.

— Non, elle vit avec son mari près du port, il est pêcheur et il périrait de ne pas voir l'océan dès le réveil.

— Tu sembles bien la connaître ?

— Elle travaille pour la famille depuis très longtemps, elle a bien connu ma grand-mère. Elles s'appréciaient beaucoup l'une et l'autre. Elle m'a vu grandir, je ne sais pas si un jour elle voudra prendre sa retraite, pourtant elle n'est plus très jeune...

J'aimais bien lorsqu'il me parlait de lui, de son enfance, et qu'il me laissait entrer dans sa vie.

La pomme, c'était Henriette. Mais la Villa avait assurément son propre parfum, quelque chose de presque mystique s'en dégageait. Une atmosphère y régnait, mais qui n'était ni pesante ni angoissante. Au contraire, un sentiment de bien-être m'envahit, comme si je me sentais chez moi.

Je sortis de la cuisine et traversai le long couloir central pour rejoindre le séjour, en face. Cette pièce était belle et grande, avec du parquet massif comme dans tout le rez-de-chaussée. Elle était haute de plafond également, plus de trois mètres. Au fond, une élégante cheminée de briques rouges nous tendait les bras et de l'autre côté, une double porte-fenêtre donnait sur la terrasse par laquelle nous étions passés en arrivant. Le lieu n'était pas meublé à outrance, comme cela peut souvent être le cas dans les maisons bourgeoises. Juste ce qu'il fallait, de beaux meubles d'époque, de grands miroirs dorés, des toiles d'artistes… et un écran géant aussi, parce que la technologie était entrée dans la Villa, Arnaud me l'avait précisé !

— Sacrée taille d'écran, pour quelqu'un qui ne regarde jamais la télévision ! plaisantai-je en observant Arnaud du coin de l'œil.

— J'ai toute une collection de DVD, ce n'est pas la télé que je regarde. Ça fait partie du programme ici, prendre le temps de revoir de bons films.

— Relaxation, temps pour soi, meubles anciens ... Rien de comparable avec l'homme que je connaissais jusqu'à présent !

— Tu ne crois pas si bien dire, répondit-il en déposant un baiser sur mon front.

— Tu me fais visiter le reste de la Villa ? demandai-je tout en me dirigeant déjà vers les pièces suivantes.

Arnaud me guida ensuite du séjour vers la bibliothèque, au fond à gauche. C'était un petit endroit chaleureux, regorgeant de livres de tout style, où trônait un très attrayant fauteuil crapaud, visiblement retapissé à neuf, à rayures beige et bleu roi, du même tissu que celui des doubles-rideaux. Ce lieu était une invitation à se noyer dans l'un ou l'autre des multiples romans mis à disposition, comme une enfant devant la vitrine d'un glacier. Une chaîne hifi ultra moderne occupait une place de choix sur une jolie commode ancienne. C'était un mélange des époques, mais rien ne choquait.

De l'autre côté du couloir, face à la bibliothèque, se tenait la salle à manger. Une vaste pièce, toujours décorée avec autant de soin, dont la table, élément central, pouvait facilement recevoir une douzaine de convives. Je me demandais à combien de temps remontait le dernier dîner servi ici. Quelque chose me soufflait que ce devait dater…

Enfin, au fond du couloir, un escalier à la rambarde rouge et aux marches de bois menait aux quatre pièces de l'étage. La chambre d'Arnaud donnait sur la terrasse, côté sud. Ce n'était pas la plus grande, mais assurément la plus agréable. Lumineuse et sobre. Le lit faisait face à la porte-fenêtre, donnant accès à l'un des jolis balcons dont le garde-corps en bois était si finement sculpté. Arnaud déposa mon sac au pied du lit.

— Cette porte, à droite du lit, elle débouche sur quoi ? demandai-je toujours aussi curieuse.

— C'est la salle de bain. Il y en a une autre commune aux deux chambres d'en face, précisa-t-il.

En sortant de celle d'Arnaud, mon attention fut attirée par un discret escalier, coincé dans un angle sombre du palier.

— Et ces marches, là, elles mènent au grenier ? Il y a encore des pièces là-haut ?

— Oui, il y a un petit dortoir mansardé, répondit-il le regard fixé aux dernières marches de ce petit escalier. Quand nous étions plus jeunes avec mon frère, c'était notre zone réservée, notre salle de jeux interdite aux adultes. On y a passé beaucoup de temps à imaginer des mondes fabuleux, fantastiques.

— Et maintenant, à quoi sert-elle ?

— Juste à entreposer de vieilles malles et quelques papiers, quelques photos… Rien d'extraordinaire.

Sa voix prit de nouveau cette intonation terne lorsqu'il évoquait son enfance. Quelque chose de bizarre planait dans l'air.

— Je suis contente que tu m'aies laissée t'accompagner ici, Arnaud, merci, dis-je calmement.

— Il est bientôt midi, que dirais-tu d'aller en ville et de déguster quelques poissons à la plancha ?

— Merveilleuse idée, capitaine !

Arnaud m'emmena déjeuner dans une brasserie sympa où visiblement il avait ses habitudes. Martin, le patron, qui appelait Arnaud par son prénom, me parla de lui et de son frère. J'appris ainsi que plus jeunes, les deux garçons étaient les tombeurs du coin, ce qui garantissait au restaurateur une clientèle féminine régulièrement. Je regardais Arnaud d'un œil amusé, parce que je n'aurais pas cru une seconde qu'il eut une jeunesse chaste !

Après ce très agréable déjeuner, nous allâmes nous promener en centre-ville, flâner dans les boutiques, rigoler des bibelots ridicules que certains commerçants vendaient si facilement aux touristes et apprécier le fruit de l'artisanat local. Puis Arnaud m'emmena manger une glace sur le front de mer : je lui avais avoué ma faiblesse, l'italienne menthe-chocolat. Elle était encore meilleure que d'habitude, avec Arnaud tout semblait avoir meilleur goût. Tout avait meilleur goût. Notre petite ballade nous amena doucement sur la plage où, assis sur le sable chaud, nous regardions l'horizon, chacun emporté par ses pensées. Après avoir fini sa glace, Arnaud passa derrière moi, posa ses jambes de chaque côté et m'enlaça de ses bras forts et bronzés. Sa tête enfouie dans mes cheveux, il respirait dans mon cou. Son souffle tiède et régulier était rassurant, galvanisant. Nous sommes restés longtemps ainsi, nos corps serrés, les pieds dans le sable, mes mains dans les siennes.

— Je crois que je t'aime, me murmura-t-il.
— Moi aussi je crois que je t'aime.
— Il faut rentrer maintenant Lily, le soleil commence à se cacher derrière les nuages et l'humidité ressort.
— Dommage, il est encore tôt… Mais après tout, on va trouver de quoi s'occuper à la Villa, dis-je d'un ton coquin.
— Allons rattraper le temps perdu alors ! dit-il en me choppant par les jambes et en me balançant sur son épaule, la tête en bas.

J'aurais voulu lui dire que cette figure inconfortable me coupait la respiration, mais je rigolais trop pour pouvoir en placer une. Lorsqu'il se mit à courir, je riais encore de plus belle. Mon Dieu que cela faisait du bien. Mais au bout de quelques dizaines de mètres, mon porteur dut me poser à terre, la bête n'était visiblement pas si légère !

Cet après-midi avait été délicieux, nous avions pris le temps de manger, de parler, de rire, et j'avais découvert Arnaud sous un autre jour, plus détendu, plus serein. Mes sentiments pour lui avaient évolué vers quelque chose de plus fort encore, inconnu, quelque chose qui vous tord le ventre et engourdis les membres, qui fait paniquer à l'idée que cela puisse s'arrêter un jour. Je n'étais plus seulement amoureuse, c'était tellement plus intense. Arnaud…

Le petit collier

Je sortis de la douche et me séchai les cheveux, pendant qu'Arnaud était dans la cuisine, à nous préparer le dîner. Arnaud en chef : je rigolais en pensant à ce que cela allait donner, je n'avais jamais vraiment testé.

Dans l'euphorie, en faisant ma valise, j'en avais oublié ma crème hydratante pour le visage. Il devait bien y en avoir dans les affaires d'Arnaud, dans la salle de bain. Je n'avais qu'à emprunter la sienne. En cherchant par ci et là, je trouvai rapidement mon bonheur dans sa trousse de toilette rangée dans le placard sous le lavabo blanc en faïence, datant de l'époque de la maison. J'aurais dû arrêter de fouiller, mais la curiosité l'emportait. J'ouvris les autres tiroirs, juste pour en apprendre un peu plus sur Arnaud et sur ces lieux. Tout à son image, rien ne trainait.

Chaque objet avait sa place : le premier tiroir contenait un peigne, une brosse à dents de rechange, encore emballée et un tube de dentifrice neuf également. Avec soulagement, je ne vis aucune affaire de femme.

Dans le second, je trouvai des boîtes de pansements, du coton, un désinfectant ainsi que de l'aspirine et des mouchoirs. C'était la pharmacie. J'explorai ainsi de suite le reste des rangements de la salle de bain.

De retour dans la chambre, j'étais prise au jeu, mon regard en scruta chaque recoin et finit par accrocher une petite chose brillante, suspendue à deux crochets discrets sur le mur opposé, à côté de la tête de lit. C'était un joli petit collier. Ce n'était pas une pièce de joaillerie, il n'était pas fait d'or et de pierres précieuses, bien au contraire, mais composé de belles billes de verres teintées et de perles dorées. En son centre, un pendentif émaillé en forme d'oiseau donnait vie au bijou. On voyait qu'il était ancien, l'attache était un peu usée, mais elle était en métal et non en plastique. Il avait dû appartenir à sa grand-mère. Il me plaisait bien, parce qu'il était simple, comme moi.

Je le décrochai pour mieux l'observer, longuement, puis le posai enfin sur la commode. J'aimerais demander à Arnaud si je pouvais le porter… Mais le temps filait et je n'étais toujours pas prête. Je fis donc tomber la serviette de toilette qui couvrait mon corps et enfilai les dessous sexy en dentelle achetés quelques jours plus tôt avec Pauline, le jour de son malheureux accident. Je passai ensuite une petite robe légère, rose poudrée, nouée d'une ceinture noir satin, puis appliquai quelques gouttes de parfum au creux de mon cou et de mon poignet. J'avais décidé, pour cette soirée, de relever mes cheveux dans un chignon faussement négligé, cela mettait en valeur mon port de tête lequel, me disait-on, était aussi gracieux que celui d'une danseuse classique. Au moment de quitter la pièce, je posai de nouveau mes yeux sur le collier. Je ne pus résister à l'envie de le présenter devant moi, face au miroir. Il allait si bien avec cette tenue et cette coiffure. Après tout, je pourrais faire cette surprise à Arnaud, cela rendait hommage à cet objet et à son histoire. Sur un coup de tête, je passai donc ce joli collier, dans l'espoir qu'Arnaud n'y trouva rien à redire. Une dernière vérification dans le miroir et me voici prête pour la soirée. Je voulais qu'Arnaud me trouve belle, qu'il puisse se souvenir à jamais de cette première soirée dans la Villa, tellement importante pour lui. J'aspirai à faire partie des prochaines images imprimées sur ces murs. J'espérai qu'il puisse m'aimer autant que je l'aimais.

Le soleil se couchait, le ciel prenait ses couleurs orangées. Un petit vent chaud se glissa par la fenêtre de la chambre et effleura mes épaules nues. Je descendis l'escalier, excitée et intimidée par l'enjeu que je donnais à cette soirée. Je savourais lentement l'instant présent.

Je me tenais maintenant devant la porte de la cuisine. Arnaud me tournait le dos, il avait ouvert une bouteille de vin blanc et remplissait deux verres à pied. Je l'observais quelques secondes en silence, il était beau, il était à moi.

— Me revoilà, dis-je d'un ton enjoué, les joues roses. Qu'est-ce que tu nous mijotes de bon ?

Arnaud se retourna, souriant, et posa ses yeux sur moi. Mais il n'eut pas du tout la réaction attendue. Il resta immobile durant plusieurs secondes qui me semblèrent d'une lourdeur incroyable, me scrutant de la tête aux pieds. Instinctivement, je sentis que quelque chose clochait et que la soirée n'allait pas se passer comme prévu. Avais-je fait une bêtise avec ce collier ?

Sa figure, d'abord figée, se crispa. Il ne souriait plus. Plus du tout. Sa main droite serrait la bouteille comme s'il voulait l'éclater entre ses doigts. Je remarquai la veine de son cou qui battait, son visage était pourtant pâle, bien trop pâle, et ses yeux plus sombres que d'ordinaire.

— Ça ne va pas Arnaud ? Qu'est-ce qu'il y a ? demandai-je inquiète de ce changement soudain d'atmosphère.

Silence.

— Arnaud ? Arnaud ! Mais qu'est-ce que tu as ? Tu ne dis rien, parle-moi enfin !

— Pourquoi as-tu mis ce collier ? me cria-t-il abruptement.

Je le savais. J'avais abusé en l'empruntant sans prévenir. Mais ce n'était pas une raison pour réagir aussi mal …

— Tu… tu n'aimes …. Oh, je suis désolée, je l'ai trouvé si joli…

— Bordel, pourquoi as-tu pris ce collier ? insista-t-il.

Il s'approcha de moi et se tenait maintenant à moins d'un mètre. Il paraissait encore plus grand, plus intimidant. J'avalai ma salive.

— Je … il était accroché au mur de notre chambre, je suis tombée dessus. Il m'a tellement plu. Et je voulais te faire plaisir, être belle moi aussi… Mais qu'est-ce que tu as enfin, ce n'est pas si grave ? Je vais l'enlever, je crois que ça vaut mieux.

Mais avant que je n'aie le temps de faire quoi que ce soit, il fit un pas de plus vers moi, ce qui me figea. J'avais peur de le voir si énervé.

— Ce n'est pas notre chambre, tu n'es pas chez toi ici, et tu n'as pas à fouiller et à prendre ce qui ne t'appartient pas ! affirma-t-il catégorique de manière menaçante.

Arnaud parlait violemment, et le contraste que cela créait avec son attitude habituelle en était vraiment flippant. La colère transpirait de sa peau, ses yeux me fixaient de façon inquiétante.

— Je ne comprends rien, Arnaud, pourquoi tu me dis ça, et pourquoi tu t'énerves de la sorte ?

Ce n'était plus l'homme que je connaissais. Et puis merde, c'était quoi cette obsession pour ce collier ? J'aurais accepté sa réaction si je l'avais abimé, mais là vraiment…

Soudain, Arnaud agrippa le bijou et me l'arracha du cou. Instinctivement, je fis un pas en arrière, de crainte qui s'en prenne à moi physiquement. Mais à travers ce geste, il venait déjà de me broyer le cœur. Le collier se cassa bien sûr et les perles s'éparpillèrent sur le sol… Je le regardai, effarée. Seul le tintement des billes qui roulaient dans toute la pièce brisait le silence. Cette réaction était d'une violence inouïe. Et incompréhensible. Toujours bouillonnant, Arnaud jeta alors son verre de vin, qui alla s'éclater contre le mur. Puis, il se passa les mains sur le visage, semblant enfin prendre conscience de la démesure de son attitude et de la tournure que prenaient les choses. L'espace d'un instant, il parut perdu. Je décidai de m'engouffrer dans la brèche, et nerveusement, je tentai de lui expliquer une nouvelle fois que ce n'était pas si grave d'avoir porté ce bijou ce soir. Non, je ne méritai pas ça.

— Arnaud, je l'aurai remis à sa place. C'était le collier de ta grand-mère ? Il ne fallait pas y toucher ? Je suis sincèrement désolée …

Pas de réaction.

— Merde Arnaud, mais qu'as-tu enfin ? criai-je, exaspérée, sur lui.

C'était la première fois que j'osais hausser ainsi le ton sur lui. Jamais l'occasion ne s'était présentée et surtout jamais je ne me serais permise de faire cela avant. Mais sur le moment, j'en ressentais presque une délivrance.

— Il n'était pas à elle… Fous-moi la paix ! m'ordonna-t-il finalement.

Arnaud passa devant moi et je m'écartai alors pour le laisser passer, incrédule. L'instant d'après, j'entendis la porte de la bibliothèque claquer.

Putain, qu'est-ce qui vient de se dérouler ici ?

Encore sous le choc de cette scène dont je ne comprenais pas la raison, je m'assis sur la chaise la plus proche et tentai de réfléchir. Tout allait merveilleusement bien, jusqu'au moment où je fis mon apparition dans la cuisine. Qu'avait-il donc de particulier, ce collier ? Je n'en savais rien. Comment pouvait-on passer de la douceur de cet après-midi à la dureté de cette soirée ? En réalité, était-ce par peur de tout cela qu'il ne voulait pas se rendre ici avec moi ? Après tout, il avait jugé que c'était encore trop tôt.

Que faire tout de suite ? Il fallait que j'enlève cette robe et ce maquillage qui commençait à couler, ça n'avait plus de sens, cette scène avait sonné la fin de mon rêve romantique. Après, j'irais le voir, pour parler et comprendre.

Je laissai donc Arnaud seul, comme il me l'avait demandé, et montai dans la chambre pour passer le jeans et le sweat-shirt léger que j'avais prévu de porter pour une éventuelle balade en mer, qui visiblement était sérieusement compromise. L'air de la pièce s'était rafraîchi, un frisson parcourut mon dos. J'avais froid. Mais ce n'est que lorsque je vis mon reflet dans le miroir que j'éclatai en sanglots. Mon corps relâcha alors toute la tension de ces dernières minutes à travers des spasmes et des larmes qui ne cessaient de couler. Cela dura de longues minutes. Puis, je me fis violence pour me ressaisir, car je ne voulais pas finir en loque sous la couette à pleurnicher toute la nuit. *Si je succombe à cette tentation, je n'aurai plus le courage d'aller le voir.* Petit à petit, cette boule dans mon cœur se vida, ma respiration ralentit, je pris quelques grandes inspirations et sortis de la chambre. Les jambes tremblantes, je descendis une nouvelle fois l'escalier maintenant plongé dans l'obscurité qui menait au rez-de-chaussée.

Arnaud, qu'est-ce qui t'a piqué, bon sang ?

La porte de la bibliothèque n'était qu'à quelques pas de la dernière marche. Je stoppai, me remplis d'une énorme bouffée d'air, essuyai les petites larmes qui séchaient sur ma joue et me dirigeai hésitante vers la bibliothèque. Je frappai. Pas de réponse. J'essayai de nouveau, un peu plus fort. Toujours rien.

Mon Dieu, Arnaud, que se passait-il ? Était-il encore là ? Je n'avais pas entendu de voiture démarrer, ni une porte se refermer, quoique prise dans mes pleurs, aurais-je perçu quoi que ce soit ?

— Arnaud, s'il te plaît, ouvre-moi !

Devant son silence, les larmes submergeaient une nouvelle fois mon visage marbré. Je n'arrivais pas à lutter contre ça, j'ai toujours été trop sensible.

— Arnaud, le suppliai-je, je voulais juste que tu me trouves belle… Arnaud, pourquoi tu me rejettes ? Qu'ai-je fait de mal ! Pourquoi tout ça ?

Agenouillée devant la porte, je m'étouffais dans mes sanglots et ma morve. Son indifférence était pire que tout. Cette violence s'abattait sur moi si soudainement.

Enfin, j'entendis la porte s'ouvrir et Arnaud apparut. Il s'abaissa, me prit dans ses bras et me serra fort contre lui. Nous restâmes un long moment ainsi, son corps balançant le mien recroquevillé comme un enfant. Ses lèvres dans mes cheveux en bataille déposaient des baisers appuyés traduisant tout l'amour qu'il avait pour moi. J'étais toujours persuadée qu'il m'aimait, je le sentais. Puis sa main essuya mon visage humide. Il saisit mon menton entre ses doigts et leva ma tête dans sa direction. Mes yeux rougis accrochèrent les siens, je voulais qu'il sache la peine qu'il venait de me faire. Il prit le temps de m'observer et de lire en moi. Son regard redevenait protecteur, l'homme que je connaissais refaisait surface et à mon tour je compris combien il était désolé.

— Pardonne-moi Lily, murmura-t-il.

— Arnaud, explique-moi, je t'en prie.

— Pas là, pas maintenant. Je n'aurais jamais dû t'emmener ici, pardonne-moi.

— Mais….

— Tu as faim ?

L'art de passé du coq-à-l'âne. Non, bien sûr que je n'avais pas faim, comment pourrions-nous reprendre la soirée là où nous l'avions laissée avant son pétage de câble, parce que c'était de cela dont il s'agissait !

— Non, plus vraiment, répondis-je simplement.

— OK, allons-nous coucher Lily.

Arnaud eut la délicatesse de me prendre dans ses bras et de me porter jusque dans la chambre. Après m'avoir déposé sur le lit et frôlé le front de ses lèvres en guise de baiser, il se dirigea vers la salle de bain.

L'eau de la douche coula un bon moment. Besoin de laver sa conscience probablement ?

Lorsqu'il me rejoignit dans le lit, j'étais depuis longtemps sous la couette, vêtue d'une simple nuisette. Je n'avais emmené que cela, mais franchement à cet instant je rêvais plutôt d'enfiler mon pyjama favori, celui qui tenait chaud au corps et au cœur. Mon côté du lit était tiède, contrairement au sien. Il vint se blottir contre moi et à mon grand étonnement je sentis qu'il voulait faire l'amour. Ses bras me capturèrent. J'étais partagée entre le besoin de me recroqueviller encore plus près de lui, en quête de réconfort, et l'appréhension de m'en remettre à celui qui m'avait blessée plus tôt. Mais j'avais tant pleuré que lui seul pouvait me consoler. Je le laissai donc s'emparer de moi et de ma bouche. Son baiser était dur, égoïste. Il me fit l'amour de la même façon, sans égards, pour son plaisir, dans l'urgence d'assouvir la tension accumulée. Je me donnai à lui, oppressée par son corps lourd sur le mien, enivrée par l'odeur de sa peau, prenant tout ce que mes sens pouvaient capter de lui, son haleine, sa puissance, ses gémissements. Secouée au rythme de ses mouvements, je le laissais s'enfouir plus profond en moi, m'abandonnant. À ce moment, j'aurais voulu qu'il me pilonne encore plus fort pour faire naître une douleur physique qui viendrait chasser mes blessures de l'âme. Mais si virile fût cette baise, jamais Arnaud ne serait allé jusqu'à me faire vraiment mal. *Qu'est-ce qui m'arrive ? Je ne me reconnais plus* … Quelques minutes plus tard, c'était terminé, Arnaud avait déversé en moi ses émotions et il reprenait son souffle, allongé sur le dos, le regard fixant le plafond. Tournée vers lui, j'observais son rythme cardiaque revenir doucement à la normale. Son corps était parfait, luisant et musclé. Il sentait bon après l'amour, je crois que ça venait du mélange de nos odeurs, de nos sueurs, de nos fluides. Je le respirais comme une droguée sniffe sa poudre. J'étais totalement dépendante de lui. La peur ressentie ce soir-là l'attestait et cette boule logée dans mon ventre dès qu'il s'éloignait de moi n'allait pas disparaitre cette nuit-là.

Nous nous endormîmes rapidement, sans savoir qui de nous deux partit le premier …

Lorsque je me réveillai, le soleil avait déjà envahi la chambre ; dans la tourmente de la nuit dernière, aucun de nous deux n'avait pensé à fermer les volets. J'ouvris douloureusement les yeux qui brûlaient d'avoir trop pleuré hier. Arnaud n'était pas dans le lit et aussitôt mon cœur s'emballa. Était-il parti ? Nous n'avions finalement pas vraiment parlé de ce qui s'était passé la veille et c'était avec toutes mes questions que j'entamais péniblement la journée.

Après avoir aspergé mon visage d'eau et m'être attaché les cheveux avec une grosse pince, je descendis au rez-de-chaussée, inquiète de savoir comment j'allais retrouver Arnaud, avec l'espoir toutefois qu'il fût présent. Heureusement, les bruits provenant de la cuisine me rassurèrent vite sur ce point. Arnaud finissait de nettoyer les éclats de verre, conséquence de son excès de colère de la veille. Sur l'îlot, un petit bol blanc contenait les perles translucides et le pendentif qui constituaient jusqu'à cette malheureuse soirée d'hier ce si beau collier. Quel dommage !

— Bonjour toi, me dit-il affectueusement lorsqu'il s'aperçut enfin de ma présence. Tu es pieds nus, fais attention, il reste peut-être quelques débris sur le sol.

— Bonjour, Arnaud, répondis-je simplement, plantée debout sur le pas de la porte.

— Tu as bien dormi ?

— Oui, bizarrement. J'étais exténuée, dis-je en bâillant bruyamment.

Arnaud s'attaquait maintenant à ce qui aurait dû être notre dîner hier, laissé tel quel sur le plan de travail. Tout finit à la poubelle.

— Qu'est-ce que tu nous avais préparé ? Est-ce que j'ai loupé un festin ? demandai-je d'une voix légère afin de détendre l'atmosphère, même si visiblement j'étais plus gênée qu'Arnaud.

— C'étaient des pâtes carbonara, de véritables, telles que les font les "mamas" Italiennes. C'est à peu près le seul plat que je peux confectionner sans rougir !

— Alors c'est dommage pour hier… lâchai-je sur un ton exagérément ironique. Tu sais, Arnaud, il faut que nous parlions de ce qui s'est passé. Je connais ton peu d'engouement pour les confidences, mais là tu ne peux pas garder ça pour toi. Tu n'es pas dans ton entreprise ici. Tu ne peux pas gérer mes sentiments comme tu gères tes collaborateurs, je suis celle à qui tu as demandé de vivre sous ton toit, je te rappelle.

— Techniquement, tu es aussi ma collaboratrice, tenta-t-il vainement de plaisanter.

Ignorant sa dernière phrase, j'insistai, bien décidée à ne pas lâcher le morceau si facilement cette fois-ci.

— J'ai besoin de comprendre pourquoi tu m'as agressée…

— Je ne t'ai pas agressée Lily ! s'offusqua-t-il.

— Si, tu m'as attaquée verbalement, et moralement, et j'en ai ressenti de la douleur physique ! Arnaud, s'il te plaît, ouvre-toi…

— Lily, le café sera bientôt prêt. Écoute, j'entends bien tes inquiétudes, attends un peu…

— Attendre quoi enfin ?

— Mais que j'analyse moi-même pourquoi j'ai eu cette réaction, m'avoua-t-il dépité.

Alors là, c'était le pompon. Si même lui ne se comprenait pas… Pourtant, j'étais certaine qu'il avait redouté que cela se produise et c'était même la raison pour laquelle il ne voulait pas que je vienne dans sa Villa.

Arnaud, que me caches-tu ? Une chose est évidente, c'est en lien avec ce lieu…

— OK, c'est bon, on en reparle plus tard… finis-je par céder.

Comme d'habitude, je capitulais. Je n'avais pas une grande force de persuasion et face à Arnaud ma faible volonté s'amenuisait encore plus.

Le laissant terminer son petit nettoyage dans la cuisine, ce qui en fin de compte me donnait un sentiment de satisfaction, je décidai d'aller dans la bibliothèque, pièce qui m'attirait inévitablement tant elle regorgeait d'ouvrages. C'était impressionnant, il y en avait pour tous les goûts, des livres jaunis pour enfants, des polars bien cornés, des romans sulfureux, sans oublier bien sûr des classiques de la littérature française et les succès beaucoup plus modernes. Une grande encyclopédie complétait même l'inventaire, à l'époque d'internet cet anachronisme m'amusa.

Comme pour toutes les pièces de la maison, il émanait de celle-ci une atmosphère particulière. Quelques photos de famille reposaient sur les rayonnages des étagères, je souris en voyant mon homme en bermuda et petit polo blanc. Déjà enfant, il était beau à tomber par terre. Sur un cliché devant dater d'au moins 30 ans, le père d'Arnaud était le portrait craché de son fils aujourd'hui. Même allure, même assurance dans le regard, même corps athlétique. Je savais maintenant d'où Arnaud tenait son charme ravageur. Je me sentais bien au milieu de tous ces souvenirs qui toutefois ne m'appartenaient pas, et qui plus est le fauteuil à rayures était d'un confort insoupçonné. Quel plaisir Arnaud devait ressentir à lire ici ! Je commençais à comprendre pourquoi il venait s'y ressourcer seul, parce qu'en fait on ne pouvait pas se sentir solitaire ici. En ayant pourtant une mémoire vierge de tout vécu dans ces lieux, j'avais l'impression de respirer des morceaux de vie dans chacune des pièces, de voir Arnaud et son frère, jeunes enfants, dévaler l'escalier, d'entendre sa grand-mère les réprimander affectueusement, et de partager un peu d'histoire à travers chaque meuble ou tableau que je touchais.

Cette Villa était accueillante et chaleureuse. Que s'était-il passé pour que plus personne, à part Arnaud, ne veuille y séjourner aujourd'hui ?

Arnaud vint m'apporter un café, il savait que cette boisson m'était indispensable pour démarrer la journée. Il déposa la tasse sur le petit guéridon près du fauteuil dans lequel j'avais pris place, puis me poussa gentiment pour s'assoir à cette place et m'installer sur ses genoux. Son nez enfoui dans mes cheveux, il respirait mon parfum matinal. La chaleur de ses bras enveloppants me rassurait, j'étais toujours à lui.

— J'aime beaucoup cette bibliothèque, c'est ici que tu médites lorsque tu viens à Arcachon ?

Il éclata de rire.

— Non Lily, je ne médite pas, je me relaxe, je me change les idées, je prends du recul sur ma vie trépidante de Bordeaux.

J'attrapai ma tasse de café et en bus une gorgée. Il était très chaud et corsé, comme je l'appréciais.

— Tu regardes tes photos de famille parfois ? Je vois qu'il y a des albums en bas des étagères.

— Non, et cela fait bien longtemps que je n'ai pas parcouru ces images de ma jeunesse, d'ici ou d'ailleurs… Je ne suis pas très nostalgique, tu sais, je ne retourne pas en arrière.

— Pourtant cette maison renferme sûrement plein de souvenirs, et je suis certaine que c'est pour cela que tu aimes venir ici.

— Tu ne sais pas pourquoi j'aime venir ici, Lily !

De nouveau, son ton était devenu dur. Il prononça cette phrase avec un agacement clairement palpable. Mais pourquoi était-il si susceptible ici, alors que d'habitude ses paroles, même les plus autoritaires, m'étaient toujours adressées avec une petite touche de tendresse ? Arnaud se leva brusquement et se dirigea vers l'escalier en m'annonçant qu'il partait faire un footing.

— Tu veux que je t'accompagne, proposai-je sachant très bien qu'il me sèmerait dès les premières foulées.

— Non, je préfère y aller seul, bougonna-t-il. Je monte me changer.

Bon, son humeur était vraiment en dents de scie. Je préférais le laisser tranquille pour le moment, bien consciente que je n'allais rien tirer de lui durant ce week-end. Mais je comptais bien le faire parler lorsque nous serions rentrés à Bordeaux. Dépitée, je finis mon café et allai m'en resservir une tasse.

Il était 9 h lorsque Arnaud partit faire son footing. À 11 h, il n'était toujours pas revenu. L'inquiétude et la colère montaient en moi.

OK, je veux bien qu'il ait besoin de courir et d'évacuer je ne sais quoi qui visiblement le perturbe, mais là il abuse carrément. Je suis censée passer la fin du week-end seule ? Il me fuit peut-être, c'est ça, il veut vraiment n'avoir personne avec lui à Arcachon, alors si moi être ici, lui partir se cacher ailleurs ! Ça m'énerve ! Quelque chose ne va pas, c'est clair comme de l'eau de roche, mais il reste fermé, têtu comme une mule ! Je vois qu'il se sent mal ici, même s'il prêche le repos et la relaxation lors de ses séjours à Arcachon, je constate bien qu'il n'en est rien ! Cette Villa est merveilleuse, mais Arnaud n'y est pas serein contrairement à ce qu'il dit. Merde, il m'a tellement réconfortée ces dernières semaines, c'est à moi maintenant de faire quelque chose pour lui. S'il ne veut rien me dire, je vais aller à la pêche aux informations, et je vais commencer par les albums photos de la bibliothèque pour faire un peu connaissance avec son entourage et son histoire !

Ma décision était prise et je fonçai tête baissée dans cette nouvelle entreprise. Laissant grande ouverte la porte de la pièce, pour entendre Arnaud lorsqu'il rentrerait enfin, je me saisis des albums dans l'ordre dans lequel ils étaient rangés, c'est-à-dire de manière chronologique.

Les plus vieilles photos dataient des années soixante, on y voyait son père jeune garçon sur la plage à côté d'une femme qui devait probablement être la mère du garçonnet, donc la grand-mère d'Arnaud. Elle était très belle, vêtue de façon très classique, mais avec beaucoup de raffinement et de classe, la seule petite folie qu'elle s'était permise résidait dans ses cheveux lâchés qui flottaient dans le vent. Bien que ce n'était qu'un instantané, on les imaginait aisément bouger et tourbillonner. Il y avait beaucoup de clichés du père et de la grand-mère d'Arnaud de cette époque-là, sur la plage, sur le ponton, près du port, et bien entendu dans le jardin de la maison et sous les pins. À travers les craquellements qui tapissaient ces images, on devinait bien sûr l'amour que cette mère portait pour son fils, mais plus encore, transparaissait le désir du photographe, son mari très certainement. Je comprenais qu'il voulut la plus belle Villa pour sa femme. Un peu plus tard, et profitant finalement de l'absence exagérément prolongée d'Arnaud, j'ouvris d'autres albums contenant des portraits plus récents. Le petit garçon avait bien grandi, il était désormais lui-même père de deux enfants, Arnaud et Stéphane. Certaines photos semblaient avoir été dupliquées, trente ans après. Même pose, même lieu, mais deux fils au lieu d'un. Sans s'en rendre compte, Arnaud et son frère étaient dès tout jeune appelés à succéder au patriarche. Habillés de façon identique et mesurant sensiblement la même taille, on aurait pu les confondre, des jumeaux. Pourtant, en grandissant, leurs caractères respectifs allaient être bien différents, pensai-je.

Soudain, je crus entendre un bruit. Précipitamment, je rangeai l'album photo à sa place et attrapai le premier livre devant moi : « L'éducation sentimentale », de Gustave Flaubert. Ce choix fortuit me fit sourire. Me jetant sur le fauteuil pour tromper Arnaud sur ce que je faisais à l'instant, j'essayais de reprendre mon souffle qui répondait lui-même à la rapide accélération de mon cœur. À bout d'une minute, n'entendant pas d'autres bruits, je lançai un coup d'œil dans le couloir. Personne. La porte de l'entrée était fermée et je ne voyais pas non plus sa voiture par la fenêtre. Fausse alerte, mes investigations allaient donc pouvoir se poursuivre.

Les photos retraçant la jeunesse d'Arnaud étaient touchantes. Pour la première fois, je le vis bébé, dans les bras de sa mère. Cet homme si impressionnant dans son quotidien avait été un joli poupon joufflu, avec une petite houppette sur la tête. Un bébé Cadum, trop chou ! Plus loin dans l'album, il faisait du vélo dans l'allée de la Villa, sa mamie en arrière-plan l'encourageant visiblement. Chaque évènement marquant avait donné lieu à une photo. Mais beaucoup d'autres clichés témoignaient tout simplement du bonheur vécu par trois générations dans la Villa sous les pins. J'enchaînais ainsi les pages et les recueils, avide d'en savoir toujours un peu plus sur Arnaud et son entourage. A l'évidence, pas d'histoires familiales cachées ou sulfureuses, mais juste des instants volés de moments ordinaires. Arnaud qui grandissait au fil des années ou bien comment un adorable petit bébé potelé était devenu un très beau jeune homme. Je me saisis enfin de l'ultime l'album photo qui semblait incomplet. J'allai directement à la dernière page qui s'arrêtait apparemment au jour des 17 ans d'Arnaud, lors de son anniversaire dont témoignaient les clichés pris au cours d'une réunion de famille, rassemblée de nouveau autour d'un repas copieux. Sa grand-mère était encore de ce monde. Il restait ensuite une bonne vingtaine de feuilles blanches, vides. C'était dommage qu'il n'y ait pas une suite.

Il doit y avoir d'autres albums, peut-être par-là, plus haut…

Soudain, à l'instant même où je sentis une présence dans mon dos…

— Tu as besoin d'aide, Lily ? Qu'est-ce que tu fous ?

Je m'immobilisai instantanément. *Merde ! Arnaud ! Je ne l'ai pas entendu rentrer, comment avait-il… ?* Je n'osai pas lever la tête de peur de croiser son regard, mais le ton de sa voix ne lassait aucun doute sur son humeur. Elle allait être massacrante…

— Je te repose la question, Lily, as-tu besoin d'aide ? insista Arnaud, visiblement bouillonnant.

— Euh… Je feuilletais quelques pages de photos en t'attendant… prononçai-je timidement.

Avec hâte, je refermai l'album que je tenais entre les mains et le replaçai sur le rayonnage de la bibliothèque. Je fis de même avec les trois autres qui étaient restés sur le parquet, à côté de moi. Je gardais les yeux baissés, impossible pour moi d'affronter son regard.

— Et qui t'as dit que tu pouvais y mettre ton nez ! hurla-t-il.

Merde ! Là, il est super en colère, presque autant qu'hier… Je vais en prendre plein la… Je suis trop stupide, pas possible d'être si stupide !

— Personne… mais les albums photos étaient là, à disposition sur la bibliothèque, je n'ai pas fouillé non plus…

Inutile de lui expliquer que je voulais en savoir plus sur lui pour comprendre pourquoi il était si susceptible ici…

Il y eut un blanc de quelques secondes. Visiblement Arnaud, exaspéré, cherchait à contrôler ses réactions.

— Qu'as-tu ressenti lorsque tu as été cambriolée ? me demanda-t-il froidement.

— Euh… de la peine, et de la colère, c'était comme une violation de ma vie privée…, admis-je gardant toujours les yeux rivés au sol.

— Et que crois-tu avoir fait ici ! me cria-t-il.

Je préférais ne pas répondre, c'était inutile. Et ridicule également !

— Merde, Lily ! Qu'est-ce que tu faisais à gratter dans ces albums ? Tu te crois chez toi ici ? Tu penses que tu peux prendre ce qui t'intéresse et t'immiscer ainsi dans la vie d'une famille qui n'est pas la tienne !

Aïe, c'est dur à entendre, je ne suis pas de sa famille, c'est vrai, mais j'espérais au moins faire partie de sa vie…

— Tu cherches quoi exactement ? Je t'emmène ici et je te fais confiance en me disant qu'après tout, sous tes airs de fille naïve tu étais pleine de bon sens et que tu n'allais pas en profiter pour…

— Pour quoi, dis-moi ? le coupai-je, en redressant la tête. Pour mieux te connaître ? Si, c'est justement ce que je veux, tu es toujours tellement secret, M. Discret je garde mes mystères pour moi…

— Ne me parle pas comme ça, Lily ! Tu t'es comportée comme une petite gamine curieuse, pas comme la femme que j'attends que tu sois !

— Mais qu'attends-tu de moi ? Que je vienne vivre chez toi sans pouvoir entrer complètement dans ta vie ? Que je dorme sous ta couette sans pouvoir ouvrir tes placards ? Quel projet envisages-tu pour nous exactement ?

— Les placards de chez moi te sont tous accessibles, tu le sais, et tu ne t'es pas privée jusqu'à présent d'ailleurs. Chez moi maintenant c'est chez toi ! Mais pas ici, TU N'ES PAS CHEZ TOI ! Et je t'interdis de fouiller comme tu viens de le faire !

— Mais ce n'étaient que des photos, comme celles qui sont déjà exposées dans les cadres là… Quel mal y a-t-il à regarder des photos ? …

— Tu aurais dû me demander, c'est tout ! Maintenant, va préparer tes affaires, nous rentrons sur Bordeaux. Moi, je monte sous la douche et nous partons juste après.

J'en avais le souffle coupé, un coup de poing en plein ventre. Et c'est à peu près ce qui venait de se passer. Un énorme coup de massue. Il était midi, et notre week-end prenait déjà fin de façon désastreuse.

Le triste retour

Rentrer sur Bordeaux, oui, ça c'est sûr, je ne veux plus rester ici… mais il est hors de question que je reparte en voiture avec lui, j'ai eu ma dose !

Dès que j'entendis l'eau couler, je me levai, et laissant en plan les derniers albums ouverts sur le parquet de la bibliothèque, je montai en quatrième vitesse l'escalier qui menait à notre chambre. Je savais qu'Arnaud ne trainait jamais très longtemps sous la douche. Je pris mon sac, y fourra mes vêtements et faisant une croix sur ce qui se trouvait dans la salle de bain, dans laquelle je ne comptais bien évidemment pas entrer, le refermai et redescendis au rez-de-chaussée. Sans risquer de me faire entendre, je mis mes chaussures, attrapai mon sac à main et sortis de cette Villa. Au bas des quelques marches qui menaient à l'allée, je ne pus m'empêcher de me retourner et de fixer, une dernière fois sûrement, la demeure. J'étais habitée par le même sentiment que lorsque nous étions arrivés, c'était hier seulement, pourtant ce me semblait déjà appartenir à une époque révolue. En si peu de temps, je sentais que tout s'était écroulé. Arnaud m'avait montré un autre visage, détestable, qui me faisait peur. À défaut d'avoir pu le comprendre, je me sauvais avec encore plus de questions, sur lui, sur nous.

Je marchais vite, de crainte qu'Arnaud ne s'aperçoive de mon départ. En passant la grande grille de la propriété, j'éprouvai un sentiment de soulagement.

Mon Dieu, je fuis Arnaud, je n'en reviens pas de la tournure que prennent les choses…

En maintenant une allure rapide et déterminée, je filai en direction de la gare. Heureusement, je me trouvais dans une ville que je connaissais quand même, car à plusieurs reprises j'étais venue ici, notamment par le train. Sans trop de difficultés, je zigzaguai entre les petites rues, animée par une colère qui ne cessait de croître, jusqu'à atteindre l'avenue Gambetta qui débouchait directement sur l'Esplanade Georges Pompidou et la gare. Je la voyais au loin et même s'il fallait encore marcher, chaque pas me rapprochait un peu plus de ma cible.

Pourvu qu'il y ait un train sur le départ, sinon Arnaud aura vite fait de me retrouver. Il devrait d'ailleurs commencer à s'inquiéter quand même, c'est étonnant qu'il ne m'appelle pas. Cela montre le peu d'intérêt qu'il a pour moi depuis ces deux derniers jours…

Mon objectif était simple : rentrer à Bordeaux et retourner vivre chez moi, dans mon appartement. Il fallait que je prenne mes distances vis-à-vis d'Arnaud, que je réfléchisse sérieusement à ce week-end désastreux et aux conséquences que cela allait avoir sur nous. Ce qui était certain, c'est qu'à cet instant je ne voulais pas le voir, ni lui parler, et ne surtout pas l'écouter. C'en était trop pour moi aujourd'hui. Dire que ces deux jours devaient consister en un moment de repos après tous les évènements récents ...

Et en plus, je n'ai pas appelé Pauline du week-end !… C'est impardonnable !

J'entrai dans la petite gare d'Arcachon et me dirigeai vers la borne automatique pour acheter un billet. Par chance, le prochain train arrivait dans une vingtaine de minutes. Parfait, ça n'allait pas être long, avec un peu de chance, Arnaud commencerait à me chercher sur la plage ou près de la jetée. S'il désirait me chercher… Cette idée me déplaisait vraiment, pourtant. Après avoir récupéré ma carte bleue et mon titre de transport, je décidai d'appeler Pauline. Je ne voulais pas lui parler de la tournure malheureuse de ce week-end, ni l'inquiéter, elle qui venait de vivre des jours réellement difficiles. Mais j'avais besoin d'entendre sa voix, si dynamisante, et de m'assurer que son état continuait à s'améliorer de jour en jour.

Pauline décrocha au bout de la troisième sonnerie.

— Coucou ma belle ! me lança-t-elle si fraichement.

— Pauline, ça me fait si plaisir de t'avoir au téléphone !

— À ce point ? s'étonna-t-elle.

Ne laisse pas paraître ta tristesse ! Ressaisis-toi Lily !

— Tu me manques, comme toujours ! Comment est-ce que tu vas ? Que disent les médecins ?

— Et bien, ils sont plutôt confiants et optimistes. Mais ils prévoient de me garder encore quelques jours, un minimum, si tous mes résultats sont bons. En fait, ils veulent me surveiller et me faire passer un nouvel IRM avant mon départ, pour s'assurer que le début d'œdème au cerveau a disparu. Moi, je suis certaine que ce sont des formalités juridiques, parce que j'ai vraiment retrouvé la patate, je n'en peux déjà plus de rester au lit toute la journée.

— Tu viens de subir un choc important et tu as encore toute une ribambelle d'examens médicaux à faire dans les prochains jours, alors même si rien ne cloche dans ton cerveau, je pense que rien ne presse pour ta sortie ! Écoute bien ce que te disent les médecins, et surtout suit ce qu'ils te recommandent, je ne te connais que trop bien Pauline…

— Oui chef ! répondit-elle d'un ton faussement sérieux.

— En fait, tu as des nouvelles de la police ? Des pistes ? demandai-je à Pauline.

— Non rien. Je leur ai téléphoné vendredi soir, mais les relevés d'empreintes digitales dans l'appartement n'ont rien donné, il y en avait une multitude, mais aucune n'a permis d'aboutir à quoi que ce soit de significatif.

— Et pour l'accident ?

— Rien non plus, si ce n'est que le commissaire n'exclut pas que les deux évènements soient liés. Après, pourquoi, ça, c'est une autre question…

Assise sur un banc, à l'extrémité du quai, je retrouvais petit à petit une forme de sérénité en parlant avec Pauline, même si nos sujets de conversation n'avaient rien de léger.

— C'est encore tôt, je suis certaine qu'ils vont arrêter ceux qui t'ont fait ça Pauline.

— Lily, tu as une sorte de candeur que j'adore, mais là ne sois pas si confiante, me sermonna Pauline.

Le train n'allait pas tarder à arriver et toujours pas d'Arnaud à l'horizon.

— Et ton week-end, comment se déroule-t-il ? J'espère au moins qu'Arnaud et toi ne restez pas sous la couette tout le temps, avec ce beau soleil ! Pensez à ceux qui sont bloqués dans leur chambre d'hôpital !

— Oui, ça se passe très bien. La Villa est splendide en plus, précisai-je pour donner le change.

— Ça se passe très bien ? Ben encore heureux ! Drôle de termes pour parler d'une escapade en amoureux !

Oh, si tu savais !

— Restaurant, plage, sexe, dodo : c'est plus explicite là ? répondis-je en riant, afin que Pauline ne perçoive pas mon gros mensonge. Quoique, techniquement, tout cela était exact. Pour le reste, je préférais rester sciemment silencieuse.

Un bip retentit dans mon téléphone. Ça aurait pu être une notification ou un mail, mais en fait je croisais les doigts pour que ce soit un SMS d'Arnaud. Je ne voulais pas être avec lui pour le moment, mais j'avais encore l'espoir de lui manquer. Pire, j'espérais qu'il s'inquiète.

— Allô ? Lily ?

J'en avais oublié ma conversation téléphonique l'espace d'un instant.

— Oui, excuse-moi... j'étais dans mes pensées…

— Ah, OK. Bon super alors pour ton programme ! Amuse-toi bien.

— Quoi ? … Euh oui, super !

J'ai trop hâte de savoir si c'est Arnaud. Mais peut-être que non. Ou bien peut-être s'inquiète-t-il vraiment… ? Je n'aurais pas dû partir en cachette, c'est trop nul ! regrettai-je déjà.

— T'es là Lily ? Toujours distraite ? Je me demande bien par qui et comment…

— Oui, pardon, je suis à toi, je t'écoute.

— Je te demandais si tu rentres ce soir ou si vous prolongez un peu l'escapade amoureuse.

— Non, on ne va pas prolonger notre séjour ! dis-je avec un peu trop d'empressement. Il y a trop de travail qui nous attend cette semaine. Je reviens tout à l'heure et je passerai te voir demain en fin de journée, en sortant du bureau.

— OK, mais si tu finis tard, ne viens pas, ne t'inquiète pas pour moi, tout cela n'est que temporaire.
— Je dois te laisser Pauline, je te fais de grosses bises, à demain !
— À demain, bonne fin de week-end...
— Bises.

Dès la conversation terminée, je cherchai immédiatement sur mon téléphone pour quelle raison il avait bipé. Mais aucun message d'Arnaud. Je venais seulement de recevoir une notification de Zapatta, m'informant de promotions monstres sur leurs chaussures d'été. Super, en temps normal je me serais précipitée dessus, mais là je n'en avais aucune envie. C'était dire…

Et voilà en plus que je me mettais à mentir à Pauline, ce qui n'était pas du tout dans mes habitudes. En réalité, j'aurais vraiment eu besoin de lui raconter la sale tournure que prenait ce week-end, mais je m'interdis de lui imposer ça.

Mon train arriva enfin et je montai dans le wagon, non sans jeter un coup d'œil derrière moi, juste au cas où… Finalement, même si je ne voulais pas lui parler, j'aurais aimé qu'il apparaisse sur le quai, pour se confondre en excuses. Je lui aurais peut-être sauté dans les bras s'il avait été convaincant. Voilà, je commençai déjà à céder alors qu'il n'avait fait aucun pas vers moi. Bon sang pourquoi il ne m'appelait pas ! J'étais autant en colère que vexée. Je luttais pour retenir mes larmes.

Ce ne fut qu'à mi-trajet de mon retour qu'Arnaud m'envoya un SMS.

Arnaud : tu te caches dans la ville ou tu es déjà dans le train ?

Comment savait-il ? Peu importe finalement, il s'inquiétait. Je reprenais le dessus !

Caroline : le train. Et je dors CHEZ MOI.

Arnaud : tu ne vas pas bien dormir, crois-moi.

Caroline : ce n'est pas ton problème.

Caroline : et arrête de faire le malin, tu devrais avoir honte de la façon dont tu t'es comporté.

Arnaud : je ne fais pas le malin, tu verras bien par toi-même. Je regrette. Parlons-en.

Caroline : non. Trop tard.

J'y allais un peu fort, parce qu'évidemment je désirais discuter de tout cela avec lui. Mais seulement lorsque moi je le déciderai, et pas lui.

C'était trop facile : quand il ne voulait pas parler, je n'avais rien à attendre de lui, et maintenant qu'il se débride enfin, je devrais être tout ouïe… Finalement, ce week-end m'avait fait grandir.

Arnaud : j'attends que tu reviennes.

Oui, c'est ça, ben tu pourras attendre, je ne rentre pas ce soir. Je jugeais inutile de lui répondre.

***

À la descente du train, je montai directement dans le tramway et arrivai chez moi quelques arrêts plus tard. Triste retour dans un appartement où je ne me sentais plus vraiment en sécurité. Lasse de la tournure que prenaient les choses, je gravis les marches lentement, sans grande conviction. Je m'apprêtais à passer un après-midi morose, probablement à pleurer dès que j'aurais pu enfin m'isoler pour lâcher ces flots de larmes qui ne demandaient qu'à sortir. Arrivée devant ma porte, j'attrapai les clés enfouies au fond de mon sac et les introduits dans la serrure. Mais quelque chose bloquait et je ne parvenais pas à les enfoncer jusqu'au fond. D'un coup, je me souvins. Arnaud avait contacté son serrurier qui devait intervenir ce samedi… et laisser les nouveaux trousseaux chez Arnaud. *Merde, merde, merde ! Je fais quoi maintenant !*

Bloquée devant la porte de mon appartement, je n'avais pas d'autres choix que de retourner chez Arnaud pour récupérer les clés. Je réalisais encore une fois à quel point, en quelques mois, j'étais devenue dépendante de lui. Affectivement, c'était indéniable. Son amour m'avait permis de prendre vraiment confiance en moi et la protection qu'il m'avait apportée lors de ces dernières semaines n'avait fait qu'amplifier mon besoin de lui. Professionnellement (et donc matériellement), je lui devais également beaucoup, il m'avait recruté et restait mon employeur, et à vrai dire j'ignorais comment cela allait bien pouvoir se passer… Et désormais, je me trouvais dépendre de lui, à nouveau, pour rentrer chez moi. CHEZ MOI ! Je compris pourquoi dans le train il m'avait envoyé un message stipulant qu'il attendrait que je revienne. Il savait que je ne pourrais pas entrer à l'appartement. Il savait que j'allais revenir CHEZ LUI pour chercher MES clés. En fait, il se foutait carrément de moi dans son SMS. J'étais verte de rage, je sentais la colère monter encore un peu plus, jusqu'au moment où finalement je fus prise d'une nouvelle angoisse. À aucun moment, il n'avait dit qu'il attendait que je revienne *avec* lui.

La porte qui claque

Visiblement, Arnaud n'était pas encore rentré, personne ne répondait à l'interphone. Mais j'avais les clés de chez lui, à défaut d'avoir celles de mon appartement… Je ne tenais pas vraiment à pénétrer dans son domicile sans qu'il y soit et dans ces circonstances, je ne m'y sentais pas chez moi. Pourtant, son absence me facilitait bien les choses : je rentre, je prends mes clés, je ressors. D'une simplicité élémentaire ! Sauf que bien sûr, ça n'allait pas se passer comme ça…

Occupée à fouiller aux endroits où mon nouveau trousseau aurait bien pu avoir été déposé, je ne l'avais pas entendu entrer. Le son de sa voix me fit tressaillir. Une fois encore.

— Tu cherches tes clés, Lily ? demanda-t-il calmement d'une inflexion qui me fit tout de même sursauter.

Zut, deuxième fois de la journée qu'il me surprenait en train de fouiner, quoique cette fois j'étais toute légitime à le faire. Le ton qu'il avait employé laissait entrevoir un radoucissement, ce qui me toucha, mais je ne voulais rien en faire paraître.

— Oui, je retourne chez moi. Dis-moi où elles sont s'il te plaît, afin que je puisse rentrer à l'appartement. Ce week-end a été suffisamment éprouvant comme ça.

— Dans la console de l'entrée, tiroir de droite.

Arnaud s'était approché de moi lentement, comme s'il espérait que ce soit imperceptible, comme un loup qui tisse un piège sur sa proie.

— Écoute Lily, reste…

— Merci, Arnaud, de t'être occupé du serrurier et d'avoir été là quand j'avais besoin de toi, mais maintenant il faut que je prenne du recul, je veux être seule, chez moi.

— Laisse-moi te serrer contre moi, cette fois c'est moi qui ai besoin de toi.

S'il me serre dans ses bras, c'est plié : je ne pourrais pas résister. Or, j'ai vraiment envie de m'échapper de tout cela. Tiens bon, Lily, pensai-je inutilement.

— Non Arnaud, tu m'as fait peur là-bas. Tu n'étais plus le même homme et très franchement je ne sais pas du tout quoi penser de ça…

— Nous pouvons en discuter Lily.

— Ce matin, je t'aurais dit oui, je n'attendais que ça. Mais tout de suite, j'ignore si je suis prête à entendre tes explications.

Il fallait que je sorte d'ici, parce que malgré les apparences, je mourrais d'envie d'en savoir plus. Mais je ne voulais pas céder, je ne voulais pas que son charme puisse de nouveau m'envoûter ce soir. Il fallait lui montrer que moi aussi, je pouvais être inflexible. Mais surtout, en le repoussant, je cherchais à le blesser, comme lui l'avait fait plus tôt dans la journée.

Je récupérai les clés de mon appartement et m'apprêtai à prendre mon sac lorsqu'il m'attrapa le bras fermement.

— Lily, je ne peux pas te laisser partir. Je suis désolé, cent fois, mille fois. J'ai merdé, tu ne peux pas imaginer comme je m'en veux ! Mais s'il te plaît, reste avec moi cette nuit, supplia-t-il.

— Mais zut, Arnaud ! T'as pas merdé juste une fois, là on ne parle pas d'une réflexion mal placée ou d'une divergence de point de vue ! Tu as été comme ça tout le week-end, et dès que tu semblais faire amende honorable, c'était pour remettre ça un peu plus tard !

— Nous étions à Arcachon, Lily, il y a quelque chose de particulier là-bas, c'est la raison pour laquelle je ne voulais pas que tu viennes ! Mais là, nous sommes à Bordeaux…

— Et maintenant, c'est de ma faute parce que c'est moi qui ai voulu venir ? Je rêve ! Peu importe où nous sommes, tu ne peux pas faire volte-face aussi soudainement. C'est une question de respect, moi qui pensais que tu m'aimais !

Ma voix s'étrangla en prononçant cette phrase. Je tenais bon jusque-là, mais je sentais que ça n'allait pas durer. Il fallait que je parte avant de fondre en larmes devant lui.

— Bonne soirée, Arnaud.

Et sans attendre une quelconque réponse, je sortis de son appartement en claquant la porte. La porte, c'était pour me soulager. Mes larmes commencèrent à se déverser dans l'ascenseur et coulèrent encore un long moment après être arrivée chez moi.

C'était la première fois que je retournais chez moi depuis le « grand rangement » qui avait suivi le cambriolage. Ça sentait bon le propre, j'avais tout nettoyé à l'eau de javel parfumée au citron. C'en était réconfortant. Finalement, nul ne pouvait soupçonner le chantier que c'était lorsque j'y avais pénétré la semaine dernière. Je sortis mes draps immaculés du sèche-linge et fis mon lit de façon mécanique. Je planifiai de m'occuper de celui de Pauline pour le lendemain soir.

Voilà, ce soir j'allais pouvoir me coucher tôt, en espérant ne pas rêver d'Arnaud durant la nuit. Il fallait que je me déconnecte de lui, de cette Villa.

Puis je pris dans le réfrigérateur une bouteille de rosé que les cambrioleurs avaient eu la bonne idée de ne pas emporter, comme tout le reste de toute façon, et m'en versai un verre. Je m'installai devant la télévision et choisis une émission de divertissement suffisamment débile pour répondre à mon besoin : penser à tout sauf à LUI. Au bout du troisième apéro, ça n'avait toujours pas marché et j'avais surtout l'impression d'avoir gobé de la connerie en tube. J'éteignis, posai mon verre dans l'évier et allai me coucher. Demain, j'allais devoir retourner au bureau.

La méfiance s'installe

Ce qui était dingue dans tout ça, c'est que je devais ce super job à Arnaud et me voilà réduite à arriver au bureau en cherchant à tout prix à l'éviter. Quoiqu'il savait forcément où me trouver, ce qui rendait l'évitement très relatif…

Le réveil avait été dur et mon visage reflétait largement les stigmates de mes tourments. En traversant le hall de l'entreprise, je sentis quatre yeux peser sur moi. Les fausses jumelles me signifiaient de leur regard réprobateur que la matinée avait déjà bien démarré. *Qu'elles se mêlent de leurs affaires ces deux-là…* Après avoir badgé pour pénétrer dans les locaux, je longeai le patio central en essayant de me faire la plus discrète possible et atteignis la porte donnant accès aux escaliers. Autant ne prendre aucun risque et éviter les ascenseurs. Et puis, après tout, je n'étais plus à cinq minutes près…

Lorsque je m'assis derrière mon bureau, je fus submergée d'une lassitude qui enveloppa tout mon corps. Allumer mon ordinateur me portait peine et tenir ma souris me semblait être un challenge. Mes muscles suivaient mon cerveau : ils étaient exténués. La journée et même la semaine s'annonçaient insurmontables. Pourvu qu'Arnaud ne vienne pas me voir, je n'ai pas le courage de l'affronter. Il fallait que je me concentre sur mes dossiers, c'était la seule chose à faire et c'est ce que je fis toute la journée qui finalement passa relativement vite. Disons plus exactement que ça aurait pu être pire. Par contre, le soir chez moi, dans mon lit, le temps sembla s'être arrêté. Le sommeil ne venait pas, je ressassais interminablement et minutieusement ce week-end désastreux. Arnaud me manquait, j'avais mal. Au bureau, je ne voulais pas le voir, mais je le savais dans les murs, il était près de moi malgré tout. Ce soir, nous n'étions plus sous le même toit, mes draps étaient froids, il était loin, j'étais vraiment abattue.

Mardi matin, la DRH frappa à ma porte et entra avant que je n'aie le temps de lui répondre. Elle tenait à me montrer que c'était toujours son territoire ici. *T'as qu'à pisser contre les murs dans ce cas…* Elle était là devant moi et très certainement elle comptait être toujours là après moi.

— Vous restez cloitrée dans votre bureau ? m'interrogea-t-elle.

En quoi ça te regarde, connasse ?

— J'ai beaucoup de travail, répondis-je sèchement.

— Oui, vous avez été absente ces derniers temps… Tout va bien, j'espère ?

Je me répète : en quoi ça te regarde, connasse ???

Ce qui aurait jouissif de la rembarrer, lui crier au visage de se mêler de ses affaires et d'arrêter de faire la fouine en recherche d'une info bien pourrie à rapporter à Arnaud, juste pour exister cinq minutes à ses yeux. À ce moment, elle devait sentir mes pulsions assassines, on pouvait lire en moi comme dans un livre, si je n'aimais pas quelqu'un, les traits de mon visage renvoyaient le message directement à l'assemblée, à la terre entière même. Quand je n'aimais pas, ça se voyait.

— Tout va bien, merci pour votre sollicitude. Vous vouliez quelque chose de précis ?

— Oui, c'est au sujet de vos congés de fin d'année. Vous avez posé une semaine pour Noël, mais je ne peux pas les valider. Vous comprenez bien sûr, vous venez d'arriver et en plus vous n'avez pas d'enfant, vous n'êtes donc pas prioritaire.

— Euh… bon OK je vois. Un mail aurait suffi, mais merci pour vos explications. Je vais modifier mon planning.

— Vous savez, M. Lauhné ne prend jamais de congés non plus en fin d'année, se sentit-elle besoin de préciser.
— Et alors ?
— Et bien, j'ai juste pensé que… laissa-t-elle flotter dans l'air sans terminer sa phrase.
— Que ça ne vous regarde pas ! Merci, vous pouvez refermer la porte en sortant.

Vlan ! En pleine face ! Si elle s'attendait à ce que je lui dévoile quoi que ce soit de ma relation ! Allais-je passer les fêtes de fin d'année avec Arnaud ? Même moi je l'ignorais, et c'est bien ce qu'elle était venue vérifier. Tant pis pour mes vacances, j'aurais aimé avoir quelques jours à cette période, j'ai toujours fait un break la dernière semaine de l'année, mais cette fois je m'en abstiendrai.

Un peu plus tard dans la journée, le refus de validation de mes dates de congés prenait un tout autre aspect. En discutant avec Christine, dont le poste d'assistante RH incluait bien évidemment aussi la gestion des absences, et donc des congés, j'appris à mon grand étonnement que ma demande ne présentait en réalité aucun problème.

— La plupart des salariés posent des jours sur cette période, c'est toujours accepté sauf pour les commerciaux et les équipes techniques, postes pour lesquels M. Lauhné souhaite qu'il y ait une permanence, pour les commandes de dernières minutes, tu sais, avec les fêtes… T'as pas idée du nombre de cavistes et de restaurateurs qui nous appellent en urgence cette semaine-là. C'est énorme, alors chaque année c'est chacun son tour, ceux qui ont travaillé l'an passé sont en congés cette année. C'est logique, tu vois ?
— Oui, oui, Christine, c'est logique.

Il fallait toujours qu'elle me saoule en détail et en explications, comme si ce qui était long à comprendre pour elle l'était aussi pour les autres… D'accord, j'étais peut-être un peu méchante avec elle. Surtout que cette fois, ce devait plutôt être mon regard étonné qui l'avait incité à développer ce qu'elle entendait par « permanence ».

— Donc hormis les commerciaux et la logistique, tout le monde est en congés ?
— Ben oui, enfin tous ceux qui veulent, parce qu'il y en a bien certains qui n'aiment pas avoir leurs vacances à Noël, c'est

bizarre, hein, tu ne trouves pas ? Moi, je les prends toujours, j'adore cette période. À la DRH aussi, tout le monde…

Expliquant alors à Christine que pour moi ils avaient été refusés, celle-ci fit une mine étonnée. Elle se connecta alors sur le logiciel RH de gestion du temps, et me confirma que pourtant tout avait été validé, c'est elle qui avait saisi les données.

— Rien ne s'oppose à ce que tu t'absentes la semaine 52 !

Rien ne s'y opposait, mais une personne en particulier tenait bien à me le faire croire. Je ne savais pas si pour la DRH c'était juste de la pure antipathie ou un moyen de glaner des détails sur Arnaud et moi, et je m'en moquais. Ce que je retenais, c'est qu'il fallait vraiment que je me méfie d'elle. J'avais trouvé une nouvelle sorcière.

****

Ce soir-là, j'avais fait un détour à l'hôpital pour voir Pauline. En arrivant à son étage, j'y croisai Diego qui quittait le bâtiment, ce qui m'étonna parce que je croyais que Pauline ne voulait plus le revoir. Il me fit un simple geste de la main, mais ne s'arrêta pas, visiblement pressé. Il était étrange ce gars quand même…

Comme je m'y attendais, je fondis en larmes en m'asseyant sur le lit à côté de Pauline. L'émotion de la voir, le manque d'elle, la peur aussi, le besoin de lui parler et de tout lui raconter pour Arnaud, même si je m'étais promis de ne pas l'ennuyer avec mes histoires, la frustration de savoir que l'enfoiré qui l'avait renversée était toujours dans la nature, idem pour notre cambrioleur… tout s'était accumulé en moi, bloqué entre le ventre et la gorge, mais désormais ce cumul intense de sentiments ne demandait qu'à sortir.

Comme elle savait si bien le faire, Pauline m'écouta, me rassura, me remonta le moral. Elle qui se remettait de ses blessures, sur ce lit d'hôpital, prenait soin de moi, une fois de plus. Nous sommes restés ainsi plus de deux heures à parler, rire et pleurer aussi. J'avais eu si peur de la perdre au moment de l'accident. Que ferais-je sans elle ? Qui mieux que Pauline pouvait me comprendre ? Peut-être pas Arnaud, finalement… Autant dire que Pauline n'y avait pas été avec le dos de la cuillère avec lui. Après que je lui eus raconté ce qui s'était passé ce week-end-là, et m'être excusée de ne pas lui avoir dit la vérité au téléphone le dimanche après-midi, les propos de Pauline étaient sans pitié pour Arnaud, utilisant ainsi tous les noms d'oiseaux, et autres. Elle m'avait déjà conseillé de me méfier de lui, je savais qu'elle le trouvait étrange, mais tout de même, qui aurait pu prévoir qu'il soit… encore plus étrange qu'il ne le paraissait déjà. Elle avait raison d'être en colère contre lui, moi aussi je l'étais d'ailleurs, pourtant ça me piquait le cœur qu'elle soit tellement critique vis-à-vis de lui. Elle ne le connaissait pas comme moi, c'est certain, et elle n'avait pas vu à quel point il m'avait aidé moralement au moment de l'accident et du cambriolage. Et tous ces moments magiques, que ce soit dans une chambre d'hôtel à New York ou en mangeant des sushis sur son canapé blanc, chaque minute avec lui était exceptionnelle. Non, ça, elle ne pouvait pas le mesurer. Elle n'avait qu'une vision très factuelle des évènements, il s'était montré odieux avec moi, il devait sortir de ma vie, le verdict de Pauline était sans pitié. Mais hélas, ce n'était pas si simple. Et au fond, elle le voyait bien. Elle cherchait à me bousculer, m'encourageait à prendre la décision qui devait s'imposer. Cependant, elle savait aussi à quel point j'aimais Arnaud, et contre ce genre de sentiments, la raison est bien hasardeuse…

Même si j'allai quitter sa chambre complètement indécise concernant ce couple frêle que nous formions avec Arnaud, je venais de passer un de ces moments indispensables à mon équilibre psychique : discuter avec ma meilleure amie à cœur ouvert. Nous nous sentions toutes deux reboostées.

— Au fait, j'allais oublier, j'ai vu Diego qui sortait de l'hôpital. J'ignorais que tu avais gardé des contacts avec lui ?
— Non pas vraiment, il est juste passé m'apporter des fleurs. Je ne sais pas quoi en penser, pour moi il avait compris que je ne voulais plus trop le revoir, mais bon, ça ne devait pas être si clair que ça pour lui… C'est gentil de sa part quand même, ce joli bouquet. Du coup, je n'ai pas osé le mettre à la porte.
— Vous avez parlé de quoi si ce n'est pas de votre petite aventure ? demandai-je, un poil curieuse.
— Rien de spécial, il m'a dit qu'il était vraiment désolé de me voir ainsi, qu'il me souhaitait un bon rétablissement, répondit

Pauline un peu blasée de constater que tout le monde s'apitoyait sur son sort.

— C'est tout, il n'a pas été trop lourd alors cette fois-ci ? continuai-je en attrapant mon sac à main posé sur la chaise à côté du lit de Pauline.

— Il a peut-être compris ma gêne de le voir ici…

— Il était déjà comme ça à la fac, quand vous étiez amis ? demandai-je, intriguée par l'attitude distante qu'il avait montrée à mon égard quelques minutes plus tôt.

— Ben, tu sais, à l'époque on avait un peu fricoté, mais rien de bien sérieux. Je ne peux même pas dire qu'on était amis. En fait, en y repensant maintenant, c'était assez semblable à aujourd'hui : quelques parties de jambe en l'air, mais ça n'avait pas accroché, et je m'étais vite éloignée de lui.

— Je ne savais pas que vous aviez été amants… c'est du réchauffé en quelque sorte !

— Oui, mais ça remonte quand même, quoiqu'il n'a pas beaucoup changé. À l'époque déjà, il était collant, il avait eu du mal à comprendre que je ne voulais pas d'une relation sérieuse. Dommage, parce qu'il est sympa pourtant comme garçon, regretta Pauline.

— Hum… Bon, je rentre, les infirmières vont me mettre dehors, car il est tard, je repasse te voir jeudi ? Et dans peu de temps, ce sera le grand retour à la maison !

— Oui, il me tarde, tu ne peux pas imaginer. En attendant, prends soin de toi, préserve ton cœur…

— Je sais… Bises.

La réconciliation

En ce mercredi pluvieux, la journée de travail était presque finie lorsqu'Arnaud frappa à la porte de mon bureau. Je l'avais reconnu avant même que la porte ne s'ouvre, l'instinct peut-être ? L'envie, plutôt. Et c'était bien visé.

— Bonsoir, Lily, prononça doucement l'homme que j'aimais toujours.

— Bonsoir Arnaud, soufflai-je.

Sa voix était calme et ferme à la fois, la mienne était hésitante, trahissant mon émotion que de toute façon il pouvait palper simplement du regard.

— Tu me manques Lily, viens dîner chez moi, il faut que l'on discute.

— Je ne sais pas Arnaud... Je ne sais pas, pas encore…

— Je veux m'excuser et t'expliquer aussi, même si cela ne rachètera pas ma conduite. Lily, nous sommes faits l'un pour l'autre, tu ne peux pas nier cette attirance entre nous. C'est un truc de fou nous deux, ne gâche pas tout s'il te plaît !

— Mais j'ai ressenti tellement de tristesse ces derniers jours ! C'est toi qui as tout foutu en l'air !

Le son de ma voix était déformé par ma gorge serrée et tous mes efforts mobilisés pour garder la maîtrise de mon corps s'évaporaient lentement.

— Je ne suis pas venu te voir, j'ai respecté ta demande et je t'ai laissée tranquille, mais je n'en peux plus d'être sans toi, Lily. T'imaginer à quelques mètres de moi, ça me rend fou ! Je sais que tu as souffert, que je t'ai fait du mal. Je voudrais tellement revenir en arrière.

Plus il parlait et plus mes yeux s'embuaient. Les longs discours, ce n'était pas son truc, les excuses non plus. Je voyais bien qu'il n'était pas dans sa zone de confort.

— Dès que je t'ai aperçue, j'ai su qu'il y avait chez toi une sensibilité à fleur de peau, que si j'avais tant envie de toi, il fallait aussi que je puisse te protéger. C'est ce que j'ai essayé de faire, Lily, tu n'as pas idée comme je déteste te voir pleurer, comme j'ai le sentiment d'avoir échoué.

Les larmes justement n'allaient pas tarder à couler, encore une fois. Constatant mon désarroi face à lui, il s'approcha simplement pour me prendre dans ses bras et m'enlacer. Dieu que ça faisait du bien ! Je retrouvai son odeur, sa chaleur, sa force. Tout était si réconfortant, comment imaginer que toute ma tristesse pourtant provenait de lui.

— Laisse-moi t'expliquer, s'il te plaît, ensuite je te raccompagne chez toi si tu le veux. Au fait, comment c'est passé ton retour à l'appartement, personne n'est venu t'importuner ?

— Mon retour était déprimant, gris, froid. Tu m'as manqué, mais c'était nécessaire.

— OK, l'essentiel est que personne n'ait à nouveau essayé de pénétrer chez toi. J'ai quelques dossiers à régler, j'en ai pour une heure maximum, je passe te prendre après et nous allons chez moi ? C'est bon pour toi ?

— C'est bon pour moi, capitulai-je.

Arnaud me déposa un baiser doux, infiniment affectueux, sur le front et il repartit dans son bureau. Il avait raison, il fallait que nous discutions, il était inutile de le fuir encore. Je savais à l'avance comment la soirée allait se dérouler, il m'apporterait une explication que j'accepterais, parce qu'au fond, et malgré toute la tristesse ressentie ces derniers jours, je voulais être avec lui, me fondre dans ses bras, me donner à son corps. Je désirais ardemment qu'il m'aime et me fasse l'amour et qu'il se consacre entièrement moi. Je devinais aussi qu'ici, à Bordeaux et non à Arcachon, il resterait l'homme affectueux que je connaissais.

****

Comme promis, Arnaud avait fait un détour par mon bureau en partant et me conduisit chez lui, faisant toutefois un petit crochet par le traiteur italien. Arnaud était véritablement un expert en matière de plats à emporter, il avait dû incontestablement tous les essayer.

Il était 20h passé, lorsque l'on franchit la porte de son appartement. Cela ne faisait pas trois jours que j'étais entrée chez lui pour la dernière fois, et pourtant j'avais l'impression qu'un mois entier s'était écoulé. J'appréciai instantanément la pureté et l'odeur du lieu. Même si la décoration restait définitivement froide et impersonnelle, j'y retrouvai dans les détails des tableaux et des objets le vrai caractère d'Arnaud, c'est-à-dire tout un éventail de couleurs et de textures. Finalement, je commençais peut-être à m'attacher à ces lieux et à m'y projeter.

En entrant dans la cuisine pour ouvrir une bouteille de vin blanc, Arnaud semblait soucieux, tendu. Lui qui était habituellement si sûr de lui, laissait ce soir-là dans ses gestes transparaître une sorte de maladresse. Une faille se dessinait. Je voulus alors détendre l'atmosphère, car aujourd'hui c'était moi qui dominais la situation. Admirant un magnifique bouquet de fleurs trônant sur la console du séjour, je tentai une approche douce.

— Ta mère est passée ici ? Tu sais que tu pourrais largement t'inspirer d'elle pour te faire pardonner !

— Ce bouquet est énorme, mais très terne. Il reflète à la perfection l'état de mon âme, de mon cœur, répondit-il.

— Ton cœur est énorme ?

Je regrettai aussi vite ma phase malheureuse.

— Vous ne chercheriez pas à m'apitoyer, M. Lauhné ?

— Tu m'as manqué Lily, ne me quitte plus, je n'aime pas être loin de toi.

— Explique-moi, et après je pourrais te dire ce qu'il en est vraiment de notre avenir ensemble. Tout de suite, j'ai l'impression d'être la tête dans le brouillard, de piloter ma vie à vue, sans savoir où cela me mène et si j'ai envie de m'y rendre.

— T'y vas fort ! Je ne pensais pas que tu doutais autant de mes sentiments, des tiens…

— Je sais que je t'aime, c'est pour cela que ça me fait si mal. Là-bas, tu n'étais pas Arnaud que je connais, j'ai besoin de comprendre. Explique-moi s'il te plaît.

Arnaud s'avança dans le séjour et s'assied à côté de moi sur le canapé. Il but une gorgée de vin, je fis de même, et prit le temps de réfléchir avant de débuter son explication.

— Il s'est passé quelque chose dans la Villa d'Arcachon, un évènement dramatique qui aura marqué ma famille à jamais, m'annonça solennellement Arnaud.

— Que s'est-il passé de si tragique ? demandai-je avec un sentiment soudain de gêne et de gravité.

Et si finalement j'avais été trop loin en exigeant une mise au point ?

La disparition

Arnaud avait tout juste 17 ans lorsque le drame est arrivé.

Comme à son habitude, la famille Lauhné passait avec plaisir tout son temps libre dans la Villa sous les pins. Ce lieu faisait la fierté de sa grand-mère, puis de sa mère ensuite, qui adorait recevoir des amis et de multiples compliments par la même occasion. La maison vibrait ainsi au rythme des week-ends et des vacances, elle était chaude et accueillante, vivante, joyeuse. Arnaud et son frère Stéphane n'étaient pas en reste, et à l'image de leur mère, ils invitaient également souvent copains et voisins pour des soirées animées avant de tous filer pour des veillées sur la plage, au son des guitares. C'était pour eux aussi la période facétieuse des hormones chamboulent tout.

Depuis plusieurs mois, Arnaud fréquentait Lauren. Elle était très belle, avec le visage innocent de ses 15 ans, illuminé par d'immenses yeux verts qui ne le quittaient plus. Elle habitait Arcachon depuis quelques années et c'était avec impatience qu'ils attendaient les jours sans école pour qu'Arnaud puisse rejoindre son amoureuse sur le bassin d'Arcachon. Ils étaient fous l'un de l'autre, animés par la démesure caractéristique de cet âge.

Les parents de Lauren avaient quitté les États-Unis pour venir couler des jours heureux ici, retirés du monde des affaires, après avoir gagné énormément d'argent en produisant et commercialisant une gamme de maquillage pour enfants qui faisait fureur chez les Miss junior américaines. Ils voulaient désormais savourer la vie « à la Française » : la gastronomie, la culture, le temps de vivre. Arcachon leur avait semblé être le lieu idéal, entre ciel, mer et terre, pour profiter pleinement de leurs deux enfants, Lauren et son frère Jack, de deux années son aîné.

Lauren et Arnaud étaient tombés amoureux durant l'hiver, lors des vacances de février. À l'inverse de ses amis qui étaient tous partis skier dans les Pyrénées, Arnaud préférait venir à la Villa, il n'aimait pas la neige. Lauren l'avait séduite sans même s'en rendre compte, alors qu'emmitouflée dans son manteau de laine et le nez rosi par le froid, elle avait croisé Arnaud sur la jetée. Subjugué par une telle fraîcheur, au sens propre comme au figuré, et par ses yeux verts, il était allé timidement à sa rencontre. Il s'en était suivi un après-midi à discuter de tout et de rien, puis de nombreux autres ensuite, jusqu'à ce que les deux adolescents devinrent inséparables. Plus le temps s'écoulait, plus ils s'aimaient. C'était pour l'un et l'autre leur première histoire d'amour et l'on n'aurait pas pu imaginer plus belle complicité pour découvrir les plaisirs que leurs corps offraient en s'unissant.

Cet été-là, Lauren passait en classe de première au lycée, Arnaud en terminale. Il ne restait plus qu'une semaine de vacances avant qu'Arnaud ne retourne à Bordeaux, ce qui imposerait de nouveau aux tourtereaux de ne plus pouvoir se voir qu'en fin de semaine. Ce samedi soir, jour du drame, les parents d'Arnaud devaient dîner à Bordeaux et Stéphane était chez un ami, au Pays basque. La Villa était à Arnaud et Lauren pour le week-end, ce qui représentait pour eux la promesse d'instants magiques en tête à tête.

Le soir venu, alors que le jeune couple allait manger en ville, un groupe d'adolescents les avait importunés. Ils avaient suivi Arnaud et Lauren un court moment, puis s'étaient mis à leur balancer des insultes et des menaces. Ils étaient dans le même lycée que Lauren, et l'un d'eux, nommé Arthur Fullard, projetait de sortir avec elle depuis plusieurs mois, sans succès. La réputation de cette bande de sales merdeux n'était plus à faire et ce soir-là, ils ne faisaient vraiment rien pour la démentir. « Joli petit cul la sainte-nitouche, tu veux pas que je te décoince un peu ? », « Ben quoi, j'suis pas assez bien pour toi, la richousse, tu préfères ce p'tit con à polo Lacoste ? ». Arnaud et Lauren pressèrent le pas, déterminés à ne pas répondre à ces provocations, d'autant que le centre-ville n'était plus très loin. Les propos étaient de plus en plus vulgaires et imagés, Lauren serrait la main d'Arnaud très fort pour sentir sa protection. « Et, viens salope, je vais te montrer ce que je sais faire avec ma bite, allez viens, ça vaut l'détour ! »… Le prétendant éconduit se sentait l'âme d'un poète, visiblement…

Heureusement, en arrivant dans les rues du centre, plus animées en ce samedi soir, la petite troupe se dissipa et après cette stupide altercation, la soirée se déroula normalement. Arnaud avait emmené sa belle au restaurant, comme un vrai gentleman, il désirait si bien faire, lui avait offert une rose achetée au vendeur ambulant, comme dans les films, et s'apprêtait à lui dérouler la nuit la plus romantique qu'il puisse, avec des fraises et du Champagne, encore une fois comme au cinéma. Pour elle, il voulait que tout soit parfait.

Une fois rentré à la Villa, Arnaud sortit la bouteille de Möet et Chandon qu'il avait mis au frais dans l'après-midi et en servit deux coupes. Il avait aussi prévu un panier de fraises, notamment parce que son frère, complice de ce plan romanesque, lui avait confié que les filles adoraient ça. Ils dégustèrent cet instant, agréablement installés sur le sofa en cuir crème du salon. Lauren était magnifique, radieuse d'être tant cajolée. Ses joues rosies s'accordaient merveilleusement à la pureté blanche de sa robe, qui soulignait si justement la perfection des lignes de son corps. Son cou délicat portait un joli collier ancien, fait de perles en verre coloré et d'un pendentif représentant un colibri. Le petit oiseau bleu pâle émaillé venait se loger à la naissance de ses seins. Arnaud se dit à ce moment qu'un ange bienveillant, placé au-dessus d'eux, tirait doucement les fils d'un bonheur parfait. Il voulait garder cette image d'elle pour toujours, Lauren était tellement belle ce soir-là.

Peu habitués à boire de l'alcool, les jeunes amoureux finissaient leur deuxième coupe de Champagne en riant de leur enivrement. Puis ils montèrent dans la chambre d'Arnaud et firent l'amour tendrement.

Un peu plus tard dans la soirée, ou plutôt même la nuit vu l'heure avancée, Lauren se leva pour chercher une petite bouteille d'eau. Arnaud la vit sortir de la pièce, l'entendit descendre l'escalier pour se rendre à la cuisine, puis il se rendormit, éreinté.

Lorsqu'il rouvrit les yeux, étonné de sentir l'autre côté du lit vide, il constata que Lauren n'était toujours pas retournée se coucher. D'un coup d'œil à sa montre, il en déduit qu'elle s'était absentée depuis plus d'une heure déjà. L'inquiétude s'installa instantanément. Elle aurait très bien pu s'endormir en bas, ou même regarder la télévision ou lire un magazine parce qu'elle n'aurait pas réussi à trouver le sommeil, mais Arnaud pressentit autre chose de bien plus angoissant. Il enfila son jeans en vitesse et dévala rapidement l'escalier. Il sentait le vent glacial parcourir son dos. Il la chercha, l'appela, mais ne la trouva pas. Elle n'était plus dans la Villa, Lauren semblait s'être évaporée.

*****

En écoutant Arnaud me dire que son amour de jeunesse, Lauren, avait disparu, je ne compris pas immédiatement tout ce que cela impliquait.

— Mais pourquoi est-elle sortie de la Villa ? Où était-elle ? demandai-je naïvement. Elle avait peut-être juste envie de faire un tour et d'admirer l'océan, bien que cela soit surprenant dans la mesure où la maison n'était pas franchement sur le bord de la plage.

— Je n'en sais rien, personne ne l'a jamais revue. Jamais… Elle a disparu soudainement, pour toujours.

Je vis dans les yeux d'Arnaud une tristesse infinie, mais la tension qui l'habitait jusqu'alors s'était évaporée. Ses épaules n'étaient plus contractées, au contraire elles étaient basses et légèrement voutées. L'homme devant moi souffrait horriblement de ces souvenirs malheureux et il me dévoilait pour la première fois un nouvel aspect de sa personnalité et de son histoire. Cette fois-ci, ce fut moi qui mis mon bras autour de lui, pour lui apporter le réconfort dont il avait besoin…

— Que s'est-il passé ensuite ?

— Elle n'est jamais revenue depuis, elle a été supposée fugueuse un moment puis probablement enlevée et enfin « simplement » déclarée disparue. Elle est peut-être décédée même, mais en tout cas les recherches n'ont jamais rien donné.

— La police n'a jamais rien trouvé ?

— Non. Pendant un temps, bien sûr, j'étais le principal suspect. Ils étaient persuadés que j'avais commis l'irréparable, sous le coup de la colère générée par une dispute qui aurait mal tourné ou bien encore par la frustration qu'elle puisse se refuser à moi. Et de tous les témoignages de notre entourage, qui savait à quel point nous nous aimions ou des déclarations du personnel du restaurant où nous avions dîné ce soir-là et qui attestaient qu'aucun incident n'avait eu lieu lors du repas, rien n'y a fait. J'étais la dernière personne à l'avoir vue… Les enquêteurs m'ont interrogé, ils ont aussi convoqué ma famille, les voisins, les amis. Au-delà de la douleur que représentait cette disparition, ce fut également très éprouvant pour ma mère qui avait beaucoup souffert à l'époque de toutes les rumeurs qui circulaient. De mon côté, j'étais impuissant face à tout cela, incapable de protéger Lauren, incapable d'aider les policiers à la retrouver, incapable de prouver mon innocence…

— Mon Dieu, ça a vraiment dû être un cauchemar… Et les jeunes qui vous ont embêtés ce soir-là, en allant au restaurant, ils n'y sont pas pour quelque chose ?

— Tu penses bien que j'en ai parlé aux enquêteurs et ce merdeux d'Arthur Fullard a fini par être reçu comme il fallait au commissariat.

— Je suppose, hélas, que ça n'a rien donné ?

— Non, ses amis avaient passé la nuit en discothèque, mais lui n'y avait pas été. Il avait trop bu soi-disant et était rentré chez lui.

— Et ses parents ont confirmé ses dires ?

— Ses parents ont juste confirmé qu'il buvait beaucoup, pour le reste, ils étaient en week-end à Toulouse pour assister à un concert et ne pouvaient garantir l'emploi du temps de leur fils…

— Donc, si je comprends bien, vous vous êtes trouvés tous les deux dans la même situation ce soir-là : pas d'alibi et une famille absente du domicile, conclus-je.

— Oui. Comme ils avaient pu faire avec moi, les policiers ont cherché longtemps du côté de Fullard, d'autant que tout le lycée savait qu'il voulait sortir avec Lauren, mais finalement, pas de corps, pas de preuves, pas de mobile suffisamment fiable…

— Mais quand même, il avait menacé Lauren de… enfin, c'est clair que ça faisait de lui le suspect numéro 1 ! Et puis, s'il cherchait à sortir avec elle, ça renforçait sa culpabilité.

— Oui, il voulait sortir avec elle, comme la moitié des gars de son lycée, elle était vraiment très populaire !

Je réalisais peu à peu l'enfer que cela avait dû être pour Arnaud. Non seulement la fille dont il était amoureux avait disparu, laissant planer le doute sur ce qui avait pu lui arriver, mais en plus il faisait partie des principaux suspects, relégué au même rang que l'adolescent débile qui les avait insultés lors de cette soirée. Lui et sa famille avaient été la cible de rumeurs, les gens se méfiaient d'eux, de leur fils, l'impact s'était propagé jusqu'au milieu professionnel où pendant un temps les affaires avaient décliné, jusqu'à ce que la mémoire collective s'éclipse à la faveur des profits financiers. Au milieu de tout cela, Arnaud portait sa croix de culpabilité, repassant continuellement dans sa tête les évènements de cette soirée, comme si un détail oublié allait ressurgir de ses souvenirs ou de son inconscience et résoudre enfin cette affaire. Mais rien n'y avait fait, seules les années avaient permis de cicatriser en surface, l'épiderme uniquement, car la plaie restera vive à l'intérieur tant qu'il ne saura pas ce qu'il est advenu de Lauren.

— Je m'en suis tellement voulu.

— Tu n'y étais pour rien, Arnaud.

— Il y a eu quelque chose d'étrange ce soir-là. La fenêtre de la bibliothèque était ouverte au petit matin, ça m'a marqué parce qu'en descendant l'escalier et en traversant le couloir, j'ai senti l'air froid sur mes pieds et dans mon dos, et ce n'était pas une sensation habituelle. Mais je n'arrive pas à me rappeler si elle était ainsi lorsque nous nous sommes couchés. La porte d'entrée était verrouillée, avec un double tour de clé, les autres fenêtres étaient toutes fermées également. Il n'y avait que celle de la bibliothèque d'ouverte … et elle ne peut s'actionner que de l'intérieur.

— Mais qui aurait pu la déverrouiller ce soir-là ? Ce ne peut être que toi ou Lauren ? m'étonnai-je.

— Oui, et je sais que ce n'est pas Lauren. Qu'aurait-elle fait dans cette pièce à cette heure-là ? Et pourquoi ouvrir cette fenêtre ? Au pire, si elle avait eu chaud, ne serait-elle pas allée sur la terrasse, et dans ce cas, c'est la porte d'entrée que nous aurions retrouvée ainsi ?

— … Or elle était fermée à clé, dis-je en secouant la tête, car vraiment il n'y avait rien de logique dans cette histoire.

— Exact ! Donc, il ne reste plus qu'une solution : j'ai laissé la fenêtre ouverte ce soir-là…

— Tu te rappelles l'avoir ouverte ? demandai-je.

— Non, justement… regretta Arnaud, dont la courbure du dos trahissait son désarroi. Mais j'allais souvent dans la bibliothèque, alors, il est peut-être possible que …

Arnaud semblait dépité, toutes ces années n'avaient pas éteint son sentiment de culpabilité. Il nous resservit un nouveau verre de vin et posa la bouteille vide sur la table basse.

— Mais alors nous aurions senti l'air frais en montant dans la chambre, car la journée comme la soirée n'avaient pas été caniculaires et je serais allé fermer la fenêtre.

— Rien n'a pas de sens donc ! Mais la fenêtre n'a pas pu s'ouvrir toute seule pendant la nuit, conclus-je désarmée.

— C'est ce que pensait aussi la police à l'époque. C'est certain que quelque chose nous échappe, mais quoi ? Je n'ai jamais trouvé. Mais en conclusion, un accès à l'intérieur de la Villa était visible et facile, n'importe qui a pu entrer et enlever Lauren…

— Tu crois qu'elle a été kidnappée ? demandai-je en resserrant encore mon bras autour de lui, signe de ma compassion pour cette affaire ancienne qui en disait beaucoup sur la personnalité d'Arnaud aujourd'hui.

— Oui, bien sûr ! Pourquoi serait-elle partie ? Elle n'avait aucune raison de s'enfuir, de sortir. On était si bien ! On avait prévu de faire la grasse matinée et de nous réveiller doucement au rythme de nos envies. Je reste persuadé qu'une personne est entrée chez moi ce soir-là, et qu'elle a enlevé Lauren. Peut-être était-ce un cambrioleur qu'elle aurait surpris ? Ou bien juste un marginal, comme il en vient parfois l'été à Arcachon, et qui nous aurait suivis jusqu'à la Villa… Je ne sais pas, et je ne saurai jamais…, capitula Arnaud.

Je comprenais maintenant ce que la Villa d'Arcachon représentait pour lui : au-delà des heureux souvenirs d'enfance, dont les albums photos portaient le témoignage jusqu'à cette date fatidique, ce lieu avait été aussi la scène d'une mystérieuse et traumatisante disparation.

— Arnaud, ce week-end où nous nous sommes disputés, le collier que j'avais mis…

— … était celui que portait plus tôt Lauren, lorsque nous sommes allés au restaurant. Elle l'avait ôté en allant se coucher, je n'ai pas pu me résoudre à le laisser au fond d'un tiroir. Tu vois, l'accrocher aux murs de cette chambre symbolise pour moi un éventuel retour de Lauren, un jour. Il l'attend, je l'attends. C'est idiot, je le sais, elle ne reviendra jamais, bien sûr ! C'est aussi pour me rappeler, ne jamais oublier. Mais comment le pourrai-je ? Je suis désolé, Lily, lorsque je t'ai vu apparaitre dans l'encadrement de la porte, j'ai cru… bref, ça m'a ramené 18 ans en arrière…

— Je comprends un peu mieux. Si j'avais su, jamais je n'aurais mis ce collier. C'était une grave erreur de ma part, Arnaud, dis-je en serrant sa main dans la mienne.

— Tu ne pouvais pas deviner, et je n'aurais jamais dû m'en prendre à toi de la sorte, confessa enfin mon amant, mon homme. C'est ma faute, j'aurais dû le décrocher, je ne pensais pas que tu viendrais si rapidement à la Villa.

Il poursuivit en m'expliquant qu'ils avaient acheté ce collier ensemble, lors d'un vide-grenier. Sa valeur était essentiellement affective, même si l'ancienneté de ce bijou lui conférait tout de même un petit intérêt pécuniaire.

Je déchiffrais enfin dans sa réaction excessive un réflexe d'autodéfense face à la violence d'un souvenir qu'il croyait jusqu'alors maîtriser.

Je me blottis dans ses bras, ne sachant pas vraiment qui avait le plus besoin de chaleur humaine. Cette histoire me secouait, et même si je ne connaissais pas cette fille et sa famille, je ne pouvais m'empêcher de tisser le parallèle avec moi. Nous aimons, ou avons aimé, le même homme et cette relation à la chute si malheureuse, a probablement contribué à construire ce qu'il est aujourd'hui. Nos blessures nous façonnent, elles font de nous ce que nous sommes ensuite. Est-ce inhérent à son passé, ce choix de toujours afficher aux autres une image froide, celle du mâle dominant qui maîtrise à la perfection la distanciation d'avec le reste du monde ? Est-ce parce qu'il a tant souffert plus jeune des accusations injustes dont il a été victime ? Et ce besoin de protection qu'il a envers moi, cette crainte de me voir touchée par un malheur, qui le rend parfois si étouffant, illustraient-ils sa peur de perdre ceux qu'il aime, peur attisée par son destructeur sentiment de culpabilité ?

Arnaud m'apprit ensuite que le frère de Lauren avait terminé ses études en France avant de retourner vivre aux États-Unis, à Washington. Les parents de Lauren, inconsolables, étaient restés à Arcachon, à attendre leur fille, qu'ils ne revirent jamais. Ils étaient morts il y a quelques années dans un accident de voiture, à quelques kilomètres d'ici, sans jamais avoir su ce qui était arrivé à Lauren.

— C'est horrible. Les pauvres, murmurai-je fébrile.

C'est étonnant comme la vie déroule une succession d'évènements, de rencontres, de rebondissements… Au début de l'été, j'étais à mille lieues d'imaginer que j'allais faire la connaissance d'une personne comme Arnaud. Un homme qui allait complètement m'envoûter, me subjuguer, m'assujettir. Et pourtant, au fil des quelques mois qui venaient de s'écouler, l'évidence était là : Arnaud représentait tout pour moi, il était mon repère, ma béquille, ma raison de vivre. Quand soudain il s'est montré si différent, à Arcachon, j'ai cru que ma vie s'écroulait. C'était comme si le destin m'avait donné la chance de toucher du doigt le bonheur auquel je rêvais, pour le retirer aussi brusquement qu'il était apparu.

L'histoire de la tragique disparition de Lauren était certes un évènement traumatisant pour Arnaud et sa famille, mais si triste fût cette histoire, elle m'apportait un soulagement énorme : Arnaud n'était pas en colère contre moi, mais contre lui. Je m'endormis ce soir-là dans son lit, enveloppée par la chaleur de son corps, secouée par le drame qu'il avait vécu, mais honteusement rassurée.

La vie continue

En un rien de temps, la vie avait repris son cours. Le désastreux mal-être qui avait pu exister entre Arnaud et moi s'était évaporé et avait fait place à une sensation enivrante de bonheur sincère. Comprenant sa réaction, je ne pouvais plus lui en vouloir. Au contraire, j'avais découvert un homme bien plus sensible qu'il ne le laissait paraître et je comptais parmi les rares personnes à en avoir conscience.

Samedi matin, comme prévu, Pauline sortit de l'hôpital. Ses parents l'avaient ramenée à l'appartement et s'y étaient eux-mêmes installés pour quelques jours, afin qu'elle ne se retrouve pas seule. Dans la mesure où je passais de nouveau toutes mes nuits chez Arnaud, il devenait inutile qu'ils restent à l'hôtel alors que je pouvais leur prêter ma chambre. Et puis, j'avoue, j'étais rassurée de savoir Pauline bien entourée. Après tout, le coupable n'était toujours pas identifié et l'enquête de police ne semblait pas évoluer. J'étais heureuse du très bon rétablissement de Pauline, comme à son habitude, elle rayonnait, elle était belle et gaie, nul ne pouvait deviner que quelqu'un avait pourtant cherché à la tuer ou à lui faire peur avec sa voiture. De mon côté, je pouvais de nouveau envisager mon projet de vivre chez Arnaud. Tout s'y prêtait, le ciel semblait enfin s'éclaircir. Si seulement les coupables de l'accident et du cambriolage pouvaient être identifiés… Et puisse Arnaud, un jour, tourner la page de son histoire avec Lauren.

Le jour suivant, dimanche, Arnaud et moi décidâmes d'aller nous promener dans Bordeaux, en amoureux, tout simplement. Ce début d'automne était exceptionnellement doux, presque chaud, et si les arbres n'avaient pas encore pris leurs reflets roux, nous aurions pu nous croire au printemps. La chaleur du soleil avait poussé les habitants hors de chez eux pour ces dernières semaines avant l'hiver et il y avait foule sur les quais de la Garonne. Nous avions même du mal à trouver une place en terrasse pour boire une petite bière. J'appréciais cet instant simple, celui de sentir les rayons lumineux dorer nos visages et voir Arnaud totalement détendu, souriant et amoureux. Le calme après la tempête.

Quelques jours plus tard, au bureau, je pus régler mes comptes avec la DRH. Je lui signifiai de façon cinglante que mes congés de fin d'année avaient été validés par M. Lauhné, la veille, sur l'oreiller. Le soir même, lorsque je reportai à Arnaud cette conversation surréaliste, il explosa de rire. Moi, la petite salariée timide, j'avais osé m'attaquer à *Madame* la DRH, non sans manquer d'impressionner Arnaud par mon audace. Étonnamment, cette violente dispute d'Arcachon m'avait donné confiance en moi, parce que je savais que rien ne me ferait plus peur que de perdre Arnaud. Alors, ce n'était pas un vulgaire conflit de bureau qui allait me faire pâlir. Sans que j'en sois trop surprise, mon homme m'avoua qu'il avait totalement conscience que cette femme, comme d'autres collaboratrices de l'entreprise, « désirait certainement coucher avec lui ». Rien que ça, M. Lauhné, quelle modestie !

— C'est pathétique, je t'assure. Je vois leur façon de minauder quand j'arrive dans une pièce. Parfois, j'en souris, mais la plupart du temps ça m'exaspère, surtout maintenant que toutes ces femmes en chaleur s'en prennent à toi ! râla-t-il, en plaisantant.

— Elle est jalouse parce que j'ai capturé dans mes filets le meilleur parti de la ville ! rigolai-je. Mais tu te doutes bien que ça va finir par se savoir, pour nous deux ...

— Je sais, et je m'en moque. De toute façon, maintenant que tu viens vivre chez moi, il est temps d'officialiser notre couple. Quant à ceux qui chercheront à te nuire dans l'entreprise, j'en ferai mon affaire personnelle, à commencer par notre très chère DRH.

Tout paraissait vraiment rentrer dans l'ordre et observer Arnaud défendre notre relation me comblait. Qu'aurais-je pu vouloir de plus ? Pourtant, mon obsession d'en savoir toujours plus sur lui n'allait pas tarder à attirer le malheur.

Ce matin-là, je proposai à Arnaud de retourner à la Villa. J'y avais laissé quelques affaires de toilette dans la salle de bain et bien qu'elles ne me manquaient pas plus que ça, j'y voyais une occasion d'affronter les démons du week-end passé là-bas. Pourquoi une telle idée ? Je ne pouvais me l'expliquer. C'était comme si cette Villa m'appelait, comme si j'avais besoin d'en savoir plus. La curiosité est un défaut aussi maudit qu'irrésistible.

Bien entendu, Arnaud prit cette proposition d'un très mauvais œil. Il ne voulait pas vraiment en entendre parler ! Pourquoi revenir si tôt là-bas ? Après tout, il m'avoua s'interroger sur le principe même d'y retourner un jour. Le passé l'avait hanté trop longtemps et il était peut-être venu le moment d'en faire table rase.

— Arnaud, on y va juste pour récupérer mes affaires oubliées la fois précédente, et ensuite on repart. Rien de plus.

— Crois-moi, ce n'est pas une bonne idée, Lily.

— Sinon, tu me donnes les clés, et je fais juste un aller-retour, mentis-je sachant que je ne résisterai pas à l'envie de respirer encore ces lieux qui, pour une raison inconnue, m'attiraient inexorablement. Peut-être parce que je les avais quittés si brusquement ?

— T'y rendre seule ? Certainement pas ! capitula Arnaud.

Cette dernière proposition de ma part eut raison de lui. Le samedi suivant, soit trois semaines après notre premier passage, nous prîmes de nouveau la direction d'Arcachon.

Une fois là-bas, et contrairement à ce que nous redoutions tous les deux, l'atmosphère était paisible. Le calme qui régnait dans cette Villa avait un effet immédiatement apaisant et j'avais même du mal à croire encore à la façon désastreuse dont notre précédent séjour s'était terminé. L'odeur de bois ciré flottait toujours dans l'air et tout était impeccablement rangé, tous les objets occupaient une place précise, aucune poussière perceptible. Arnaud n'était pas retourné à la Villa, je supposais donc qu'Henriette avait joué son rôle, comme d'habitude.

Une fois installé sur le canapé du salon, Arnaud m'avoua que son refus de revenir ici avait probablement été exagéré, il ne pouvait m'empêcher de rentrer dans la Villa, d'autant que j'allais désormais emménager chez lui et qu'il voulait faire sa vie avec moi. Waouh, rien que ça !

Il n'était pas prêt non plus à se séparer de cette demeure et je restais persuadée que ce n'était pas une bonne idée de toute façon. Cette maison était dans sa famille depuis trois générations et il n'était pas question de la revendre. Que cette décision eût été prise lors des évènements avec Lauren, cela aurait été compréhensible, mais le temps a coulé depuis, et il nous revient à Arnaud et moi d'y construire un futur heureux.

Regonflé à bloc après ces bonnes résolutions et envahi par une volonté ferme d'aller de l'avant, Arnaud décréta que nous passerions la nuit ici. Cette déclaration me convenait très bien !

J'étais à ce moment-là persuadée que tout allait bien se passer.

La nuit dans la Villa

Aussi surprenant que cela puisse paraître, tout se passait idéalement. Nous avions pris le temps de marcher le long de la plage, puis d'errer dans la ville au hasard des petites rues pour contempler les autres villas centenaires. La fin de journée avait filé à toute vitesse et le voile sombre de la nuit avait recouvert les toits d'Arcachon, sans que nous nous en soyons aperçus. Arnaud suggéra que nous montions dans la chambre, tant pis pour le dîner que nous avait préparé Henriette et qui nous attendait dans le réfrigérateur. Tant pis aussi pour ces draps bien repassés qui finirent sur le parquet comme à peu près tout ce qui se trouvait sur notre passage. Je ne sais pas ce qu'étaient devenues les perles du collier. Arnaud me fit l'amour avec fougue. Après l'orgasme, d'énormes larmes coulèrent sur mes joues rougies. Je l'aimais tellement que l'émotion en était ingérable. J'étais dépassée.

****

Je ne sais pas vraiment ce qui me réveilla au milieu de la nuit, un grincement ou un courant d'air sûrement. Peut-être juste un mauvais pressentiment ? Impossible à dire, mais toujours est-il que lorsque je voulus me blottir contre Arnaud, son côté du lit était vide. Je déployai mon bras et tâtai de la main son oreiller, mais je ne pouvais que constater qu'il n'était plus là. S'il ne m'avait pas raconté l'histoire de Lauren, j'avoue que je ne me serais pas inquiétée outre mesure. Seulement voilà, mon cerveau ne pouvait que tisser des rapprochements perturbants avec cette vieille histoire.

J'enfilai précipitamment le pull bleu marine d'Arnaud, laissé négligemment par terre au milieu de la chambre. Il sentait bon le romarin, comme toujours. Puis je descendis l'escalier avec un boule au ventre. Je redoutais quelque chose d'indicible, j'avais un de ces mauvais pressentiments qui vous incitent à rester sur vos gardes. Je cherchai en vain l'interrupteur du couloir. C'était bête pourtant, je n'étais plus une enfant de dix ans, je pouvais marcher dans le noir toute seule… et d'ailleurs, il ne faisait pas si sombre. Mes yeux commençaient à s'habituer à l'obscurité et la lune inondait en partie le couloir ainsi que la cage d'escalier de sa lumière bleutée. Cela conférait à la Villa un décor d'anciens films en noir et blanc et le craquement de mes pas sur le parquet vivant me faisait définitivement basculer dans une ambiance hitchcockienne.

— Arnaud ?

Rien.

— Tu es où ?

Ici, dans une de ces pièces bien sûr, c'est évident, où aurait-il pu bien être sinon ?

Mais pour le moment, il ne m'avait pas répondu…

Prostrée en bas des escaliers, je passai la tête par la porte du séjour. Personne. J'avais froid, la chair de poule envahissait mon corps.

— Arnaud ?

La cuisine était dans l'état exact dans laquelle nous l'avions quittée. Rangée, propre, vide. Puis finalement, c'est en entrant dans la bibliothèque que je le vis.

Enfin !

Purée, j'arrivais à me faire peur toute seule, quelle idiote j'étais !

Bizarrement, il ne m'avait pas entendue l'appeler et c'était avec un regard tout étonné qu'il me dévisagea.

— Qu'est-ce que tu fais debout ma chérie ? me demanda-t-il innocemment.

— Mais Arnaud, enfin, je te cherchais. Tu n'étais plus dans le lit et…

— Et tu t'inquiétais ? Excuse-moi Lily, je ne voulais pas te réveiller, dit-il en refermant l'album qu'il tenait entre les mains. Je repensais au passé et j'ai eu envie de revoir ces vieilles photos… Bref, ça n'a plus d'importance, allons nous coucher Lily.

Il posa ensuite l'album à côté de son fauteuil. Je remarquai que c'était celui qui contenait les souvenirs de lui et de son frère, lorsqu'ils avaient une dizaine d'années. Arnaud insista pour que nous retournions au lit, pourtant je n'avais plus du tout sommeil. J'avais toujours ces frissons qui parcouraient mon corps, que la fatigue conjuguée à l'humidité de la nuit ne permettait pas à elle seule d'expliquer.

Comme plus tôt dans la soirée, Arnaud se rendormit en quelques minutes. Il était beau ainsi paisible, comme toujours. Pour ma part, je m'agitais et me tournais longuement enroulée dans les draps avant de pouvoir enfin voler au pays des rêves. Doucement, je sentais une méfiance monter en moi, sans que je comprenne clairement pourquoi. Cela ressemblait plus à une angoisse irrationnelle qu'à des faits précisément identifiés ; mais je devais chasser de mon esprit ces idées, car jusqu'à maintenant, rien de s'opposait encore à ce nous passions un week-end réussi. Rien.

Au petit matin, je ne saurais dire qui d'Arnaud ou de moi était réveillé le premier. Nos paupières s'étaient peut-être ouvertes simultanément, nos souffles en symbiose, et c'était avec un plaisir non dissimulé que nous nous prélassâmes sous la chaleur de la couette.

En arrivant dans la cuisine, je sentis de nouveau ces frémissements ébranler ma peau. Mais cette fois-ci j'en étais certaine, c'était dû à un courant d'air ! Arnaud, qui préparait notre petit déjeuner, était du même avis que moi : l'odeur verte de la rosée du matin avait pénétré la maison.

À mon grand étonnement, aucune fenêtre du séjour ou de la cuisine n'avait été entrouverte, ce qui me semblait plutôt rassurant dans la mesure où nous n'avions visiblement pas dormi de la sorte, vulnérable. Mais ma joie fut de très courte durée.

— Arnaud, hier tu avais ouvert la fenêtre de la bibliothèque ? Je n'en ai pas souvenir …
— Non, sûrement pas, le bord de mer à cette époque ne s'y prête plus vraiment, répondit-il, par évidence.
— Sûr ?
— Certain.
— Alors pourquoi l'est-elle, maintenant ? demandai-je, perplexe face à la pièce dans laquelle s'engouffrait l'air frais iodé.

Nous nous étions levés en même temps et Arnaud était parti directement dans la cuisine pour préparer le café. Il n'avait pas touché aux fenêtres ce matin, et je me rappelle également que tout était bien fermé hier soir, ce qu'Arnaud confirmait aussi de toute façon. Étrange.

— Alors qui l'a ouverte ? lançai-je à Arnaud, d'une voix teintée d'angoisse.

Arnaud se déplaça jusque dans la pièce, comme s'il était nécessaire de vérifier mes dires, puis effectivement se crispa à la vue des voilages qui flottaient dans la brise matinale. Nul besoin de prononcer quoi que ce soit, je savais très bien à quoi il pensait. Une fenêtre s'était ouverte *à notre insu* au milieu de la nuit et pas n'importe laquelle : celle de la bibliothèque, comme à l'époque de Lauren... Je savais que je n'en étais pas à l'origine, et Arnaud savait aussi que ce n'était pas lui. Alors, une seule question pointait son nez : qui avait pu faire ça ? Autrement dit, qui avait pénétré dans la Villa pendant que nous dormions ? Cette idée me faisait carrément flipper ! Il y avait résolument quelque chose, dans cette demeure, qui nous ébranlait à chaque passage.

Prit de colère, Arnaud se dirigea immédiatement dans le jardin et en inspecta chaque recoin, puis de retour dans la Villa, fouilla une à une toutes les pièces à la recherche d'un hypothétique intrus qui pourrait s'y trouver. Bien évidemment, il n'y avait nul autre que nous deux dans la propriété. Arnaud décida alors de faire venir la police qu'il appela sur-le-champ. Je pense qu'en quelques instants, il se retrouvait projeté dans le passé, sauf que cette fois-ci, la stupeur de son adolescence avait laissé place à la révolte d'un homme marqué par sa quête de justice.

— Vous vous rendez compte de ce que cela signifie ? s'énerva-t-il face aux agents. Une scène similaire se produit à celle d'un enlèvement qui a eu lieu il y a près de vingt ans ! Il faut réagir, enquêter, prendre des empreintes. Oui, vous devriez commencer par cela !
— Attendez, monsieur Lauhné, on va remettre les choses au clair tout de suite : on connaît notre boulot et vous n'allez pas nous dire ce qu'on doit faire. OK ?

Arnaud bouillait de rage, autant à cause du peu d'inertie de la police et par le ton sur lequel l'agent lui avait répondu.

— Qu'est-ce qui vous fait croire qu'on a des éléments similaires à ceux de l'affaire de la petite Lauren ? Vous avez très bien pu avoir oublié de fermer la fenêtre, ça arrive tout le temps, quand la journée est ensoleillée, on ouvre et puis le soir, on oublie de vérifier. Faut pas vous biler pour ça, monsieur, ça arrive vraiment à tout le monde.
— Non ! s'énerva encore un peu plus Arnaud face à l'agent qui tentait de le raisonner.

C'est vrai que cet homme ressemblait plus à un agent Cruchot qu'à un expert de la police scientifique, mais il n'empêche que c'était lui qui avait été envoyé ici, donc à ce moment-là il fallait bien composer avec. Quant à son collègue, je pense qu'il devait être en maternelle lorsque Lauren a disparu. Son regard compatissant n'en était pas plus rassurant. La pression ne faisait que monter chez Arnaud.

Prétextant avoir besoin de mon homme dans la cuisine pour une petite minute, j'en profitai pour le tempérer. Certes, nous n'avions pas devant nous le fleuron des forces de l'ordre. Mais non, il ne fallait pas se les mettre à dos, alors restons cool. Arnaud admirait mon self contrôle, mais de toute façon, quel que soit l'argument, cela ne faisait que l'effleurer.

De retour dans la bibliothèque, Arnaud s'adressa aux policiers, faisant tout de même un effort notable pour garder son calme, ce qui donnait surtout l'impression qu'il leur parlait comme à des débutants. Pas certaine qu'ils appréciaient…

— Vous comprenez bien, monsieur, qu'on ne va pas lancer une enquête pour une fenêtre ouverte. Comme vous n'êtes pas n'importe qui dans la région, on a bien voulu se déplacer, mais là quand même…, protesta l'agent Cruchot.

— Et moi, je vous dis que quelqu'un est entré par effraction ici ! Et si quelqu'un est entré, il doit sûrement y avoir des traces, des empreintes, des cheveux ; on ne peut pas passer à côté de cela, parce que forcément cela a un rapport avec le passé. J'en ai une profonde certitude, car je ne crois pas aux coïncidences.

Arnaud s'emballait, il était parti pour convaincre les policiers de creuser cette affaire et je savais que rien ne pouvait maintenant l'arrêter.

— Si vous considérez un instant qu'un inconnu ait volontairement ouvert la fenêtre, exactement la même que lors de la disparition de Lauren, reprit-il, dans la nuit, entre environ 23 heures et l'aurore, un jour où justement je dors ici, ce qui n'est pas très courant, et en compagnie de la personne que j'aime, comme à l'époque, n'y voyez-vous pas un rapprochement évident à faire ? s'agaça-t-il.

— Hum, mais là, vous faites référence à une histoire vieille de plus de quinze ans, presque vingt, ça me paraît un peu lointain ...

Arnaud fulminait intérieurement.

— Sans compter que mon amie ici présente, Caroline, a été victime d'un cambriolage il y a quelques semaines à son domicile, à Bordeaux, et que quelqu'un a attenté à la vie de sa meilleure amie juste avant. Ça commence vraiment à faire beaucoup !

— OK, OK… bon quelque chose a disparu cette nuit ?

Bizarrement, nous ne nous étions même pas posé la question. Nos yeux parcoururent la pièce et il ne nous fallut que quelques minutes pour en dresser un constat similaire. Rien ne semblait avoir été volé, mais un objet n'était plus à sa place. Cette nuit, lorsque j'avais rejoint Arnaud dans la bibliothèque et qu'il avait décidé de retourner dans notre lit, il avait laissé l'album qu'il feuilletait sur le petit guéridon, à côté du fauteuil à rayures. J'en étais certaine, et Arnaud aussi ! Pourtant, il n'était plus à cet endroit ce matin. C'est en s'approchant de l'étagère qu'Arnaud le retrouva, rangé à sa place. Tous les albums étaient parfaitement alignés, classés par ordre chronologique. Quelqu'un avait remis à sa place celui qui avait été sorti hier soir. Mais pour quelle raison ? Arnaud prit le recueil de souvenirs et l'inspecta : rien ne manquait, toutes les photos étaient là. Ce qui me surprit en revanche, et les policiers tiquaient également, c'est lorsqu'il s'empara directement du dernier album, celui qui n'avait pas été terminé, interrompu juste avant le drame. Mon homme s'assit et tourna les feuilles en sachant exactement ce qu'il cherchait. Effectivement, il ouvrit une page où manifestement un cliché avait disparu. Il paraissait dépité.

— C'était qui sur la photo manquante, à cet emplacement ? demandai-je en pressentant déjà la réponse.

— C'était Lauren, la seule photo qu'il restait d'elle ici.

Un lourd silence s'installa, comme si nous venions d'apprendre la mort de Lauren. Puis, subitement, Arnaud se leva et alla inspecter une nouvelle fois toutes les pièces de la demeure, mais sans surprise, rien d'autre n'avait disparu.

Il revint survolté, révolté. Pour Arnaud, c'était un signe de plus vers la convergence des deux époques.

— Cet album n'a plus jamais été complété après le drame parce que ce fut l'évènement le plus douloureux de ma vie, celui qui marqua la fin de ma crédulité d'ado. Il contenait la seule photo de Lauren que nous avions gardée : merde, ce ne PEUT PAS ETRE une coïncidence ! cria-t-il, en jetant l'objet à terre.

— Il y avait quoi d'autre dans cet album ? Des photos de famille ? demanda le plus jeune policier.

— Oui, c'est ça, ma famille et quelques fêtes d'anniversaire, des vacances…

— Et il n'en manque qu'une, précisément celle-ci …, conclut l'agent.

Pourquoi exactement n'y avait-il qu'un seul souvenir de Lauren ? me demandai-je perplexe … il me semblait qu'elle faisait partie de la famille en quelque sorte. D'ailleurs, elle devait être présente aux anniversaires, particulièrement à celui d'Arnaud. Je n'avais pas eu le temps de regarder en détail cet album, lorsque je m'étais égarée dans la bibliothèque, avant qu'Arnaud ne me surprenne et s'énerve injustement à mon encontre. J'ignorais à quel type de personne ressemblait Lauren en réalité…

— Bon, écoutez, reprit finalement le policier sénior après un moment de réflexion exagérément long, je vais appeler la police technique, on verra bien ce qu'elle en dit.

Lorsque la nouvelle équipe de deux jeunes agents débarqua en renfort dans le séjour, trois heures plus tard, je ressentis un malaise qui n'échappa pas à Arnaud. Ce sentiment de déjà vu me mettait littéralement mal à l'aise. *Espérons au moins que les investigations soient plus fructueuses que celles concernant mon appartement.*

Heureusement, les techniciens purent notamment recueillir un nombre important d'empreintes. Après avoir pris les nôtres également, pour procéder ainsi aux comparaisons, puis celles d'Henriette qui avait été rappelée pour l'occasion, ils purent nous assurer que cela donnerait probablement un résultat. C'était déjà ça ! A moins qu'ils n'avaient cherché qu'à nous calmer un peu …En une heure, le travail était réalisé et c'était avec un sentiment très mitigé, que nous les virent s'éloigner de la Villa, munis de leur matériel technique.

Pour Arnaud, il fallait rentrer chez nous à Bordeaux. Après avoir libéré Henriette, elle-même encore sous le choc de la résurgence des souvenirs du passé, et lui avoir interdit de revenir seule ici, par sécurité, il décida que nous aussi devions partir sans tarder. De nouveau, je dus quitter cette maison de façon précipitée. Après avoir rassemblé toutes nos affaires et déposé notre sac de voyage dans le coffre, Arnaud démarra la voiture et ainsi nous reprîmes le chemin du retour. Déjà.

Les suspicions

Quelques jours plus tard, j'allais retrouver Pauline dans un petit café de la place Pey Berland, dans le centre de Bordeaux. Elle avait résolument repris le dessus sur ce qui lui était arrivé, bien décidée à ne pas laisser quiconque lui gâcher vie.

Ce matin, Diego avait fait livrer un gros bouquet d'oeillets rose et jaune pour fêter son retour à l'appartement. On ne sait pas comment il avait appris qu'elle était sortie de l'hôpital, parce que ni elle ni moi ne le lui avions dit. Il est possible qu'il y soit repassé, comme l'autre jour, et que le personnel soignant lui ait annoncé la bonne nouvelle. Toujours était-il que Pauline, qui normalement aimait les fleurs comme tout le monde, avait grimacé à la vue de cette surprise, elle n'était pas prête de se débarrasser de ce pot de colle de Diego. Nous en avons bien ri au téléphone, pauvre garçon, il était si gentil en plus, trop d'ailleurs.

J'aperçus Pauline en franchissant la porte du café. Elle était assise à l'une des tables bistrot calées contre les fenêtres, ce qui permettait de profiter du paysage extérieur.

— Coucou Pauline ! Tu m'attends depuis longtemps ?

— Non, je viens d'arriver. C'est tellement dommage qu'il pleuve tant, sinon on se serait mises en terrasse, il faisait si beau hier encore.

— L'automne s'installe petit à petit… Tu prends quoi ? demandai-je à Pauline en me dirigeant vers le bar.

— Un Perrier citron vert, s'il te plaît.

Après avoir passé commande et m'être assise face à ma copine qui répondait à un mail sur son smartphone, je restai un petit moment à regarder les passants courir s'abriter sous les devantures de magasins. L'averse avait redoublé de force en quelques secondes. Le serveur vint rompre le silence au moment où Pauline posa son téléphone sur la table.

— Tu es bien muette, remarqua Pauline ? Tout va bien ?

Je lui racontai alors ce week-end bizarre que nous venions de passer. Une fois de plus, Arnaud était au cœur de la conversation et je sentais que ça commençait à agacer Pauline.

— Quand même, depuis que tu le connais, tu ne trouves pas qu'il arrive un tas d'évènements inhabituels ?

Elle tripotait nerveusement la paille rouge de son verre.

— Franchement, Lily, réfléchis : dès que tu vas là-bas, il se passe quelque chose de tordu : soit il pète un câble sans que tu ne saches pourquoi, soit comme par hasard il se reproduit une scène nocturne très similaire à ce qu'il aurait vécu dans le passé…

— A ce qu'il a vécu dans le passé, précisai-je, contrariée.

— OK, ce qu'il a vécu… à la différence près que toi, tu n'as pas disparu… et comme par hasard aussi, cette nuit-là il avait décidé de regarder toutes ces vieilles photos, comme s'il n'avait pas pu le faire durant toutes ces années. Lily, vraiment, je me pose de plus en plus de questions à son sujet, s'inquiéta Pauline.

— Mais non, tu n'y es pas du tout. C'est normal qu'il ait voulu revoir ces clichés, il a évoqué avec moi la disparition de Lauren, il n'en avait pas reparlé depuis une éternité, ça a fait remonter des souvenirs en lui…

— Hum… et comment expliques-tu tout ce qui nous est arrivé ? Là encore, c'est une drôle de coïncidence, tu ne trouves pas ?

— Il en a avisé les policiers justement, et franchement, le problème c'est surtout que pour le moment la police n'avance pas sur les enquêtes de l'accident et du cambriolage.

— Ça, c'est clair ! s'insurgea Pauline. Merde, on a quand même failli me tuer et le type qui conduisait court toujours… A ce propos Lily, tu te rappelles que lorsque c'est arrivé, Arnaud avait disparu le week-end entier…

Je n'aimais pas du tout la tournure que prenait cette conversation.

— Et où veux-tu en venir ? demandai-je d'un ton sec.

— Je dis juste que tout cela est étrange… Après tout, si cette Villa lui fait péter un câble à chaque fois qu'il y va, et puisque soi-disant il y était lors de ce fameux week-end, peut-être… je ne sais pas, mais peut-être que ça lui a fait un truc et qu'il a eu envie de te retrouver en urgence à Bordeaux, et là il aurait roulé trop vite et m'aurait renversée, on était devant chez nous après tout… Et d'ailleurs, qui dit que c'était moi qui étais visée dans cet accident de la circulation ?

— Tu réalises ce que tu sous-entends, Pauline ? C'est ridicule ! D'autant plus que ce n'était pas la voiture d'Arnaud ! Et comment peux-tu l'accuser ainsi de tentative de meurtre ?

— Tu vois, c'est comme pour le cambriolage, il était où, lorsque c'est arrivé ? poursuivait-elle, s'étant visiblement déjà fait son opinion.

— Il allait courir après sa journée de boulot, rien de condamnable, bon sang !

Là, désormais, j'étais franchement en colère. J'avais presque envie de la gifler, tellement ces attaques étaient injustes et infondées. Je connaissais suffisamment Arnaud pour savoir qu'il n'aurait jamais fait ça.

— OK, je me monte probablement la tête, tenta Pauline pour calmer le jeu, mais le dénominateur commun de tous ces évènements : c'est Arnaud. Et je ne le sens pas ce type, il a un passé trouble…

— Il a été traumatisé par la mort ou disparition de Lauren ! Ça peut se comprendre tout de même. Et puis, si tu réfléchis bien, il n'est pas le seul point de coïncidence, parce qu'au moment même où je rencontrai Arnaud, toi tu revenais d'Australie et tu sortais avec Diego. Tiens, il est un peu louche aussi celui-là, tu ne trouves pas ?

— Ce n'est pas faux, effectivement il devient tellement insistant avec moi, ça ne frôle pas encore le harcèlement, mais s'il continue comme ça, à débarquer dans ma vie dès qu'on ne l'y attend pas…

— Et ça correspond également au moment où j'ai changé d'employeur, c'est peut-être une ancienne collègue qui me veut du mal, ou même cette saleté de DRH qui est jalouse… Et si ça se trouve, tout ça n'a rien à voir ! Alors je ne crois vraiment pas qu'Arnaud mérite le procès que tu lui intentes ! m'époumonai-je, rouge pivoine.

Voilà, maintenant j'étais carrément énervée contre ma copine et je venais de lui crier dessus comme sur du poisson pourri.

— OK, bon cette conversation me gonfle, franchement ! Je rentre chez Arnaud, dis-je simplement en posant un billet de dix euros sur la table.

— Attends Lily, je ne veux pas qu'on se fâche, ce juste que….

— C'est juste qu'Arnaud est l'homme de ma vie, point.

Je repartis jusqu'à l'arrêt de tram quelques dizaines de mètres plus loin, où je pus finalement m'abriter de la pluie qui n'avait pas cessé. Mais l'eau avait déjà imbibé mon chemisier et je tremblais autant de froid que de colère. Parce qu'au fond, si la méfiance qu'exprimait Pauline concernant Arnaud me faisait de la peine, j'avais conscience qu'il y avait peut-être un fond de vérité dans ces propos. Arnaud gardait une part sombre, mais j'avais pris le parti de le croire et de m'en remettre à lui. C'était mon choix. J'espérais qu'il était le bon.

La curiosité

Soyons honnêtes : la conversation que j'avais eue avec Pauline quelques jours tôt me trottait encore dans la tête. Plutôt devrais-je dire qu'elle me hantait. Finalement, Arnaud ne tournerait peut-être jamais la page de Lauren. Dès que les choses semblaient s'améliorer, comme lorsqu'il m'annonçait vouloir aller de l'avant et redonner une nouvelle vie à la Villa, avec moi, aussitôt un évènement troublant se produisait. Nous n'avions toujours pas de nouvelles de la police d'Arcachon qui avait envoyé les prélèvements d'empreintes digitales à Bordeaux. Elles devaient maintenant les comparer à celles prélevées dans mon ancien appartement. Tout restait au point mort et c'est sûrement ce qui était le plus frustrant, pour ne pas dire le plus inquiétant.

Bien sûr, je n'avais pas parlé des doutes de Pauline à Arnaud. Je redoutais sa réaction : de la colère bien évidemment, de la déception peut-être, mais surtout, je ne voulais pas qu'il puisse m'interdire de voir Pauline. L'aurait-il fait ? Je ne sais pas.

Comme prévu, Arnaud croulait sous le travail et rentrait bien après moi le soir. Je ne le croisais pas beaucoup plus au bureau, la frontière vie professionnelle – vie privée était claire, à une exception près, mais de taille : le matin, nous arrivions ensemble dans la même voiture. Le premier jour, cela a fait l'effet d'une bombe : à la pause-café de 10 h, tous mes collègues me regardaient étrangement. À midi, l'info avait fait le tour de tous les employés de l'entreprise. Voilà, c'était officiel, j'étais la poule du patron ! La DRH paraissait particulièrement vexée, elle perdait tout espoir de me torpiller dans la boîte ainsi que son « privilège » d'être détentrice d'un secret que nul autre ne connaissait. De toute façon, Arnaud lui avait déjà adressé un avertissement pour cette histoire tordue de congés de Noël qu'elle me refusait, elle en avait définitivement perdu son avantage auprès d'Arnaud. Quelques semaines en arrière, j'aurais été très gênée de cette annonce, mais désormais je n'avais plus aucun mal à l'assumer : j'étais celle qu'Arnaud avait choisie et ça ne me posait aucun problème que ça se sache. Cela devait d'ailleurs se lire sur mon visage, parce que personne n'était venu me faire la moindre réflexion. Dans la mesure où nous restions discrets (trop à mon goût) au bureau, il n'y avait de toute façon rien à dire. Christine, ma collègue commère, m'avait quand même lancé un regard complice que j'interprétais comme un « bravo, belle prise ». Je l'aimais bien finalement Christine.

Je ne voyais pas beaucoup Arnaud ces jours-ci et cette solitude forcée m'octroyait énormément de temps pour cogiter. Ce qui devait arriver arrivera donc : de plus en plus frustrée par la stagnation des enquêtes et perturbée par les soupçons de Pauline, à qui je comptais bien démontrer son erreur de jugement, je me laissais glisser vers une curiosité dangereuse. Je devais en savoir plus sur cette Lauren dont le fantôme semblait hanter notre relation.

Ce soir-là, je savais qu'Arnaud n'allait pas rentrer avant un petit moment, encore. Bien que seule chez lui, je ne voulais pas fouiller dans les papiers et les documents d'Arnaud, car je m'interdisais cette intrusion malhonnête dans son espace. Par contre, internet était une zone publique, que rien ni personne ne m'empêchait de consulter. C'est ainsi que commença MON enquête, celle visant à tout découvrir au sujet de Lauren. Qui était-elle ? Comment les médias avaient-ils traité l'affaire à l'époque ? D'autres disparitions similaires avaient-elles eu lieu après ? J'avais besoin de comprendre le contexte, de la connaître pour affronter son souvenir qui tenait une place trop importante aujourd'hui.

On trouve beaucoup d'informations sur internet, mais là j'avoue que la tâche n'était pas aisée. Après avoir gratté une bonne heure dans les méandres de la mémoire numérique, j'étais déçue du peu de résultats obtenus. J'en conclus que je devais passer par des sites payants, le libre accès aux coupures de presse fonctionnait visiblement mieux dans les films que dans la réalité. Je créai donc des comptes utilisateurs à travers une sélection de quelques journaux : le quotidien le Sud-Ouest, référence régionale qui avait probablement couvert l'affaire, la Gazette d'Arcachon, même si son rôle était plus d'attirer les touristes que de les faire fuir avec des histoires glauques, puis également quelques journaux de voyeurs, ceux qui font leurs gros titres avec les pires faits divers, misant sur l'escalade de la violence.

Au moment où je passais mon dernier règlement via internet, pour acheter le droit de consulter tous ces articles, Arnaud rentra chez lui ; chez nous plus précisément. Je fermai mon ordinateur avec hâte avant qu'il ne devine ce que je tramais et glissai ma carte bleue dans ma poche. Je ne pense pas qu'Arnaud aurait approuvé mes recherches, mais c'était pour moi que je faisais cela, pour que je puisse mettre un visage sur ce fantôme et peut-être gagner en apaisement. Si je restais discrète, cela ne le blesserait pas directement, et si rien ne lui venait aux oreilles, tout irait bien. Mal à l'aise à l'idée de lui mentir, ou tout du moins de lui cacher des choses, je me sentais l'obligation de me faire pardonner. Je me jetai sur lui, le déshabilla, me déshabillai à mon tour et l'entrainai dans la douche.

Lavée de tous mes scrupules, je lui fis l'amour sans retenue. J'ignorais que ce serait la dernière fois.

Les éléments d'enquête

Le lendemain matin, c'était un jeudi, les choses allaient prendre une tournure nouvelle.

J'attrapai le combiné à la troisième sonnerie et me levai pour fermer la porte de mon bureau, afin d'avoir cette communication sans être dérangée. À l'autre bout du fil, l'inspecteur qui menait l'enquête sur le cambriolage de notre appartement se présenta.

— Vous êtes bien Mme Dubrun ? demanda-t-il ensuite.

— Oui, c'est moi, répondis-je. S'il vous plait, dites-moi que vous avez du nouveau ?

— C'est tout à fait ça justement. Oui, tout cela prend un peu de temps, je le vois bien, pas besoin d'en dire plus, mais vous savez il y a tellement de délits et de morts suspectes qu'on ne sait plus où donner de la tête ici. Bon, alors, dans les empreintes qu'on avait relevées dans votre appartement, une fois identifiées les vôtres et celles de votre entourage, on avait encore un problème parce qu'on ne pouvait pas les relier à quelqu'un. Jusqu'à présent. Car maintenant, ça a changé, madame.

— Vous savez qui est entré chez nous ? demandai-je me sentant déjà soulagée et intriguée à la fois.

— Pas tout à fait. Mais on a pu les comparer à de nouvelles empreintes qu'on a reçues dernièrement, au sujet d'une possible effraction dans une Villa d'Arcachon. Vous êtes au courant, non ? Mes collègues m'ont dit que les affaires avaient peut-être un lien, donc on a lancé une recherche informatique pour faire matcher les résultats.

— Et ce sont les mêmes ? Celui qui nous a cambriolés était aussi à Arcachon ? conclus-je, victorieuse.

— Ben non plus, répondit le policier qui tenait visiblement ménager le suspense.

— Alors quoi ????? m'impatientai-je.

— Les relevés ne correspondent pas entre les deux sites, par contre j'ai élargi la recherche de nos empreintes de la Villa d'Arcachon avec celles prises à l'époque de la disparition de la gamine, ce qui a permis au final de les croiser aussi avec celles de votre appartement. Et devinez quoi ? m'interrogea-t-il.

Il jouait avec mes nerfs.

— Je ne sais pas, mais vous allez me le dire ?

— Et bien, il y a une correspondance ! On a retrouvé chez vous les mêmes empreintes que celles qui étaient dans la Villa en 1997. Bien vu, hein !

Je dus m'assoir, parce que là je n'arrivais plus à suivre. Comment interpréter ce que venait de m'expliquer l'agent ? Quel lien existait-il entre ces deux évènements si ce n'était… Arnaud ?

— Je ne comprends pas, murmurai-je à l'officier de police.

— Ben, ça veut dire, madame, que les deux affaires sont liées, d'une manière ou d'une autre. Car celui qui était là au moment de la disparition de la petite Lauren est entré dans votre logement il y a quelques semaines.

Lance-toi, pose-lui la question qui te brûle les lèvres.

— Mais, n'est-il pas possible que ce soit celles d'Arnaud Lauhné que vous relevez sur les deux lieux ? Parce que c'est normal qu'on retrouve trace de lui dans mon appartement, nous sommes ensemble.

Au moment où je prononçai cette phrase, j'avais le sentiment dérangeant que ça n'allait pas dans son sens et qu'inconsciemment je venais de diriger les enquêteurs vers lui. Nous sommes en couple, comme il l'était avec Lauren. Quelle probabilité y avait-il pour que le même délinquant s'en prenne deux fois, à des années d'écart, à celle dont Arnaud était amoureux ?

— Absolument pas ! Vos empreintes à tous les deux ont été prises après le cambriolage, pour les neutraliser justement. Celles de M. Lauhné étaient dans nos fichiers depuis l'affaire d'Arcachon en plus. Non, ce sont celles d'un autre individu, mais qui n'est pas encore fiché chez nous.

— OK. C'est le signe que les choses avancent, conclus-je, un peu dépitée de n'avoir aucun nom à incriminer. Merci de m'avoir tenue informée en tout cas.

— Vous ne voyez pas d'autres personnes qui auraient pu se rendre à la fois à l'appartement de nos jours et à la Villa il y a plus quinze ans, je suppose ?

— Ben non, hélas je ne connais personne de cette époque-là qui aurait pu fréquenter la Villa, à l'exception d'Arnaud bien évidemment.

Cette fois-ci, c'était moi qui commençais mes phrases par « ben ».

— Sûr, c'est bien ce à quoi je m'attendais. Bon, je vais appeler votre colocataire, Pauline, pour vérifier si elle a des éléments nouveaux à apporter à la lumière de ce que je viens de vous transmettre. Du coup, je vous le dis aussi, mais le fait de relier votre cambriolage à l'affaire Lauren White d'un côté, et de savoir qu'avant cet acte quelqu'un a renversé votre colocataire en voiture d'autre part, ça m'interpelle pas mal... On va tout reprendre, vous serez sûrement convoquée de nouveau au commissariat. Je vous ferai appeler le moment venu, me précisa-t-il.

Les propos de l'officier n'allaient pas en me rassurant, même si je ne pouvais qu'être satisfaite de voir que désormais la police allait porter une attention toute particulière à ce qui nous arrivait.

— Merci, monsieur l'agent.

Je restai assise quelques minutes, très circonspecte, à regarder dans le vide alors que mon cerveau tournait à plein régime. Quel rapport faire entre Lauren, la Villa, Pauline, moi et notre appartement ? A moins de retomber systématiquement sur Arnaud, je ne trouvais pas d'autres rapprochements à faire. Mais si Arnaud était effectivement un des maillons de la chaîne, cela ne signifiait pas pour autant qu'il était l'auteur de quoi que ce soit. Il y avait juste un lien… juste un lien à faire le concernant qu'il ignorait probablement lui-même. Il fallait que j'aille lui parler tout de suite et tant pis si nous étions dans l'entreprise.

En me dirigeant vers son bureau, je réalisai que l'officier de police avait prononcé le nom de famille de Lauren. Elle s'appelait Lauren White. En fait, je ne connaissais même pas son patronyme, Arnaud ne l'avait jamais dit. Voilà un nouvel élément qui allait sacrément m'aider dans mes recherches journalistiques.

Le visage

Arnaud posa son téléphone au moment où j'entrai dans la pièce. Je lus dans son regard qu'il venait lui aussi de prendre connaissance des résultats des recherches d'empreintes. La police d'Arcachon l'avait contacté ; le fait que cet appel ait eu lieu à peu près au même moment que moi n'était sûrement pas une coïncidence.

— Que penses-tu de tout cela ? demandai-je à Arnaud en refermant la porte de son bureau.

— Je suis vraiment très surpris. J'espère seulement que les techniciens n'ont pas commis d'erreurs en réalisant leurs relevés.

Arnaud était d'une froideur étonnante, il ne s'attendait pas du tout à cette nouvelle, qui lui déplaisait fortement. Debout devant la grande fenêtre de son bureau, observant ses employés en contrebas qui traversaient d'un pas rapide le patio, il semblait noyé dans de sombres pensées. Je vins me serrer contre lui, derrière son dos, calant ma tête sur ses larges épaules.

Arnaud en était arrivé aux mêmes conclusions que moi et la police, tout convergeait vers lui, Arnaud était la seule personne à relier les lieux, les époques et les individus. Curieusement, il ne voyait pas dans cette information une occasion supplémentaire de retrouver l'agresseur de Lauren. Le passé, s'il ressurgissait régulièrement, était pour autant immuable : nul ne viendra plus rien changer à ce qui s'était produit. Mais que les évènements anciens puissent se réitérer aujourd'hui l'inquiétait plus particulièrement. Et si le meurtrier de Lauren (parce qu'Arnaud était persuadé qu'elle avait été tuée) refaisait surface pour s'en prendre désormais à… moi ? Voilà ce que craignait Arnaud par-dessus tout.

— Fais attention, Lily, me conseilla Arnaud sur un ton protecteur, je n'arrive pas à expliquer ce qui est en train de se dérouler, mais j'ai le sentiment que ce n'est pas fini ; quelque chose va se produire ici ou à Arcachon, le passé n'a jamais été aussi présent.

— Arnaud, je ne suis plus une enfant, et depuis que je te connais je pense même avoir gagné quelques échelons de maturité. Que peut-il m'arriver, enfin ? Cette histoire vieille te hante, c'est tellement compréhensible, mais moi je n'ai rien à voir avec tout cela et il ne m'arrivera rien. Et la police trouvera tôt ou tard le lien qu'il y a entre mon appartement et la Villa, à l'époque…

Mes propos se voulaient pleins d'optimisme et positifs, mais ils sonnaient faux. Forcément. Quel rapprochement un tant soit peu rassurant faire entre ces époques ?

— Lily, se fâcha-t-il, cela n'a rien d'une discussion banale.

— Je sais, oui. Mais regarde, je suis bien en vie moi !

Aussitôt ces mots échappés de ma bouche, la honte s'affichait sur mes joues. Je regrettais d'avoir prononcé cette phrase, comment avais-je pu dire cela alors que Lauren était probablement morte ? Quelle boulette…

Mais après avoir tenté avec Arnaud, pendant un long moment, de faire un parallèle entre ces deux époques, sans que cela n'aboutisse à quoi que ce soit, nous décidâmes de reprendre le travail et d'occulter, au moins pour la journée, ces récentes informations dont nous ne savions que faire. Seul l'auteur des faits faisait la jonction des évènements, tant qu'il restait inconnu, nous ne pouvions nous prémunir contre un quelconque danger.

Un nouvel appel téléphonique capta l'attention d'Arnaud et j'en profitai donc pour m'éclipser et retourner dans mon bureau. Nul doute que malgré son sens aigu des affaires et la hausse d'activité que procurait le succès de la nouvelle campagne « Woman & Wine », il allait tout de même ressasser et mouliner ce que l'officier venait de nous apprendre. Moi, au moins, j'étais devant mon écran et nul ne pouvait alors m'accuser de profiter du temps de travail pour gérer ma relation personnelle avec Arnaud…

Mon bureau justement, mon ordinateur et ma connexion internet… Bien évidemment que moi aussi j'étais intriguée par ces informations fournies par la police, après tout Pauline et moi étions concernées en première ligne par le cambriolage de notre appartement.

— Et puis zut, pensai-je à haute voix, je peux bien prendre quelques instants pour continuer mes recherches sur Lauren…

Sitôt dit, mes comptes utilisateurs ayant été créés, je n'avais plus qu'à me connecter sur les différentes pages internet des journaux sélectionnés. « Lauren White ». Je devais mener mes investigations vers une jeune fille nommée Lauren White, qui vécut à Arcachon et avait disparu mystérieusement une nuit du mois d'août 1997. La chance était avec moi, car rapidement je tombai sur les articles relatant les évènements de l'époque. Effectivement, Arnaud et sa famille n'avaient pas été épargnés, présentés coup sur coup comme victimes collatérales, puis coupables d'enlèvement, puis victimes d'erreur judiciaire, et finalement désignés responsables du meurtre en l'absence de pistes nouvelles accréditant la version du rapt, jusqu'à ce qu'enfin tout finisse par se tasser et que l'opinion publique remplace ce dramatique fait divers par d'autres affaires plus fraîches et tout aussi tristement médiatiques.

Je lisais depuis une bonne demi-heure les différents articles de journaux durement dénichés, lorsque je tombai laborieusement sur un lien internet qui allait enfin assouvir ma curiosité. Des photos de l'époque. Donc des photos de Lauren. Mais à ce moment-là, l'un des commerciaux passa la tête pas le porte. *Dommage pour moi, il faudrait attendre un peu.*

— Caroline, excusez-moi, avez-vous vu mon mail de ce matin, au sujet des dernières commandes pour le marché de la côte Est, aux États-Unis. Je pense que ce nouveau marché croît plus vite que nous l'avions espéré chez les Américaines qui consomment notre rosé, il faudrait que l'on fasse le point avec l'équipe et

M. Lauhné. Pouvons-nous prévoir une réunion lundi prochain ? M. Lauhné sera-t-il présent ou en déplacement ?

Mince, pas besoin de passer par moi pour connaître son emploi du temps, il a une secrétaire enfin !

— Oui, euh j'ai vu les chiffres, ils sont prometteurs, et c'est maintenant qu'on doit préparer les ventes de l'été à venir, c'est certain. Il faut surfer sur le succès de notre gamme « Woman & Wine » de toute façon, le marché est prêt ! J'attends le feu vert du service marketing, mais j'ai déjà pas mal d'idées sur lesquelles j'ai travaillé ces derniers temps. Je regarde à quel moment l'on peut se caler une réunion sur cette question et j'envoie une invitation Outlook aux personnes concernées.

— Ça marche… Je pense vraiment qu'il y'a un beau coup à jouer là-bas ! affirma mon collègue enjoué, dont j'entendais déjà le pas énergique traverser le long couloir.

Irritée d'avoir été dérangée dans mes recherches, mais voyant l'heure du déjeuner pointer, je décidai de terminer rapidement ce que j'avais commencé un peu plus tôt : compiler de nouvelles infos sur Lauren, et notamment visionner les photos de l'époque. Mais le sort s'acharnait contre moi, car juste au moment où je reprenais mes activités, une notification m'avertit de la réception d'un mail. Il s'agissait de la société de communication qui m'envoyait enfin les bons à tirer attendus depuis 3 jours déjà. Je ne pouvais pas perdre encore plus de temps sur les épreuves de ces affiches dédiées à notre campagne marketing prévue pour les fêtes de fin d'année et je me mis à travailler dessus immédiatement. Il ne fallait rien laisser passer, ni coquilles dans les textes, ni erreurs dans le choix des couleurs. Les maquettes réceptionnées étaient vraiment bonnes et la décision difficile à prendre, car les différentes propositions tenaient bien compte de nos attentes et le prestataire avait tout compris à notre stratégie publicitaire.

C'est finalement après avoir sollicité les avis de quelques collègues accompagnés de vives discussions que mon hésitation entre deux visuels fut tranchée et que je validai enfin tout ce travail créatif.

Avec tout ça, l'heure du repas était déjà bien entamée et je filai au self avant qu'il ne me reste plus rien. Par manque de chance, je tombai sur Christine devant le promontoire des entrées et fus bien contrainte de manger avec elle. Je ne voulais pas la blesser et étant incontestablement seule pour le déjeuner, je n'avais pas d'arguments à disposition pour décliner sa proposition de se joindre à moi. Je passai donc un repas interminable à l'écouter parler.

Finalement, l'après-midi s'annonça chargée en urgences à gérer et en dossier à relire, et ce ne fut qu'en fin de journée que je pus enfin retourner à mes recherches internet, dont j'avais gardé les liens dans mon historique quelques heures plus tôt.

A la vue de la photo d'Arnaud, qui faisait la première page de la presse régionale de l'époque, quelques semaines après les faits, ma première réaction fut celle d'un écœurement total. Son visage d'ange, juvénile, contrastait avec le gros titre en légende de son portrait : « le principal suspect dans l'enlèvement de la jeune Lauren White est le fils d'un célèbre chef d'entreprise bordelais ». Sa famille était attaquée frontalement. Sa culpabilité était annoncée comme quasi certaine. Et les yeux d'Arnaud, sur cette photo prise alors qu'il sortait visiblement du commissariat, entouré de ses parents, reflétaient une douleur indicible. Je connaissais Arnaud, mais jamais je n'avais vu dans son regard, ni même dans ceux de quiconque, une souffrance de l'âme similaire. J'avais viscéralement mal de le voir tellement démuni si jeune. Mon homme, si fort et charismatique, était si éloigné de cet adolescent perdu, soutenu littéralement par son père et sa mère.

Les deux clichés d'après avaient été pris au même moment, seule la position des corps changeait légèrement, laissant comprendre que la famille Lauhné se dirigeait effectivement vers sa voiture aux vitres teintées.

Mais soudain, et contre toute attente, la photographie suivante me figea sur mon siège. Elle illustrait un article écrit au lendemain de la disparition de Lauren et je voyais enfin pour la première fois le visage de Lauren. Jamais je ne me serais attendue à cela. C'est simple : si je n'avais pas été déjà assise, je me serais écroulée par terre trahie par mes jambes dérobées. Ma main droite, encore posée sur la souris d'ordinateur, serra très fort l'objet en question avant de le balancer à travers la pièce. Je ne pouvais pas le croire !

— Putain de merde, mais comment j'ai pu être aussi conne, criai-je, sans retenue.

Je fixais ce visage, droit dans les yeux, comme pour le défier. J'observais sa chevelure, longue et ondulée, couleur châtain. Je m'étais déjà imaginé mille fois ce visage, mais jamais, au grand jamais, je n'aurai pensé le connaître déjà !
Je dois prévenir Pauline tout de suite, ripostai-je, avant d'être prise de tournis, paralysée par le choc.

Il me fallut quelques instants pour reconnecter mes neurones et réagir à ce que je venais de voir. Mon premier réflexe avait été d'aller trouver Arnaud, mais immédiatement je chassai cette idée. Pourquoi parler à Arnaud alors qu'il était désormais évident qu'il m'avait tout caché. Le monde autour de moi venait de s'écrouler.

La curiosité l'emporte

Dans les minutes qui suivirent, ce n'était plus mon cerveau qui commandait mes muscles, mais une espèce de force intérieure, quelque chose de totalement intuitif, qui me dicta d'éteindre mon ordinateur, d'attraper ma veste et mon sac et de partir de cette entreprise en prenant soin de refermer la porte de mon bureau derrière moi, afin de laisser supposer que j'étais en rendez-vous. Je ne serais pas dérangée. Arnaud ne s'apercevrait pas de mon absence avant au moins deux heures, il ne quittait jamais le boulot avant 19h00 et le temps qu'il rentre à l'appartement, je serais à Arcachon depuis un moment déjà.

Lorsque je démarrai ma petite voiture rouge, ma décision était prise : plus jamais je ne voulais revoir Arnaud. J'avais, à ce moment-là, le sentiment d'avoir été trahie, dupée, manipulée. J'avais été prête à tout lâcher pour lui et à me fâcher durement avec Pauline, pour finalement constater qu'il n'était pas l'homme que je croyais… Pauline, il fallait absolument que je parle à Pauline. Malheureusement, je tombais à chaque fois sur son répondeur. Je décidai alors de lui laisser un énième message :

— Pauline, c'est encore moi, Lily. Écoute, tu avais raison sur tout, mon Dieu rappelle-moi s'il te plaît. Je vais à l'appartement d'Arnaud prendre les clés pour retourner à la Villa. Il faut que j'aille vérifier quelque chose là-bas. J'attends ton appel. Bises.

Mais aucun signe de Pauline. Evidemment, je comprenais sa position, nous avions toujours été amies, sans nuages ni jalousie… jusqu'au jour où j'avais rencontré Arnaud. Pauline m'avait pourtant fait part de ces doutes, elle avait cherché à me protéger comme toujours, mais…

En m'insérant sur la rocade, puis sur l'autoroute A63 en direction d'Arcachon, muni des clés de la Villa que je venais de récupérer, je n'avais plus qu'une seule idée en tête, celle d'en savoir un maximum sur Lauren, sans bien sûr me limiter à ce qu'Arnaud m'avait fourni comme explications. Je me sentais bizarrement proche d'elle, très proche d'elle, comme si j'étais soudain investie d'une mission nouvelle, celle d'aller au bout de cette affaire.

Je devais être à mi-parcours lorsque mon téléphone sonna enfin. C'était Pauline. Je pris son appel au volant avec hâte.

— Allô ?

— Allô Lily, c'est moi Pauline. Je viens d'avoir tes messages, que se passe-t-il avec Arnaud ? Le ton de ta voix sur mon répondeur me fait carrément flipper !

— Pauline, j'ai découvert quelque chose d'énorme, je n'en reviens pas ! Merde, je suis tellement désolée de ne pas t'avoir écoutée, si tu savais…

— De quoi s'agit-il ? C'est au sujet d'Arnaud ? demanda-t-elle, inquiète.

— Oui, c'est Arnaud ! Tu avais raison, j'aurais dû me méfier de lui. Oh, Pauline, j'aurais dû prendre au sérieux tes mises en garde…

— Mais que s'est-il passé enfin, Lily ? Il t'a fait du mal ? Dis-moi quelque chose bon sang !

— Non, il ne m'a rien fait… disons, pas directement, pas physiquement. Mais j'ai mené ma petite enquête au sujet de Lauren et je suis tombée sur des coupures de journaux de l'époque.

Ma voiture traçait sur l'autoroute, j'allais carrément au-delà de la vitesse autorisée, dans la limite de ce que pouvait fournir mon modeste bolide, mais je ne pouvais plus attendre. Je devais en savoir un maximum sur ce qui s'était passé à la Villa ce soir-là. Lauren et moi étions liées en apparence, je me sentais donc éminemment concernée par tout cela. J'étais prise d'un besoin irrépressible de comprendre comment elle avait disparu, pourquoi, et qui était derrière cela.

— Quoi ? Qu' est-ce qu'il sur ces coupures enfin ? s'impatienta Pauline.

— Les photos de Lauren… J'ai découvert que j'étais le sosie parfait de Lauren. On pourrait croire qu'il s'agit de portraits de moi datant de plusieurs années, lorsque j'avais son âge. Nous sommes totalement identiques physiquement…

— … et cela Arnaud ne pouvait pas l'ignorer ! s'offusqua Pauline.

Non, cela Arnaud ne pouvait pas l'ignorer.

— Écoute Pauline, je vais à la Villa parce que je pense vraiment qu'il y a quelque chose là-bas dont je devrais prendre connaissance. Je ne sais pas quoi, des photos, des écrits… mon Dieu c'est insensé, mais je suis sûre que cette « coïncidence » n'est pas fortuite. J'ai besoin d'en apprendre plus sur Lauren, Arnaud ne m'a pas choisie par hasard, et maintenant j'ai peur que ce soit elle qu'il voit à travers moi. Je me demande si je compte au final pour lui, s'il nous distingue réellement…

— Tu penses qu'il vit dans le déni ? s'étonna Pauline, incrédule.

— Je n'en sais rien, j'ai l'impression de ne pas le connaître, de ne jamais l'avoir cerné tel qu'il est vraiment. Et si tout cela n'avait été que mascarade…

J'étais littéralement révoltée et plus mon cœur battait fort dans ma poitrine, plus ma jambe appuyait frénétiquement sur la pédale d'accélération. Je devais me ressaisir sinon j'allais finir dans la rambarde de sécurité à coup sûr !

— Écoute Pauline, je suis en route pour Arcachon. Je fais quelques recherches là-bas et je t'appelle pour te dire si je trouve des informations supplémentaires sur Arnaud. De toute façon, je n'ai pas prévu de rentrer chez lui ce soir, mais il ne s'apercevra pas de mon absence tout de suite, cela me laisse un peu de temps devant moi. Ce mec est trop… perturbant. Est-ce que je peux retourner vivre dans notre appartement ?

— Bien évidemment ! me rassura Pauline, ne cachant pas sa joie.

Au moment où elle me répondit, je perçus une voix masculine en écho dans le téléphone.

— Tu n'es pas seule ? demandai-je, étonnée par le son de cette voix que je savais avoir déjà entendue.

— Non, Diego est ici… il a tenu à venir voir si tout allait bien pour moi après le départ de mes parents… mais il allait bientôt rentrer chez lui.

Sa voix la trahissait, évidemment, je devinais que la présence de Diego ne lui plaisait pas du tout. Comment avait-elle même pu le laisser entrer ?

— OK, bon je te rappelle de la Villa, ça marche ? Bises, à toute à l'heure, … et une dernière chose Pauline…

— Oui ?

— Je suis vraiment désolée d'avoir douté de ton jugement vis-à-vis d'Arnaud, regrettai-je une nouvelle fois. Bises.

— Bises.

Une vingtaine de minutes plus tard, j'arrivais à Arcachon. Sans perdre de temps, je me dirigeai directement vers cette fameuse maison qui était devenue celle de tous les mystères. Je m'arrêtai devant la grille, descendis pour l'ouvrir et allai garer ma voiture dans la cour, sous un pin. En avançant vers la Villa, je ressentis le même sentiment que les deux fois précédentes : j'étais impressionnée par cette grande dame qui se tenait face à moi et je me sentais humble au moment de passer le pas de la porte, comme si je visitais un lieu saint. Cette sensation était imposée par l'architecture de la demeure et son élégance inégalable, mais contrairement à ma première venue, je connaissais désormais le drame qui s'était déroulé dans son antre et bien évidemment cela ne faisait qu'amplifier mon appréhension. Pourtant, je pris une aspiration profonde pour raviver mon courage, pénétrai dans ces lieux et refermai soigneusement la porte de la Villa derrière moi. J'y étais. J'avais la bouche sèche. Je pris le temps de contempler ce grand couloir face à moi. Tout était beau, le parquet doré, les rayons bas du soleil qui inondaient chaque pièce disposée de part et d'autre, les tableaux de maîtres accrochés aux murs… Je posai mon sac à main sur la petite console en chêne qui semblait m'attendre, à droite de la porte d'entrée et me dirigeai enfin vers la bibliothèque. J'étais persuadée que cette pièce regorgeait d'informations et que c'était là que devaient débuter mes recherches. En passant devant la cuisine, je ressentis le besoin de descendre un grand verre d'eau pour soulager ma gorge serrée par le stress de cette dernière découverte. À ce moment-là, je ne m'étais pas encore aperçue qu'une autre personne se cachait dans la Villa. Je bus ce qu'il fallait pour me désaltérer, tranquillement, prenant soin de rassembler mon énergie pour la mission qui m'attendait. Mais lorsque je reposai le verre à côté de l'évier, j'entendis un bruit, un craquement derrière moi. En temps normal, je me serais dit « ce n'est rien, juste l'ossature d'une vieille maison qui respire » … Mais cette fois-ci, mon instinct m'envoyait des signaux bien plus inquiétants et avant même de me retourner, j'avais compris que les choses se gâtaient…

La rencontre avec …

Son arme pointée dans ma direction, il se tenait droit, dans l'encadrement de la porte de la cuisine, le regard fixé sur moi. Je n'avais pas ressenti de présence dans la Villa en y pénétrant, mais je pense qu'il devait être là bien avant que je n'arrive moi-même. Il m'observait, les yeux écarquillés comme s'il venait de voir un revenant. Puis, il se mis à me parler et vraiment ses propos étaient totalement incohérents, rien n'avait de sens. Il formula une demande, qu'il répéta ensuite en boucle : il voulait que je lui raconte…

Une fois la frayeur estompée et mes esprits rassemblés (tant bien que mal), je n'y comprenais toujours rien. Je devais, selon lui, dire pourquoi j'étais là. Seulement voilà, l'explication que j'apportai ne lui convint pas. Je ne savais pas quoi lui dire, si ce n'est que j'étais venue récupérer quelques-unes de mes affaires oubliées ici lors de mon dernier passage. C'était un peu faux, mais je ne comptais pas lui raconter la vérité. Or, visiblement, c'est ce qu'il attendait, et il semblait vraiment y tenir, car inévitablement il revenait à la charge…

— Je suis très heureux que l'on se retrouve, promets-moi de ne jamais plus t'éloigner de moi… Tu peux tout me dire maintenant ! déclara-t-il.

— Mais dire quoi enfin ? demandai-je.

J'attendais de savoir ce qu'il voulait vraiment entendre.

— Raconte-moi tout depuis le début, n'aie plus de crainte, je suis là, nous sommes là… Comment as-tu su que je me trouverai ici, ce soir ?

— Mais je ne pensais voir personne… Je croyais être seule dans la Villa. Il n'y a rien d'autre à raconter, dis-je désespérément.

Ce type était un malade, un fou, un taré ! Comment allais-je pouvoir partir de là et me sortir de cette merde ? Ça n'allait pas être facile, parce qu'il pointait quand même son arme sur moi…

*****

À mon grand étonnement, il proposa que l'on « se détende un peu », ouvrit le réfrigérateur et en sortit la bouteille de vin blanc déjà entamée. J'avais vu là une occasion de m'évader de ce piège … mais non, cela ne fonctionna pas.

Je bu le verre et perdis conscience.

*****

Je me réveillai doucement, mes paupières peinaient à s'ouvrir et un horrible vrombissement résonnait dans mon crâne, lourd et douloureux. C'était un peu comme un lendemain de cuite, mais en beaucoup plus angoissant. J'avais le sentiment d'être comme une poupée de chiffon, molle et inerte, posée négligemment sur une chaise. Mais je m'aperçus vite que la poupée avait les pieds et les poignets liés, qu'elle était prisonnière de son siège.

Le scotch qui me maintenait les mains derrière le dossier était trop serré et j'essayais tant bien que mal de bouger les doigts pour y faire circuler le sang. J'avais mal au dos aussi, et aux jambes, engourdies dans cette position pliée. Ouvrant petit à petit les yeux, je vis qu'une corde me cintrait la taille. Seule ma tête pouvait se mouvoir. Je la relevai péniblement, avec l'impression que mon cerveau allait se briser en mille morceaux contre la paroi de mon crâne. Les battements de mon cœur claquaient dans mes tempes. Ma nuque était grippée, les muscles tétanisés. Combien de temps étais-je restée ainsi la tête pendante ?

Puis j'aperçus sa silhouette, il se tenait à l'autre bout de la pièce. Nous étions désormais dans la bibliothèque. Je reconnaissais le fauteuil à rayures crème et bleu dans lequel il était assis, placé juste devant la fenêtre. La lumière trop blanche du plafonnier m'éblouissait et m'empêchait de distinguer son expression. Était-il encore en colère ? Je devais forcer sur mes yeux pour réussir à voir à quelques mètres. C'était fatigant, j'étais tellement épuisée, comme j'avais envie de dormir... Puis, petit à petit, ma vision devint plus nette et je pus alors discerner les traits de son visage. Il semblait plus agité que tout à l'heure, plus rouge aussi, et le scintillement de sa sueur dégoulinant de son front me révulsait.

Voyant que je refaisais surface, il se rapprocha de moi et vint s'assoir en tailleur par terre, près de ma chaise.

— Je suis désolé de t'avoir droguée, Dieu sait à quel point je n'ai aucune intention de te faire de mal, mais il faut que tu restes tranquille, tu comprends ? Nous devons parler maintenant, c'est indispensable…

Je l'écoutais se justifier, peut-être pensait-il que cela pourrait susciter chez moi une quelconque empathie à son égard ? Qu'il aille se faire foutre !

— Je vais te laisser partir, mais avant il faut que tu me dises la vérité. Reste cette fille si gentille que j'ai connue. Hein ? Reprenons tout depuis le début, si tu veux bien, que s'est-il passé pour que tu viennes dans la Villa ce soir ?

Je revins donc sur les évènements de ces derniers mois, d'abord de façon succincte, puis, devant l'échec de ma première tentative, de manière plus détaillée. Cette seconde fois, je m'appliquai à fournir un récit très précis.

— Bon, voilà, je reprends tout, on recommence. Alors, ce jour-là, j'étais partie plus tôt du boulot, parce que je devais aller chercher Pauline à l'aéroport, j'étais tout excitée, car cela faisait six mois que nous ne nous étions pas vues. Elle était partie en Australie …

****

Mon récit se poursuivit pendant que la nuit tombait, j'étais toujours séquestrée dans la bibliothèque. Il me regardait nerveusement. Il s'agitait de plus en plus, au fur et à mesure que j'avançais dans le déroulé des évènements.

— Tu n'avais jamais vu la photo de Lauren avant tes recherches internet, poussées par tous ces évènements autour de toi ? demanda-t-il.

— Non, jamais.

— C'est très étonnant…

— J'avoue que ce n'est pas la chose qui me semble la plus ahurissante à l'heure actuelle…

— Ne fais pas ta maligne ! s'agaça-t-il. Alors, tu n'avais jamais vu son visage … ? s'enquit-il, réellement surpris. Et maintenant, tu n'as toujours rien compris ?

Non, je n'avais toujours rien compris. Je ne savais pas encore qu'elle me ressemblait autant quand j'avais décidé de pardonner à Arnaud son comportement dans la Villa, la première fois. Sinon aurais-je accepté ses excuses ? Je ne sais pas. J'ignorais tout de Lauren, mais lorsqu'il avait commencé à me parler d'elle, cela aurait été dû être un déclencheur pour avouer aussi cette étrange similitude. Notre relation aurait-elle pu alors se bâtir sur des bases saines ? De toute façon, il avait choisi de garder ce secret... Et il s'attendait à quoi ? Jusqu'à quel moment pensait-il rester silencieux ? Rien ne tenait dans cette histoire, c'était un truc de fou, littéralement. C'était totalement glauque de sortir avec le sosie de son ex-copine morte, pourquoi avoir fait ça ? Finalement, je crois en réalité que notre relation était condamnée depuis le début, et maintenant mise à jour, cette révélation l'avait fatalement achevée.

— Non, j'ignorais que Lauren et moi étions si ressemblantes, répondis-je, résignée. Mais à mon tour de poser une question : comment avez-vous entendu parler de Lauren ?

****

La révélation

Le volet comique de ce qui était en train de se dérouler est que j'étais venue trouver des réponses au sujet d'Arnaud et de Lauren, poussée par les doutes qui m'avaient envahie quelques heures plus tôt, et finalement je me retrouvais ici avec un type complément barré, qui visiblement connaissait Lauren, qui allait même probablement assouvir ma curiosité, mais qui surtout pensait lui-même que j'étais la clé de ses questions. Moi, à qui tout échappait !

— Non, tu n'es pas son sosie, tu ne comprends pas encore ? Voyons ! Tu es Lauren, m'affirma mon ravisseur, avec une évidence déconcertante.

— Ben bien sûr ! Mais ça n'a aucun sens ! Vérifiez, regardez dans mon sac, c'est inscrit sur mes papiers, je m'appelle Caroline Dubrun. Pourquoi pensez-vous le contraire ?

— Vraiment, tu ne me reconnais pas ? Pourtant les photos que tu as recherchées sur internet, ou ici même, auraient dû te rafraîchir la mémoire, bon sang ! continua-t-il dans son délire. Je t'ai bien écoutée et pour moi c'est clair, tu as tout oublié, jusqu'à ton identité. Je comprends tout, il t'a lavé le cerveau.

Black out. Tout est de la faute d'Arnaud, ça a toujours été lui, mais ne t'en fais pas maintenant, je suis là pour t'aider.

De mieux en mieux, il connaissait aussi Arnaud, ce qui, à bien y réfléchir, n'était pas si étonnant puisqu'il venait de me parler de Lauren. Même si je nageais complètement dans le flou, je devais reconnaitre que cette Villa allait enfin m'apporter les réponses que j'attendais. Si je ressortais d'ici vivante, ce sur quoi je posais désormais une option, j'en saurais beaucoup plus sur Lauren. Et donc sur Arnaud.

— Lauren, dit-il en approchant son visage à quelques centimètres de moi, déclenchant ainsi chez moi le réflexe de m'enfoncer encore un peu plus au fond du fauteuil.

Je sentais le souffle de sa respiration sur ma peau et son haleine pâteuse contaminait mon oxygène. Ses yeux, bleu profond, me fixaient de façon toujours plus intense. Ils traduisaient un sentiment de rage mêlé à une immense tristesse. Cet homme me faisait pitié. Sa folie, son délire, sa paranoïa, tout suscitait chez moi peur et pitié à la fois.

Soudain, je réagis : et si lui, qui connaissait Lauren et Arnaud, n'était autre que son meurtrier… ? Non, il ne pouvait pas être le tueur, parce qu'il me prenait pour Lauren donc il savait *(croyait ?)* qu'elle était encore en vie… Peut-être était-il alors son kidnappeur et Lauren se serait finalement échappée ? Les idées fusaient dans ma tête. Attention, il pouvait très bien aussi l'avoir tuée et ne pas assumer son geste, vivre ensuite dans son souvenir pathologique… Une chose était sûre, sa présence dans la Villa était obligatoirement en lien avec cette affaire. De plus, nous étions dans la pièce où elle avait probablement été enlevée, la bibliothèque. Ce ne pouvait pas être une coïncidence. C'était lui qui m'avait emmenée ici précisément. Comment le savait-il, ça, sinon d'être impliqué ? Et surtout, quel lien avait-il avec tout cela ?

Maintenant, c'était moi qui bouillonnais d'un tas d'interrogations.

— Qui êtes-vous ? questionnai-je une énième fois, profitant de l'intimité suggérée par la proximité de nos visages. Qui ?

— Je suis Jack. Je suis ton frère, répondit-il simplement.

Non, alors ça, c'était sûr que non ! Je n'avais pas de frère, j'étais fille unique. Par contre, oui, Lauren en avait un, je me rappelais qu'Arnaud l'avait mentionné lorsqu'il m'avait parlé d'elle la première fois. Et cela expliquait donc ce léger accent dans sa voix, car la famille de Lauren était américaine ! Visiblement, toutes ces années passées dans notre pays avaient parfait sa prononciation. Il parlait français quasiment comme si c'était sa langue natale. Presque.

— Je suis ton frère Lauren et je suis si heureux de te revoir. Tu sais, je n'ai jamais voulu croire que tu étais morte, j'ai toujours attendu cette fin heureuse, j'ai gardé espoir même après le décés de papa et maman, et nous y voilà. Je suis désolé de t'avoir empoisonnée tout à l'heure, mais je redoutais tellement de te perdre encore. Il faut que tu restes avec moi maintenant, hein, tu me le jures ? s'inquiéta-t-il.

— Oui, je t'assure que je ne vais plus nulle part, dis-je mollement, autant pour me protéger de sa réaction que pour épancher ma curiosité qui, mêlée à une angoisse palpable, ne cessait de croître.

— C'est bon, je te crois, et j'ai compris : tu as tout oublié, tu dois être atteinte d'une amnésie partielle et je te promets que je vais me battre pour t'aider à retrouver la mémoire, maintenant que tu es réapparue, il faut que les coupables paient pour ce qu'ils t'ont fait. Le coupable, parce que je sais que c'est Arnaud. Comment a-t-il osé, après toutes ces années, s'afficher de nouveau avec toi à son bras, en pensant que personne ne ferait le rapprochement. C'est une insulte pour notre famille !

— Mais je ne connaissais pas Arnaud avant de l'avoir rencontré à l'aéroport, par hasard, il y a quelques mois seulement. C'est vrai qu'avec Lauren nous nous ressemblons beaucoup, c'est indéniable, c'est flagrant, mais hélas, ça ne suffit pas à la faire revenir, tentai-je de le raisonner.

Désormais, il faisait noir dehors. Arnaud devait être rentré depuis un moment et avoir constaté mon absence. Avec un peu de chance, il avait contacté Pauline. En espérant qu'elle lui dise où je m'étais rendue. Mais après ce que je lui avais confié, elle avait certainement gardé le secret, malheureusement pour moi.

Jack semblait s'être un peu calmé, certes persuadé d'un absurde lien de parenté entre nous, mais tenant pour acquise ma sincérité : il avait accepté que je puisse ne pas me rappeler d'avoir été Lauren. C'était déjà ça…

— Tu sais, ces semaines passées, depuis que j'ai découvert que tu étais en vie, je suis souvent venu ici en espérant t'y revoir. Une nuit, il n'y a pas longtemps, j'ai observé Arnaud ici même, dans la bibliothèque, m'expliqua alors Jack, annonçant le temps des confidences.

C'était très probablement la dernière fois où nous avions séjourné ici.

— Il était assis là, sur ce fauteuil.

— Et vous êtes entré dans la Villa cette nuit-là, n'est-ce pas ? Vous nous avez observés toute la soirée et avez attendu que l'on dorme pour y pénétrer ?

— Arnaud regardait tranquillement les albums. Tu te rends compte, me cria-t-il soudainement. Il regardait les photos du passé, pendant que tu étais innocemment couchée là-haut.

— Et quel mal y'a-t-il à revoir ces photos, à la fin ?

— Ses remords enfin ! Il regarde derrière lui parce qu'il a des remords. Il t'a volé dix-huit années de ta vie, Dieu sait où il t'a séquestrée tout ce temps, jusqu'à te faire oublier ta propre famille. Je l'ai observé, il est coupable et rongé par le passé, et c'est pour ça que je suis venu t'attendre ici. J'étais persuadé que tu retournerais ici.

Ce gars était insensé, le voilà revenu à sa certitude délirante que j'étais venue ici le retrouver.

— Non, non, je suis ici pour chercher des informations sur Lauren, parce que j'ai découvert sa photo, son visage et que cela m'a choquée !

— Et ces réponses que tu espères, c'est moi qui vais te les donner, c'est donc bien moi que tu as eu besoin de rejoindre.

Sa logique implacable ne méritait pas que je bataille une minute de plus sur cette question. Il en restait encore tellement en suspens.

— OK, admettons… Et pourquoi m'attendre ce soir précisément ?

— Je suis là pour te sauver.

Rien que ça !

— Me sauver d'Arnaud, je suppose ?

— Bien sûr que oui ! Pourquoi penses-tu qu'il t'a amené ici ? Le passé va ressurgir dès que quelqu'un t'aura reconnu et tout va recommencer, il va de nouveau te faire disparaître, je le sais !

Bon, il est temps d'y aller, m'annonça-t-il en regardant par la fenêtre de la bibliothèque.

C'était donc ça, il croyait qu'Arnaud m'avait kidnappée pour que je n'appartienne qu'à lui et qu'il m'aurait cachée et lavé le cerveau jusqu'à ce que j'en oublie ma famille, afin de lui être totalement dévouée ? Ce qu'il me décrivait, c'était un mélange d'esclavagisme et de comportements sectaires, et tout cela était tellement à l'opposé d'Arnaud. Comment pouvait-il penser cela, qui pouvait bien lui avoir ancré ce délire en tête ? Était-ce une réaction de défense, face à l'insupportable disparation de sa sœur ? J'avais lu que parfois, lorsque les évènements sont trop durs à affronter, certaines personnes se retranchent dans une autre réalité, construite de toute pièce par leur imagination. Cette échappée inconsciente était un mécanisme de protection que notre subconscient mettait en place pour contourner une vérité psychiquement destructrice. Ce qui était évident en tout cas, c'est qu'il détestait Arnaud.

Il referma d'un coup sec le rideau opaque et cala son arme, qu'il n'avait pas lâchée de la soirée, dans la ceinture de son pantalon. De ses mains fébriles, il me libéra ensuite des liens qui maintenaient mes chevilles l'une contre l'autre. Quel soulagement !

— Aller où ? m'inquiétai-je.

Purée, s'il m'enlevait, loin d'ici, Dieu seul savait si l'on me retrouverait un jour.

— On doit quitter la Villa, m'asséna-t-il.

Bon, et moi, je devais gagner du temps. Une fois dans sa voiture, je n'aurais aucune idée de l'endroit où il pourrait m'emmener et même s'il affirmait me vouloir du bien, je n'avais aucune envie de le vérifier plus longtemps.

— Je dois aller aux toilettes, ça fait plusieurs heures maintenant que je suis là ! réclamai-je soudainement.

— Oui… très bien, dépêche-toi alors.

Pourquoi une telle précipitation alors que nous venions de passer le début de soirée en face à face, sans qu'il ne semble urgent de partir jusqu'à présent ?

— Il faut me dénouer les liens des poignets, je ne peux pas m'y rendre les mains attachées, s'il vous plait, demandai-je avec la claire intention d'en profiter pour m'évader (je ne savais pas bien comment, mais c'est bien ce que l'on voyait dans tous les films).

— Non, il va falloir te débrouiller, je me doute bien que tu es encore sous le joug d'Arnaud, je ne prends plus de risque, dit-il fermement en ressortant son pistolet.

Merde ! De la pointe de son arme, Jack me montra la direction des toilettes, m'indiquant, par ce geste, que c'était maintenant ou jamais. Lorsque je me levai et me dépliai, mon sang s'engouffra dans mes jambes engourdies et il me fallut bien quelques secondes pour trouver mon équilibre et me réapproprier pleinement le mouvement de mes membres endormis. Je sentais Jack s'impatienter. De mon côté, je jouais la montre. Je lui passai devant et m'engageai dans le couloir, mais après quelques pas, je m'arrêtai et me tournai vers lui.

— Comment avez-vous vu que « Lauren » était en vie ? C'est quoi, cet évènement récent qui a été la révélation ?

— J'ai quitté la France après mes études, quelques années après ta disparition. Je suis retourné vivre à Washington, parce que je ne pouvais plus rester ici, trop de malheurs nous avaient frappés... Nous n'aurions jamais dû partir des États-Unis, rien de cela ne serait arrivé, tu n'aurais jamais connu Arnaud…

Je ne voyais pas où il voulait en venir, mais je m'en faisais une habitude maintenant.

— Tu sais que papa et maman sont morts eux aussi, ici. C'était un accident de la route, mais si nous n'étions pas venus habiter là… avec tout ce qui s'est passé.

— Le destin s'est acharné contre votre famille, Jack, j'en suis totalement désolée…

— Contre notre famille... et pour revenir à ta question, sache qu'à Washington nous lisons le New York Times… ça ne te rappelle rien non plus ?

Si ! Bien sûr, notre week-end à New York et cette photo prise dans un célèbre restaurant qui avait tout juste rouvert. Nous avions constaté ensuite avec amusement que le critique culinaire le plus connu de la côte Est avait fait un article sur cet évènement et nous étions même en photo pour l'illustration de la colonne. C'était ça qui avait fait revenir Jack ici ? Un simple cliché dans un journal ?

— Je t'ai reconnu tout de suite, Lauren ! Ce ne pouvait pas être une coïncidence, ce visage qui n'a pas changé et surtout Arnaud à côté ! Il s'imaginait que là-bas personne ne penserait plus à Lauren, il se croyait au-dessus de tout ! Mais moi, je vous ai vu tous les deux et il fallait réagir vite !

— Alors vous êtes retourné en France, conclus-je, perplexe par cet improbable enchainement.

— Je me suis organisé et j'ai pris l'avion dès le lendemain. Au début, je suis resté à Arcachon, dans un petit appartement loué pour l'occasion. Tu sais que ce n'est pas facile à cette époque de l'année ? Mais malgré mes surveillances quotidiennes, je ne t'ai pas vu tout de suite à Arcachon ni ici. Il devait te cacher ailleurs de toute façon. Mais qui aurait cru qu'en réalité il ne te dissimulait même plus ! Car j'ai fini par vous trouver lorsque vous êtes allées ensemble à la Villa. Tu as vu comment il t'a traité ce jour-là ? Alors, je t'ai suivi quand tu es partie à pied pour rejoindre la gare. Je t'aurai bien interpelée, mais j'avais peur du choc que cela aurait pu te faire subir, il fallait d'abord que je t'observe. J'ai donc pris un billet de train moi aussi, et j'ai fait le voyage avec toi. Tu paraissais si triste, il n'y avait pas de doute, Arnaud te rendait si malheureuse. J'ai découvert que tu habitais à Bordeaux, quelle ironie, tu n'as jamais été très loin de ta famille en définitive. Si papa et maman l'avaient su… Et puis j'ai fait des recherches sur Arnaud et je l'ai observé. Et là, quelle surprise ! Je constate que tu n'es pas seulement sa maîtresse, mais que tu travailles aussi pour lui, il a fait de toi sa petite salariée, sa sous-fifre, l'enfoiré.

— J'ai été recrutée chez Lauhné Entreprise, en toute transparence, précisai-je, vexée.

Je n'ignorais pas que c'était faux par contre, mon embauche n'avait rien de limpide. À bien y réfléchir, Jack n'avait pas tort, Arnaud m'avait amenée là où il voulait pour pouvoir m'approcher et me séduire. Je savais que dans cette démarche les intentions d'Arnaud n'avaient pas été chastes. Arnaud n'avait pas pu occulter ma ressemblance avec Lauren… avait-il eu d'autres raisons pour me prendre dans ses filets et me charmer ainsi ?

— Et maintenant, je continue à vous observer tous les deux, et je vois qu'il t'a de nouveau ramené dans la Villa ! Là même où il avait organisé ta disparition, Lauren, c'est là que j'ai compris que tout était en train de s'accélérer. Un jour prochain, il te fera de nouveau disparaître…

— Mais pourquoi ferait-il ça, c'est un projet insensé !

— Pour t'avoir rien qu'à lui. Il n'a jamais voulu te partager, il est exclusif, rappelle-toi.

Je n'avais bien sûr aucune idée de la façon dont il avait été avec Lauren. Avec moi, c'est vrai qu'il était possessif, il aimait commander et pouvait se montrer très intrusif. Mais est-ce que cela faisait de lui le monstre que Jack dépeignait ? Je ne pensais pas !

— Arnaud est donc censé me faire disparaître alors ? Pourquoi être rentré dans la Villa l'autre nuit ? D'après votre logique, ça aurait pu précipiter mon « nouvel » enlèvement.

— J'ai voulu lui faire peur. Je ne crois pas qu'il sache que c'était moi, personne ne sait que je suis ici, j'avoue que le temps et le chagrin ont tellement marqué mon visage que je passe inaperçu aux yeux de ceux qui auraient pu me connaître à l'époque. J'espérais aussi te laisser un message, pour que tu comprennes que tu étais en danger, qu'il ne fallait pas revenir dans cette Villa et quitter Arnaud sur-le-champ. Mais tu n'as rien capté ! s'énerva Jack. Ça aurait dû te faire un électrochoc !

— J'en ai eu quelques électrochocs ces dernières semaines déjà…, déplorai-je, quand soudain, j'entendis un grand claquement derrière moi, comme si quelqu'un venait de taper brusquement dans une poutre.

En me retournant, je vis la porte d'entrée s'ouvrir brutalement. Arnaud surgit alors dans la maison. Le reflet brûlant de son regard contrastait avec le masque glacial qui recouvrait son visage. J'étais au milieu du couloir, prise en étau entre lui d'un côté et Jack de l'autre, posté devant la bibliothèque. Avec chance, j'avais tenté de jouer la montre et cela avait réussi. Qu'est-ce que je devais faire maintenant ?

La confrontation

Arnaud ne se tenait qu'à deux mètres de moi, il était imposant, bien plus que Jack, et son sang-froid contrastait nettement avec l'état émotionnel, moite, dans lequel se trouvait mon ravisseur.

— Rassure-toi, Jack, tu n'as pas changé tant que ça, je t'aurais reconnu si je t'avais surpris à rôder par-là ! commença Arnaud.

— Alors visiblement, j'ai été agile, constata Jack.

Quel énorme soulagement de voir Arnaud ici, enfin il me semblait. Je me tournai vers Arnaud, consciente du risque de perdre Jack et son pistolet de mon champ de vision.

— Arnaud, je sais que Lauren et moi nous ressemblons, mais Jack est certain que nous ne faisons qu'une, il me prend pour elle, dis-lui qu'il se trompe ! le suppliai-je.

Le regard sombre, Arnaud nous dévisagea, comme si, l'espace d'un instant, il avait dû choisir son camp.

— Tu n'es qu'un grand malade, Jack. Moi qui t'appréciais bien à l'époque, qui aurait pu croire que tu deviendrais si fou ? Tu prends une innocente en otage, elle n'a aucun lien avec Lauren, lui lança alors Arnaud, comme s'il annonçait un verdict.

Je pouvais reprendre ma respiration, sur ce point au moins j'étais rassurée, Arnaud n'était pas taré et il savait que je n'étais pas Lauren ! Même si de nombreuses questions se bousculaient toujours dans ma tête…

— C'est toi qui es fou Arnaud ! Toi ! Tu as enlevé ma sœur, mon adorable sœur, alors que toute la famille te faisait confiance, cette famille qui a été détruite par ta faute ! lui cria Jack en avançant d'un pas vers moi. Tout est de ta faute ! articula-t-il lentement, sur un ton qui n'annonçait vraiment rien de bon.

— Jack, j'aimais Lauren comme un dingue, jamais je ne lui aurais fait de mal. Notre relation était tellement magique, je tenais à elle plus que tout au monde, rien de tout cela n'aurait dû arriver, mais je n'ai pas pu la protéger. Si seulement ! Elle me manque. J'ignore ce qui s'est passé, mais depuis le temps… Jack, elle n'est plus de ce monde. Elle est morte, Jack ! Réveille-toi !

— Elle est devant nous, Arnaud, c'est elle, dit-il en me désignant de ses yeux exorbités.

À son tour, Arnaud avança vers moi. J'étais piégée entre ces deux hommes rivaux, qui se défiaient du regard, dont l'un tout de même était armé, et ce n'était pas celui qui paraissait être le plus sain d'esprit. La tension était palpable, Jack semblait transcendé de se retrouver face à Arnaud. Sa vengeance approchait, on comprenait qu'il atteignait le moment fatidique de la riposte.

— Jack, soufflai-je, posez votre arme. Vous avez…

Mais il ne me laissa pas terminer ma phrase, et s'empressa à son tour de me questionner.

— Pourquoi t'être de nouveau jetée dans les bras de cet homme ? demanda-t-il en désignant Arnaud. Pourquoi es-tu encore avec lui, Lauren, pourquoi tu ne reprends pas ta liberté ? Allez, viens avec moi, finissons-en avec lui et retournons aux États-Unis, tu pourras recommencer ta vie…

— Non, non, hors de question de suivre ce malade, suppliai-je Arnaud, lui intimant de m'aider.

Je reculai d'un pas.

— Arnaud, dis-moi ce que tu fais avec ma sœur, tu lui veux quoi à la fin ? Tu lui as fait suffisamment de mal, ça doit prendre fin ! proclama Jack, d'une voix assurée qui me fichait carrément la trouille.

Je me retournai vers Arnaud, en quête de réponses. Sans donner le même sens que Jack à cette question, je me demandai moi aussi maintenant ce qu'il faisait avec moi et jusqu'à quel point cela était en lien avec Lauren.

— Ça suffit, criai-je les sanglots dans la gorge, je n'en peux plus de toutes ces conneries ! Arnaud, c'est quoi tout ce bordel ? Jack dit vrai, pourquoi es-tu avec moi ? C'est quoi la véritable raison ?

— Oh ! Lily, je t'aime tellement, souffla-t-il en m'adressant un regard plein de regret.

— Tu ne réponds pas à ma question, protestai-je, en pleurant.

— Je sais que je n'ai pas été honnête avec toi, Lily, et j'imagine le mal que tu dois ressentir, mais...

— Non, tu n'as aucune idée de ce que je peux éprouver, Arnaud. Je te faisais confiance, je voulais vivre avec toi et me laisser guider par toi, aveuglement, mais non tu n'imagines vraiment pas ce que j'ai ressenti quand j'ai trouvé sur internet des articles de journaux sur la disparition de Lauren et que j'ai vu des photos d'elle ! Comment peux-tu dire que c'est une coïncidence ?

— Parce que ce n'en est pas une, Lily…

Mon souffle se coupa net devant cette vérité que j'aurais tant souhaité ne jamais entendre. Bien sûr que ce ne pouvait pas être une coïncidence. Jack semblait satisfait de ce début de mise au point. Spectateur, le sourire en coin, il attendait que j'ouvre les yeux.

— À l'aéroport, lorsque tu m'as foncé dessus, j'étais contrarié. Je rentrais de voyage et vraiment j'avais autre chose à faire que de me faire piétiner les pieds par une conne paumée. J'allais te renvoyer balader mais nos regards se sont étrangement crochetés. Tes yeux, ces yeux que j'avais déjà connus il y a si longtemps… Tu m'as bouleversé, Lily, parce que tu ressemblais tellement à Lauren…

— Tu pensais que j'étais elle, c'est ça, hein ? dis-je incrédule.

— Sur le coup, je ne sais pas, j'ai cru la voir en toi, c'est vrai… et tu es repartie comme tu es arrivée, en un instant. Je me suis ensuite raisonné « Arrête Arnaud, c'est insensé, ce ne peut pas être Lauren », il y avait bien quelques différences subtiles entre vos deux visages, mais avec le temps… Tout était flou, il fallait que je te retrouve.

— Mais comment as-tu fait ? Normalement, je n'aurais jamais dû aller dans ton entreprise, jamais nous n'aurions dû nous croiser à nouveau…

— Si, j'ai fait en sorte de te faire venir, puis de te recruter… je ne t'ai pas menti sur ce point, lorsque je t'ai confié que je te voulais auprès de moi.

Un mensonge par omission restait un mensonge, parce qu'il avait eu une raison très particulière de me désirer près de lui.

— Mais comment as-tu procédé pour me retrouver ?

— Tu te rappelles, à l'aéroport, tu m'as dit que tu étais là pour accueillir une amie qui rentrait d'Australie et tu ne savais pas où étaient les arrivées ?

— Oui, et tu m'as renvoyée dans les ronces !

— Exact, j'en suis désolé, m'accorda-t-il. Au moment de franchir les portes de sortie, j'ai été pris de remords. Si dingue que cela pouvait paraître, s'il existait une chance que tu puisses être…, dit-il en regardant Jack avec pitié. Bref, je t'ai suivie.

— Tu m'as suivie, m'offusquai-je. C'est aussi simple que ça, comme dans les romans d'espionnage, tu m'as filée et tu as découvert qui j'étais, où j'habitais, qui je fréquentais ?

Soudain, les applaudissements de Jack me sortirent de ma torpeur.

— Bravo, Arnaud. Très convaincant ! s'exclama-t-il. Tu retrouves Lauren au hasard de tes déplacements professionnels et hop ! vous reprenez contact tout naturellement, effaçant dix-huit années de doutes d'un revers de main.

Jack me gonflait. Jusqu'à présent, il m'avait fait peur, puis pitié, et de nouveau peur, mais là je ne supportais vraiment plus sa présence. Bien plus qu'avant, j'étais prête à tout pour qu'il dégage, parce qu'il fallait absolument que je connaisse la fin de l'histoire. Mon petit bout d'histoire. Même si ça me faisait affreusement mal de l'entendre évoquer Lauren au milieu de la description de notre rencontre et de comprendre de façon toujours plus évidente que je n'étais que l'image de son ancien amour, je voulais savoir, encore plus, tout, peu importait la douleur.

— La ferme, Jack ! Tu la fermes, tu demandais que je te parle de moi et d'Arnaud, t'expliquer comment je me suis retrouvée ici et pourquoi Arnaud et moi étions en couple ? m'énervai-je contre lui, avec une incroyable sensation de délivrance.

J'utilisais volontairement le passé. Le message qui s'imposait me paraissait clair.

— Alors tu te tais parce que moi aussi j'ai droit de connaître la fin de ce désastreux conte de fées ! criai-je, au bord de l'explosion, ce qui visiblement produit l'effet attendu.

Le frère de Lauren enjoignit Arnaud de poursuivre, parce que j'en avais émis le souhait, mais tout en promettant qu'après il mettrait personnellement un terme à cette imposture. Que voulait-il dire par ça ?

— Je t'ai suivi le jour de notre rencontre, pour voir où tu habitais, c'est vrai. Parmi les noms inscrits sur la boîte aux lettres, je ne savais pas lequel était le tien, mais l'un d'eux retint mon attention. J'étais persuadé de l'avoir déjà lu auparavant. Je suis retourné au bureau le soir même, j'ai écouté mon instinct.

— Et tu l'avais déjà vu sur les études commerciales du projet de New York, c'est cela ? J'ai participé à ce dossier et mes coordonnées professionnelles apparaissaient dans la proposition…

— Pas uniquement ton nom, mais ton CV aussi, comme tous ceux des consultants affectés dessus. Sauf que ce sont des CV sans photo… Rien ne me garantissait que ce soit toi, mais au pire, tu habitais le même immeuble qu'une salariée de la boîte de communication que j'allais choisir sur une affaire stratégique, et au mieux tu étais cette salariée, ce qui rendait les choses beaucoup plus faciles pour créer une nouvelle rencontre. Et puis, à son arrivée à l'aéroport, Pauline t'avait appelé Lily, ce qui pouvait coller avec le surnom de Caroline, prénom qui apparaissait sur les documents commerciaux… Ce n'était pas très compliqué finalement.

— Implacable. J'ai le sentiment que rien ne pouvait t'empêcher de me manipuler… Tu n'es peut-être pas si différent que cela de Jack dans son délire d'outre-tombe.

— Arrête, je ne t'ai pas manipulée, Lily, je devais en avoir le cœur net. Quand je veux quelque chose, je l'obtiens, tu le sais. Alors je me suis arrangé pour que ta patronne te laisse aller au rendez-vous à sa place.

— Mais elle était coincée au Pays basque, comment as-tu pu prévoir cela, et qu'est-ce qui garantissait que je sois dépêchée en suppléance ?

— Pour la même raison qu'elle a accepté de réduire ton préavis de démission. Je lui ai demandé, tout simplement.

— Tout simplement ? répétai-je, éberluée.

— Je lui ai expliqué que son cabinet avait décroché le contrat, mais que je voulais quelqu'un en interne pour gérer ce dossier et d'autres également. Je lui ai proposé de te laisser y aller, au pied levé, histoire d'évaluer la façon dont tu allais t'en sortir.

— Cette sorcière était ta complice ? Elle savait que tu allais me débaucher ensuite et elle ne m'a rien dit ?

— Disons que j'ai monnayé ta venue par une ligne supplémentaire sur l'engagement commercial…, avoua-t-il.

— Tu es malade. Mais tu as dû être bien déçu de voir que je n'étais pas Lauren. Tout cela pour rien… conclus-je, amère.

— Tu te trompes, Lily. J'ai eu la confirmation que tu n'étais pas Lauren et je t'assure que j'en étais vraiment soulagé. Car cette nouvelle personne, que j'apprenais à connaître, et dont je suis tombé amoureux, venait de combler la brèche qui saignait mon cœur depuis si longtemps.

Je nageai en pleine confusion des sentiments. Je ne savais plus quoi penser, quoi ressentir, ni même si je devais être en colère ou soulagée par ce que je venais d'entendre.

— Et aujourd'hui, comment tu as su que j'étais là ? lui demandai-je, d'un ton toujours aussi suspicieux.

— Quand je suis rentré chez nous, j'ai trouvé l'appartement vide et j'ai vu que le tiroir où je range les clés de la Villa était légèrement entrouvert. Les clés avaient disparu. Je me suis inquiété, j'ai appelé Pauline, mais comme elle ne répondait pas… je suis venu directement.

— Magnifique, s'exclama Jack. Bravo, vraiment, je pourrais en pleurer si j'étais une de ces midinettes, quelle belle histoire qui se termine avec le pieu chevalier accourant courageusement au secours de sa promise… sauf que rien de tout cela n'est la vérité ! explosa Jack.

Soudain, il braqua son arme sur Arnaud et tira. Tout se passa en un éclair, sans que quiconque ne pût réagir. L'instant d'après, Arnaud s'écroula sous mes yeux, touché au ventre. Une pieuvre rouge commença à se répandre sur sa chemise blanche. Il ne bougeait plus. J'avais la tête qui tournait, je vivais un cauchemar. Pourvu qu'il soit encore en vie ! Mais au moment où je me jetai sur Arnaud pour le secourir, un autre coup de feu retentit. J'étais stoppée net.

Le vrai visage …

Sur le coup, je me suis dit « voilà, tu es morte, tout se termine là, comme ça ». Et ça faisait ça, d'être morte ? Je ne ressentais rien, j'avais froid, je tremblais. Pourtant, je sentais battre mon cœur, il tapait si fort, extrêmement fort au point d'exploser dans ma poitrine. On ne pouvait pas être passé de l'autre côté avec de telles pulsations…

Oui, bien sûr que j'étais encore de ce monde. Le coup de pistolet ne m'avait pas atteint. En réalité, il ne m'était même pas destiné. Encore une fois, la scène ne dura pas plus de deux secondes, mais j'avais l'impression de la vivre au ralenti.

Devant moi, Arnaud gisait par terre.

Effondrée, je pivotai alors pour faire face à Jack, ma tête puis mes épaules entrainèrent mon corps dans une volte-face morbide. « Tue-moi, Jack. Tue-moi, maintenant je m'en fous puisqu'Arnaud est… ». Mais contre toute attente, sous mes yeux incrédules, je découvris Jack étendu par terre, sur le ventre, la tête couverte de sang. Lui non plus ne bougeait plus. En quelques instants, les deux hommes qui s'étaient tenus de part et d'autre de moi étaient tombés sous les balles. L'une d'elles avait été tirée par Jack, mais la seconde… ?

Il y avait quelqu'un d'autre dans la Villa ? Armé ? Comment était-ce possible ? Affolée, je me retournai de nouveau, cherchant du regard un mouvement ou une silhouette. Je ne vis rien, ce couloir était sombre, j'avais l'impression que les murs bougeaient, ils se resserraient sur moi, mais personne n'apparaissait dans mon champ de vision. Il fallait que je m'enfuie d'ici et que j'appelle les secours. Non, il fallait d'abord sauver Arnaud, mon Dieu, faites qu'il s'en sorte… De nouveau, je me jetai sur lui, sans entrave cette fois-ci. Ses mains posées sur son ventre se recouvraient de sang, je n'arrivais pas, je n'osais pas le toucher, j'étais tétanisée par la peur. Est-ce qu'il respirait au moins ? J'approchai mon oreille de sa bouche, je crus sentir un souffle.

— Arnaud, tiens bon, je t'aime, je t'aime, je vais nous sortir de là, ne m'abandonne pas !

Je le suppliais, mes larmes coulaient sur son visage que mes doigts tremblants caressaient frénétiquement. Arnaud… Puis miracle, il ouvrit les yeux ! Un peu, j'en étais sûre : j'avais vu sa paupière bouger et s'entrouvrir.

— Tiens bon, tu vas aller mieux, tentai-je de le rassurer.

Il fallait trouver de l'aide, seule, je ne pouvais rien faire. Mon téléphone, où était-il ? Jack me l'avait pris lorsqu'il m'avait droguée, mais Arnaud avait probablement le sien sur lui, dans la poche de sa veste ! Je mis la main dessus presque aussitôt et le sortis. Mes doigts étaient mouillés de sang et de larmes, l'écran répondait mal, je n'y arrivais pas, je tremblais de plus en plus, pourtant il fallait que je passe cet appel au secours, il avait besoin de soin tout de suite. Mais la panique m'envahissait…

Soudain, je sentis de nouveau une présence derrière moi. Ce ne pouvait pas être Jack.

— Lily, tu n'as rien ?

Je connaissais cette voix et ressentis aussitôt un grand soulagement. C'était Diego, il était avec Pauline lorsque je l'avais appelée. Ils étaient venus me chercher, nous étions sauvés. Les secours arriveraient. Arnaud serait emmené à l'hôpital. Mais il fallait faire vite, chaque minute comptait. Je constatai que Diego tenait une arme dans la main droite et je m'étonnai des raisons pour lesquelles il possédait un pistolet. Pourquoi d'ailleurs l'avait-il avec lui précisément aujourd'hui ?

Je n'en savais rien, mais c'était lui qui venait de tuer Jack et il m'avait probablement sauvé la vie. C'était même certain. Je me levai et me jetai dans les bras de Diego.

— Diego, c'est horrible, ce fou m'a séquestrée, bafouillai-je en désignant le corps sans visage de Jack. C'est lié à une vieille histoire en lien avec Arnaud et cette maison, et ensuite il a tiré sur Arnaud, mais je sais qu'il peut s'en sortir, il faut vite appeler les secours !

— Ne t'en fais pas, j'ai déjà contacté la police, ils vont arriver, me rassura-t-il. J'ai vu ce qui c'est passé, j'ai dû l'abattre, il allait te tuer aussi. Ma pauvre Lily, tu es en sécurité maintenant, avec moi.

— Merci, mille mercis.

Je n'avais plus qu'à patienter auprès d'Arnaud. Il venait de se dérouler quelque chose de très grave, d'horrible, mais les secours nous sauveraient dans peu de temps ! J'allais les attendre à côté d'Arnaud. Plus que quelques secondes, des minutes au maximum, et tout prendrait fin. Quelle chance que Diego soit là, pensai-je !

— Mais où est Pauline ?

— Elle reste à l'abri dans la voiture, me rassura Diego.

Oui, bien sûr, il était inutile qu'elle aussi se mette en danger. Mais tout était fini.

— Diego, tu peux lui demander de venir s'il te plaît maintenant, j'ai besoin de son soutien…

— Je ne sais pas si c'est une bonne idée, elle n'a pas à voir tout ça, me dit-il en en désignant de la main le cadavre de Jack. Mais moi je suis là pour te soutenir, je t'offre mon réconfort, je suis tout à toi !

Cette phrase ne me mit quand même pas très à l'aise, qu'est-ce qu'ils avaient tous à vouloir être « mon sauveur » aujourd'hui ? Très sincèrement, ce n'était pas de lui dont j'avais besoin, mais de Pauline et d'Arnaud. Mais je ne pouvais pas le dire de cette manière abrupt à celui qui venait de me sauver la vie…

— Heureusement que j'ai su que tu étais là, je suis arrivé juste à temps pour te soustraire des mains de ton ravisseur.

— Oui, merci encore, Diego.

— Sans moi, tu aurais pu être blessée ou pire encore avec tous ces fous qui te tournent autour, insista-t-il lourdement.

— Oui, Diego, je te serai éternellement reconnaissante, je ne sais pas comment te remercier.

Son regard me gênait de plus en plus et lorsqu'il s'approcha de moi pour m'étreindre à nouveau, en guise de réconfort, je commençai à sentir que quelque chose clochait. Il me serrait un peu trop fort, la pression de ses mains qui parcouraient mon dos était bien trop insistante. Diego avait toujours été comme ça, un peu trop pesant avec les filles, mal habile dans ce qui convenait de faire ou ne pas faire par moment. De plus, Arnaud était à côté de nous, et c'était lui que j'aurais dû avoir dans mes bras, que j'aurais dû rassurer.

Lorsque je me dégageai enfin de ceux de Diego, je crus percevoir l'espace d'une seconde une résistance, puis une hésitation à me laisser m'écarter. Je m'agenouillai à nouveau près d'Arnaud et calai délicatement sa tête sur mes cuisses. Ses cheveux étaient doux, il était beau. Je lui déposai un baiser sur le front, je respirai son odeur. J'espérais que la police arrive vite, la présence de Diego était pesante, il nous dévisageait étrangement, Arnaud et moi. Est-ce que je me faisais des histoires ? Avec ce que je venais de vivre, je devais sûrement voir le mal là où il n'était pas, pourtant…

— J'aimerais vraiment que Pauline soit près de moi, tu peux l'appeler, Diego s'il te plaît, demandai-je pour la seconde fois.

— Non, elle ne doit pas voir ce que Jack a fait à Arnaud, elle est plus en sécurité dans la voiture.

— Comment sais-tu qu'il s'appelle Jack ? relevai-je surprise.

— Lily, je t'ai entendu l'appeler ainsi avant qu'il tire sur Arnaud…, me précisa Diego, étonné de ma réaction.

— Tu ... tu étais là, tu as tout vu, mais alors pourquoi tu ne l'as pas empêché ?

Ce petit jeu de questions-réponses s'engageait dans une étrange tournure. Malgré les apparences pourtant rassurantes (si on mettait de côté le fait qu'avec Diego flottait toujours dans l'air un je-ne-sais-quoi qui rendait les gens mal à l'aise), j'avais le sentiment que quelque chose clochait.

— Lily, enfin ! Je ne me doutais pas qu'il allait faire ça ! Et je lui ai tiré dessus à mon tour, je l'ai empêché de te faire du mal. Écoute, reprit-il d'un ton calme, c'est normal que tu réagisses comme ça, tu es sous le choc.

— Oui, oui sûrement. Au fait, tu étais là depuis combien de temps ? J'ai appelé Pauline il y a déjà plusieurs heures, j'ai passé la fin d'après-midi et la soirée ici. C'est une aubaine, que vous soyez arrivés juste au moment le plus critique !

Mes propos paraissaient plus accusateurs que je ne l'aurais souhaité. Il y avait toujours eu quelque chose de bizarre chez Diego, et je n'arrivais plus à m'enlever de la tête que toutes ces coïncidences étaient trop nombreuses. Je devais me méfier. Et puis, que faisait la police bon sang !

— Pauline s'inquiétait de ne pas réussir à te joindre sur ton portable, elle a pensé qu'il fallait mieux se rendre ici directement. Bon, écoute, on ne devrait pas trainer par là. Viens, sortons de cette maison et allons retrouver Pauline, elle t'attend dans la voiture.

— Non, mais t'es fou Diego, je ne vais pas laisser Arnaud seul, il a besoin de soin au plus vite…

Au moment où je prononçai ces mots, j'ouvris enfin les yeux. Je compris d'où me venait ce malaise d'être avec Diego ici, je devinai pourquoi j'étais soudainement sur mes gardes. Et pourtant, en contradiction totale avec un quelconque instinct de survie, je lui posai la question qui tue.

— Pauline ne sait pas précisément quelle est l'adresse de la Villa, toi non plus. Dis-moi, Diego, comment as-tu trouvé aussi facilement la maison ?

À cet instant, je vis son visage se modifier radicalement. Le ton jovial et bon enfant qu'il abordait au naturel laissa place à des traits durs et creusés, accentués par la pâleur dont se voila sa peau et la noirceur qui envahit ses yeux. Merde, ça n'allait pas recommencer ! Et bien si justement, ça recommençait ! Maintenant, je sentais le danger plus présent encore que les fois précédentes, je le prenais en pleine face, comme une gifle, comme un coup de poing qui bloquait ma respiration et me forçait à puiser au fond de moi la force nécessaire pour rester debout. Oh, comme d'habitude, je ne compris rien à ce qui se passait. Pourquoi ? Comment ? Peu m'importait, parce que je n'étais pas en mesure d'intellectualiser tout cela et je n'avais pas le luxe d'avoir le temps de réfléchir.

Je réagis par instinct, viscéralement, par réflexe. Le danger égale la fuite. Il me voulait du mal, je devais lui échapper. Diego était devant la porte d'entrée, proche d'Arnaud. Il me bloquait le passage et était toujours armé. Dans un élan, je fis volte-face et remontai le couloir en courant, je devais atteindre la bibliothèque et m'y enfermer. Pour cela, je sautai par-dessus Jack, qui lui était bien mort. Mon pied glissa alors sur une flaque de sang rougeâtre qui s'était écoulé de sa tête éclatée, ce qui me fit perdre l'équilibre et me força à poser un genou par terre. Beurk, je me retrouvai à quelques centimètres de son crâne, dont il manquait la partie gauche. Il n'avait que ce qu'il méritait, il avait tiré sur Arnaud. Mais c'était quand même dégueulasse à voir. Je n'avais pas le temps de me retourner dans la direction d'Arnaud pour vérifier comment il allait, parce que je me relevai aussitôt et repartis vers la bibliothèque. La porte n'était pas si loin, je pouvais l'atteindre, je devais le faire. Après, je refermerais le verrou et j'attendrais la police. Putain les flics ! C'était Diego qui les avait appelés. Est-ce qu'il l'avait vraiment fait ? Et si c'était un mensonge, un de plus dans cette flopée de trahison ? Oui, bien sûr que c'était faux, pourquoi aurait-il fait ça ? Je ne pouvais donc pas compter sur les secours et le téléphone était resté à côté d'Arnaud… Je me jetai sur la porte de la bibliothèque, m'engouffrai dans la pièce et m'enfermai à clé aussitôt. Comme prévu.

Et, maintenant, que devais-je faire ? Diego ne semblait pas avoir bougé, il n'avait pas cherché à m'attraper. Mon cœur battait à cent à l'heure, la panique m'envahissait et je n'arrivais plus à réfléchir. « *Calme-toi, Lily ! Reprends tes esprits deux secondes. Quelles sont les issues ? Tu connais mieux la maison que lui… normalement.* »

Je devais fuir, partir et courir très vite. Aller chez les voisins ou arrêter des voitures sur la route et leur dire d'appeler la police. J'avais les mains couvertes du sang d'Arnaud, mes vêtements également témoignaient du drame qui était en train de se dérouler entre ces murs. Dehors, si les riverains me voyaient dans cet état, ça les contraindrait à réagir, s'ils n'avaient pas déjà entendu les coups de feu. Oui, ma chance était peut-être là, si seulement quelqu'un pouvait s'être étonné du bruit des détonations. Mais à cet instant précis, je n'avais qu'une unique issue, la fenêtre. Ensuite, il me faudrait courir vraiment très vite vers la grille… non, je serais trop visible, il fallait que je me glisse entre les arbres et que j'aille jusqu'à la clôture, derrière, puis j'escaladerais le grand mur qui mesurait au moins deux mètres et je basculerais chez le voisin. Mon plan n'était peut-être pas si mal, mais tout de suite le problème était que j'ignorais où se trouvait Diego. Je n'entendais aucun autre bruit que le léger souffle de l'air à l'extérieur. Il faisait maintenant nuit noire et la bibliothèque était complètement baignée d'obscurité. Seules quelques lumières dansaient sur le sol, ombres chinoises des branches des pins qui jouaient avec les réverbères. J'avais plaqué mon dos contre le mur, juste à côté de la fenêtre, de sorte que même si Diego était dehors, il ne réussirait pas à me voir. Je n'osais pas ouvrir la fenêtre, j'étais tétanisée à l'idée qu'il puisse être derrière elle et qu'il casse un carreau pour pénétrer ici et me sauter dessus. J'étais de nouveau prise au piège, encore une fois dans cette maudite pièce de cette maudite Villa.

De longues minutes s'étaient écoulées depuis que je m'étais enfermée dans la bibliothèque, lorsque je perçus enfin un bruit provenant du couloir. Ma première réaction fut de paniquer à l'idée que Diego vienne définitivement m'enlever de ma cachette, mais rapidement j'arrivai à reconnaitre la voix d'Arnaud. Il murmurait de l'autre côté de la porte. Il me disait que Diego était dehors et que nous devions nous enfuir au plus vite. Avec précaution, je lui ouvris, d'abord légèrement, puis, après avoir vérifié l'absence de Diego dans le couloir, je sortis me jeter dans les bras d'Arnaud. Il avait repris ses esprits et même s'il accusait clairement le coup reçu, il se tenait debout devant moi, la main posée fermement sur sa blessure.

— Écoute, Lily, je sais que je te dois plus d'explications et je comprends que tu me détestes, mais pour le moment nous devons nous échapper de ce piège, me souffla-t-il à l'oreille, en veillant à faire le moins de bruit possible.

— On en parlera plus tard, mais toi comment ça va ? Tu peux marcher ?

— Oui, la balle a traversé mon flanc, et ça fait un mal de chien, mais je pense qu'aucun organe n'est touché, sinon je n'aurais pas pu me relever.

— Tu as tout de même perdu connaissance…, chuchotai-je, en l'étreignant tant que je pouvais.

— Désolé que ma tête ait tapé le sol si durement… bon, allons-y vite, j'ai vu Diego partir chercher quelque chose dans le coffre de sa voiture et je n'ai vraiment pas envie de savoir ce que c'est. Il ne va pas tarder à réapparaitre, dépêchons-nous.

— Pauline… tu penses qu'elle est dans la voiture ?

— Je ne sais pas, c'est peut-être elle qui est dans le coffre…

La fuite

Mon angoisse ne faisait que croître à l'idée qu'il détenait ma copine et qu'elle était ainsi séquestrée. Si c'était elle. Si elle était encore en vie…

— Mais comment allons-nous sortir d'ici sans qu'il s'en aperçoive ?
— Suis-moi, je connais cette Villa bien mieux que Diego !

Effectivement, au lieu de nous diriger vers l'entrée ou les fenêtres du séjour, ce qui nous aurait immédiatement exposés, Arnaud m'emmena vers une porte discrète située derrière l'escalier principal qui desservait l'étage. Je ne pus m'empêcher de tourner mon regard vers le corps sans vie de Jack. Dans l'obscurité de la nuit, on ne distinguait qu'une masse inerte étendue non loin de nous. Quelle tristesse ! La porte franchie, nous nous engageâmes dans la descente de marches étroites. Il faisait noir, je n'y voyais rien, car aucune lumière de l'extérieur ne pouvait atteindre ce petit escalier. Je laissai Arnaud me guider et nous accédâmes à un local en sous-sol. Arnaud me précéda et me montra le chemin en me tenant la main. Je me cognai la cuisse contre l'angle d'une commode et je compris que cette pièce était très encombrée par des meubles, des cartons, des objets contre lesquels mes pieds butaient sans que je ne puisse les identifier.

— Arnaud, murmurai-je, en nous enfonçant ici nous ne faisons que nous piéger un peu plus. Comment veux-tu que l'on s'échappe ? Diego va deviner que nous sommes restés dans la maison et lorsqu'il finira par voir qu'il y a une cave ici, il nous coincera comme des rats.

— Fais-moi confiance, je sais ce que je fais. Continue à me suivre, nous y sommes presque.

Comme prévu, nous atteignîmes le mur opposé de la pièce et j'entendis Arnaud ouvrir une nouvelle porte. Le lieu semblait très étroit, car je pouvais toucher à la fois les parois de droite et de gauche rien qu'en tendant les bras. Un ronronnement rythmait cette atmosphère moite.

— Nous sommes dans le local technique : c'est le chauffe-eau qui fait ce bruit. Il va falloir se faufiler entre le mur et le cumulus, et derrière, au sol, il y a une trappe qui permet de sortir sous la terrasse, il y a un vide sanitaire. À moins de connaître ce passage secret, Diego ne pourra pas nous atteindre.

— Et tu viens souvent par ici ? demandai-je pour plaisanter un peu, soulagée d'avoir enfin une perspective raisonnable d'en réchapper vivante.

— Tu ne crois pas si bien dire, je n'y suis pas retourné depuis mes 8 ou 10 ans, c'était ma botte secrète quand je jouais à cache-cache avec mon frère. Je ne sais pas si on va réussir à se glisser dans la trappe, l'accès est étroit, et nous ne sommes plus des enfants.

— Tu plaisantes ?

— On verra bien. Commence, toi, il faut que tu ailles derrière le chauffe-eau.

À tâtons, toujours dans le noir, je repérai les obstacles. Mais après une première tentative infructueuse, je compris que le seul moyen de passer de l'autre côté de cet imposant obstacle était de me baisser et de ramper en dessous, là où l'arrondi du bas du cumulus, qui était lui-même surélevé sur de petits trépieds, permettait un espace suffisant. J'arrivai derrière l'appareil sans trop de difficultés et me calai dans un coin, afin de laisser assez de place à Arnaud pour se faufiler. J'entendais, aux sons qu'il émettait, que l'exercice était plus dur pour lui. Sa carrure l'obligeait à se contorsionner dans tous les sens, ce qui ne faisait qu'accentuer la douleur causée par sa blessure.

— Putain, ça ne va pas ! s'énerva Arnaud, tout en progressant malgré tout.

— Tu y es presque Arnaud, serre les dents et rentre le ventre !

— Facile à dire, ce n'est pas toi qui as une balafre à travers le corps.

Mais tout en parlant, Arnaud finit par ramper à son tour jusqu'à sa cible, puis à se relever péniblement.

— Bon, maintenant il faut dégager la trappe qui est sous nos pieds. Elle risque d'être un peu grippée depuis le temps, m'expliqua Arnaud en attrapant la poignée de celle-ci.

Un peu grippé n'était pas un vain mot… D'abord, Arnaud essaya de la soulever, puis moi aussi je tentai de la faire bouger. Il semblait que quelque chose bloquait les rivets. La rouille probablement. Je sentais bien qu'il y avait du jeu, mais je n'avais pas la force suffisante pour actionner l'ouverture.

— Il nous faudrait un objet pour faire levier, regarde Lily, quand tu forces il y a un jour.

— Attends, tout à l'heure, de l'autre côté de la chaudière, j'ai touché une sorte de barre de fer posée contre le mur. Je vais la chercher.

— OK, tu seras plus rapide que moi, vas-y, moi je continue à faire bouger la charnière.

Je revins donc sur mes pas, m'allongeai et rampai sur le sol poussiéreux qui me piquait les yeux et le nez, puis me relevai et attrapai l'objet en question. Je la fis glisser au sol vers Arnaud avant de passer à mon tour le rejoindre. Nous reprîmes nos efforts, mais toujours dans le noir, et l'opération s'avérait plus hasardeuse que nous ne l'imaginions. Il fallait qu'Arnaud tire sur la poignée de la trappe et que moi j'insère la barre de fer dans le petit espace, uniquement guidée au son de sa voix. Aux premiers essais, j'étais trop longue à trouver l'interstice suffisant pour y glisser la barre, car la blessure d'Arnaud le contraignait à forcer par à coup, il fallait viser juste. Puis avec un peu plus d'agilité, j'y suis enfin arrivée.

— OK, bon, je vais faire levier, pousse-toi pour éviter que cela te tombe sur les pieds.

Arnaud souleva alors la trappe à l'aide de la barre et sur un dernier effort il finit par l'ouvrir en mettant un grand coup de pied pour la faire basculer. L'accès était désormais possible.

— Ne perdons pas de temps, il faut passer dans le vide sanitaire sous la Villa et la longer sur la droite jusqu'à arriver près de la terrasse. Ensuite, dès que nous entendrons Diego entrer dans la maison, on file vers le portail et on monte dans la voiture. Je l'ai garée dans la rue, à droite de l'entrée.

— Et qu'est-ce qui te dit que Diego n'est pas déjà dedans ?

— Je n'en sais rien : il faut se fier aux bruits.

Nous nous faufilâmes tous les deux à travers notre issu de secours et nous retrouvâmes à quatre pattes sous la Villa. Décidément, il ne fallait pas être claustrophobe pour réussir cette évasion. Arnaud avait emporté avec lui la barre de fer, seule arme en devenir en notre possession.

— Cela doit faire plus de dix minutes, peut-être un peu plus, que nous avons quitté la bibliothèque, et il ne se serait aperçu de rien ? C'est impossible ! Qu'est-ce qu'il fabrique qui prend si longtemps, dehors, pour ne pas réagir à notre absence ? Arnaud, il est improbable que Diego ait pu nous laisser comme ça, dans la Villa, sans se douter que nous chercherions à nous enfuir. Il est là, autour de nous, il nous observe sûrement.

— Oui, peut-être, je ne sais pas, mais ne cède pas à la panique Lily, me chuchota Arnaud, le pire serait qu'il nous entende, et découvre que nous sommes sous la Villa. Tant qu'il n'est pas retourné à l'intérieur, il doit penser que je suis mort. Quant à toi, de la voiture, il peut surveiller la porte d'entrée et donc se dire qu'il te verrait partir si tu essayais quoi que ce soit.

— Mais je pourrais tout aussi bien m'enfuir de la fenêtre ?

— Les murs de l'enceinte de la maison sont trop hauts, tu ne peux pas les escalader seule, si tu dois t'échapper, il faut passer par le portail, donc devant sa voiture…

— C'était pourtant mon projet initial, protestai-je, persuadée que la chose valait de coup d'être tentée.

— Impossible, oubli.

A ce moment-là, Diego se fit justement entendre. Visiblement, il était retourné à l'intérieur, et avait constaté notre absence.

— Lily ! hurla-t-il, où te caches-tu ?

Le son de sa voix n'avait plus rien à voir avec le Diego que nous connaissions. Elle était dure, agressive, pleine de colère.

— Lily ! Arnaud ! Vous ne pouvez pas vous enfuir d'ici, sortez de votre planque.

Nous entendions le bruit au-dessus de notre tête, difficile de dire où se trouvait précisément Diego, mais il était dans la Villa et nous cherchait. Plusieurs portes claquèrent successivement puis s'en suivit le fracas lourd d'objets jetés au sol. Il était en train de mettre la maison à l'envers, sa rage s'exprimait à travers cette tornade. J'étais apeurée et Arnaud tentait de me rassurer en enlaçant mes épaules de ses bras musclés.

— J'aurais dû te tuer Arnaud, il y a des années de ça. J'aurais dû te tuer comme j'ai tué Lauren, cria Diego au-dessus de nous. Eh oui ! J'avoue, c'était moi à l'époque, pour la gamine américaine. Ça vous surprend, hein, personne n'a jamais pensé à moi, le crime parfait en quelque sorte.

Cette révélation fit l'effet d'une bombe. La poitrine d'Arnaud se mit à battre si fort que je redoutai qu'elle explose. Sa blessure saigna de nouveau en même temps que ses yeux s'embrumaient. Diego venait d'avouer être le meurtrier de Lauren, aussi froidement que brusquement, telle une évidence qui était devant nous depuis le début. C'était maintenant à mon tour d'enlacer Arnaud, de lui murmurer de ne pas se laisser atteindre, d'être fort. Nous démêlerions le vrai du faux plus tard, nous chercherions la vérité et réhabiliterions l'honneur de Lauren dès que nous serions sortis de ce guet-apens. Mais en attendant, il nous fallait fuir et nous mettre en sécurité. Il fallait aussi que je retrouve Pauline, s'il l'avait réellement emmené avec lui, elle était alors en danger.

— Lily ! Tu es à moi ! Plus de quinze ans plus tard, le destin m'offre de nouveau ce cadeau inouï, revivre les instants de fou que j'ai passé avec Lauren. Cette passion fugace, cette étreinte animale. Elle s'est débattue, tu sais Arnaud, elle ne voulait pas se laisser faire cette garce. Mais j'ai réussi sans difficulté à la mater la petite, et elle a aimé ! Oh ça oui, elle a aimé se faire prendre par un vrai mec, pas par cette minable bitte romantique que tu lui proposais.

L'atmosphère devenait inhumaine. Arnaud enrageait, il ne tiendrait plus encore très longtemps à écouter ces horreurs. Je le voyais lutter intérieurement pour ne pas affronter Diego. Le supplice était abject.

— C'est le destin qui m'a mis sur la route de Lauren, au début je n'avais pas prévu de me faire ce joli petit cadeau. Tu ne te rappelles peut-être pas, mais ce n'est pas le seul méfait qui a marqué la ville cette semaine-là. Le cambriolage de la boutique de l'antiquaire, rue Blaise, c'était moi ! Ce vieil ivrogne ne connaissait même pas la valeur des objets qu'il refourguait. J'aurais pu les lui acheter et les revendre dix fois plus cher, mais c'était moins rigolo. J'ai préféré me servir, c'était un petit jeu, mais qui allait en plus me rapporter pas mal de sous. Sauf que sur le coup, je n'avais pas repéré que l'alarme silencieuse s'était enclenchée, et ce n'est que lorsque j'ai vu les flics débarquer que j'ai détalé comme un lapin. J'ai couru un bon moment et je me suis retrouvé dans la ville d'hiver. Alors là, je me suis dit « cache ton butin dans un endroit où on ne penserait pas à le chercher ». Et devine quelle maison y'avait sous mes yeux ? Un grand jardin, des hauts murs d'enceinte et surtout pas de lumière à l'intérieur. Et j'ai tout simplement planqué mon trésor dans une super cachette improvisée et je suis partie.

Arnaud et moi nous regardions, incrédules, ce cambriolage, ces objets dérobés, quel rapport avec Lauren ?

— Vous êtes toujours là les amis ? nous lança-t-il narquois.

Ma main serrait celle d'Arnaud. Nous ne voulions pas parler, mais les gestes nous suffisaient pour nous comprendre.

— C'est en allant récupérer mes affaires dans ton jardin quelques jours plus tard, le soir de sa disparition, que j'ai surpris Lauren. Elle était là sur la terrasse, juste en culotte, rien ne couvrait sa poitrine ferme d'adolescente, et elle humait l'air marin tranquillement. Je n'ai pas pu résister, tant pis pour mon trésor, j'avais gagné bien mieux. Tu te doutes bien qu'après, je ne pouvais plus revenir, la maison était surveillée, si je me faisais choper pour le recel, je risquais de prendre aussi pour … son meurtre. Au fait : tu trouveras Lauren au fond de l'eau, au large.

Son rire nous glaça le sang. Arnaud savait enfin ce qui était arrivé à Lauren, et je craignais qu'il ne sorte de notre cachette pour la venger. Il l'aurait mille fois mérité. Notre sort se jouait en ce moment dans la tête d'Arnaud qui calculait déjà la façon dont il allait tuer Diego.

— Toujours aucune réponse ? Vous me laissez parler tout seul, c'est pas très correct ça ! Non, vraiment je regrette de m'être emporté et d'avoir cédé à mes pulsions. Mais je n'ai pas pu résister. Tout comme ce soir, de retour sur ces lieux, je sens que je ne vais pas pouvoir me retenir : je veux Lily, pour me rappeler Lauren.

Arnaud était révolté par ce qu'il venait d'entendre, prêt à combattre à mains nues.

— Chut, Arnaud, calme-toi, chuchotai-je, notre objectif est de sortir d'ici vivants. Nous aurons tout le temps nécessaire ensuite pour le trainer devant les tribunaux et venger Lauren. Je te promets que je serai auprès de toi pour témoigner des aveux de Diego et que je ne lâcherai rien tant qu'il ne sera pas derrière les barreaux. Mais maintenant, tout de suite, il faut qu'on se casse d'ici !

Ma main caressait son visage, dans l'espoir de lui apporter une once d'apaisement. Arnaud souffrait dans sa chair et dans son corps, il se contenait pour ne pas exploser, ce qui aurait fait voler en éclats nos derniers espoirs de nous en sortir.

— Il a tué Lauren, il ne te tuera pas, me déclara-t-il soudain. Sa détermination reprenait le dessus. Dépêchons-nous, il ne peut pas rester très longtemps dans la maison, dès qu'il aura fouillé partout, il ressortira.

Arnaud m'embrassa fugacement et m'attrapa la main pour m'emmener dehors. Nous quittions notre cachette en courant. Le chemin à parcourir n'était pas si grand. Nous devions juste rejoindre le portail en étant à la fois silencieux et rapides. La meilleure solution consistait à tirer tout droit jusqu'aux sapinettes qui couvraient le mur d'enceinte face à nous, puis longer ce mur, invisibles derrière les arbustes. Il nous fallut en revanche arriver aux grilles, à une vingtaine de mètres plus loin. Cela supposait également de passer devant la voiture de Diego, garée dans la cour. Je ne pus m'empêcher de jeter mon regard en direction du véhicule, et je vis malheureusement ce que je redoutais. Pauline était étendue sur la banquette arrière, emmaillotée avec un ruban sur la bouche. Elle était inconsciente, peut-être même morte. Je stoppai net ma course et m'agrippai à la portière avec l'espoir vain de délivrer mon amie. Arnaud se retourna quelques pas plus loin et m'enjoignit de venir vers lui. Mais moi, je ne pouvais pas laisser Pauline ici.

— Lily, nous n'avons pas le temps, viens vite, Diego va débouler ! me souffla Arnaud, d'un ton bas qu'il avait du mal à maîtriser.

Il se rapprocha de moi et m'empoigna par les épaules. Je forçais de toutes mes forces sur cette portière qui restait bloquée, puis me baissai pour attraper une pierre à mes pieds, afin de casser le carreau, lorsqu'Arnaud me stoppa.

— Lily, tu n'y arriveras pas, elle est fermée, nous ne pourrons pas délivrer Pauline sans que Diego ne nous entende.

— Mais il est hors de question de la laisser là, c'est impossible.

— Et s'il nous capture tous les trois, on fait comment après ? Tu te souviens qu'il est armé, il s'apprête peut-être même à tirer sur nous à l'instant où on parle, tenta de me faire réagir Arnaud.

Je pleurais, agrippée à cette poignée de porte que je ne voulais pas quitter. Je savais qu'Arnaud avait raison, Diego allait surgir d'un instant à l'autre.

— Lily, dès que l'on sort, on appelle la police, ils seront là d'ici très peu de temps. On leur dit pour Pauline, ils viendront la sauver. Dépêche-toi, cours.

C'est en larmes que je suivis finalement Arnaud, mes jambes obéissaient à mon instinct de survie, pas à ma conscience et à la loyauté que je devais à mon amie.

— Arnaud, qu'est-ce qui va se passer si Diego s'en va avec Pauline avant l'arrivée de la police ? paniquai-je, étouffée par l'émotion.

— On va rester près d'ici ; on monte dans la voiture et on se planque dans la petite rue adjacente. De là, on verra s'il part. Si c'est le cas, je le prendrai en filature, mais toi, tu descendras avant. Je ne prends plus aucun risque.

Le temps d'échanger ces quelques mots en courant, nous arrivâmes au portail. Mais nous n'imaginions pas que Diego l'aurait fermé.

— C'est verrouillé Arnaud, il y a une chaîne en métal avec un cadenas autour de la grille, je ne peux pas l'ouvrir ! criai-je plus fort que je ne l'aurais voulu.

Je sentis la panique m'envahir, nous étions dans un piège. Arnaud prit alors la barre de fer qu'il avait gardé avec lui en cas de besoin, c'est-à-dire de face à face avec Diego, et entreprit de faire sauter le cadenas. Il lui résistait.

— Ne t'inquiète pas Lily, j'y suis presque …

— Stoppe ! cria Diego qui surgit soudainement sur le perron de la maison.

— Dépêche-toi, Arnaud ! Vite, il arrive ! l'implorai-je.

— Restez où vous êtes, Lily ne bouge pas ou je tire sur Arnaud ! me menaça Diego qui se dirigeait vers nous.

A cet instant, Arnaud réussit à faire sauter la chaîne et ouvrit la grille. Il m'attrapa de nouveau la main et me guida jusque dans la rue, puis nous nous engouffrâmes dans la voiture d'Arnaud, garée sur le trottoir, juste à côté de l'entrée de la propriété. Aussitôt dans l'habitacle, Arnaud verrouilla les portières et démarra le moteur. Je jetai un regard inquiet par la lunette arrière, persuadée que le mal allait surgir par la vitre. A mon grand étonnement, il n'en fit rien. Diego avait interrompu son sprint avant d'atteindre la rue et il s'occupa d'ouvrir l'autre pan du portail. Puis, il fit demi-tour afin de monter lui aussi dans son véhicule. Les évènements prenaient-ils la tournure d'une course-poursuite dans le coeur d'Arcachon ?

— Arnaud, il est dans sa voiture, il va nous foncer dedans ! cirai-je, éblouie par les phares.

Nos pneus crissèrent, puis nous partîmes dans une odeur de caoutchouc chaud vers le haut de la voie, afin de nous enfuir en direction des petites ruelles du centre-ville qui nous auraient permis de le perdre plus facilement. Il sortit de la propriété juste l'instant d'après, mais à notre surprise, il tourna à gauche, à l'opposé de nous.

— Arnaud, pourquoi il ne cherche pas à nous suivre ? Où emmène-t-il Pauline ? Tu m'avais promis qu'on ne le laisserait pas l'emmener sans réagir… m'énervai-je contre cette situation à rebondissements incompréhensibles.

Après une seconde d'hésitation, Arnaud fit demi-tour et reprit la direction empruntée par Diego. Il n'était plus question que je descende du véhicule, car un nouvel arrêt nous aurait fait perdre la trace de notre cible. Maintenant, c'était nous qui pourchassions Diego, et la vie de Pauline en dépendait.

Le port

Pendant qu'Arnaud suivait Diego à travers à la ville, j'appelai la police. Je leur fis un rapide résumé de la situation : un mort gisant dans le couloir de la Villa, une femme dont on ignorait l'état de santé sur la banquette arrière d'une voiture que nous poursuivions, conduite par un fou qui avait menacé de nous tuer, et qui venait d'avouer un meurtre datant de presque vingt ans. Mon interlocuteur policier me demanda pourquoi avoir suivi cette voiture. J'insistai de nouveau sur le fait que Pauline était dedans et que si nous perdions la trace de Diego, je ne saurais pas ce qu'il adviendrait de mon amie. Il ne semblait pas mesurer ce qui se déroulait, je ressentais même son scepticisme à l'autre bout du fil. Toute cette affaire était tellement hallucinante. Pourtant, l'officier resta en ligne avec moi, il paraissait ne pas vouloir prendre le risque de passer à côté d'une telle affaire, qui - si elle s'avérait exacte - promettrait quelques considérations envieuses de la part de ses collègues. J'essayais de donner notre position au fur et à mesure. Depuis notre fuite de la Villa, il me semblait d'abord que nous nous dirigions vers le sud et la départementale qui menait à la sortie de la ville. Mais après avoir franchi le rond-point principal du centre, quelques carrefours plus loin, Diego fit une embardée à gauche pour rejoindre brusquement la ville d'Automne. Celle-ci juxtaposait le quartier du port de plaisance. Mais visiblement, ce n'était pas notre cible non plus, car les deux voitures, qui se tenaient à une distance respectable, remontèrent le boulevard Deganne, parallèle au port, nous offrant l'espace d'un instant la beauté d'une visite nocturne d'Arcachon. Je ne savais pas si Diego s'était aperçu que nous étions à quelques dizaines de mètres derrière lui. Ce n'était pas si simple de suivre une voiture en ville dans le noir de la nuit, les véhicules se croisaient, se dépassaient, rien ne distinguait plus le sien d'un autre. Sous nos yeux fatigués dansaient les lumières rouges des phares arrière. Arnaud restait étonnamment concentré, si l'on considérait la gravité de la situation. Au rond-point suivant, le convoi bifurqua de nouveau. Cette fois-ci, je devinai où Diego se rendait, nous sortions d'Arcachon et continuions vers le port ostréicole de La Teste-de-Buch. J'avais toujours l'agent de police au téléphone, qui visiblement attendait d'identifier notre point de chute pour mobiliser les patrouilles. Un bip strident m'alerta sur la batterie qui se vidait dangereusement, j'essayais alors de donner un maximum d'informations, avant qu'il se soit trop tard.

La voiture de Diego s'engagea dans un petit chemin sombre. C'était bien ce que je redoutais le plus, me retrouver dans un endroit isolé, de nuit, là où je serai incapable de décrire précisément notre position aux secours.

La nuit était opaque, c'était une toile noire sans lune, sans vent, sans mouvement. Seul un léger tintement régulier nous rappelait que l'eau berçait en douceur les bateaux amarrés au ponton. Diego longeait tranquillement les petites cabanes ostréicoles disposées côte à côte le long du sentier. De jour, elles arboraient chacune des couleurs joyeuses, du bleu, du jaune, du rose, offrant ainsi ce paysage pittoresque caractéristique du bassin d'Arcachon. Mais cette nuit-là, elles étaient toutes habillées d'un sombre gris funeste. Seuls les phares de la voiture de notre ravisseur diffusaient un faible filet de lumière vers l'horizon. Arnaud avait d'abord éteint l'éclairage de la sienne et augmenté sa distance avec Diego, roulant au pas. J'entendais les craquements des cailloux sous les pneus, j'aurais eu envie de marcher sur la pointe des pieds, de peur d'être démasquée. Mais l'endroit était bien trop isolé pour que nous puissions plus encore le suivre sans nous faire repérer. Il nous fallut nous garer et surveiller du regard, impuissant, le convoi qui s'éloignait. Heureusement, celui-ci s'arrêta à son tour au bout du chemin, à la dernière cabane. Nous étions sur le port de la Teste, face aux parcs à huîtres, à l'extrémité d'un accès poussiéreux et cabossé qui finissait en cul-de-sac. Je croisais les doigts pour que Diego ne nous ait pas vus, ou au moins que la présence d'un véhicule à cinquante mètres de là ne l'intrigue pas. Je n'avais plus le policier en ligne, nous avions été coupés : mon téléphone s'était éteint.

A vrai dire, nous ne savions pas comment agir. Nous ignorions quand les secours nous trouveraient. J'échangeai un regard angoissé avec Arnaud, lorsque nous reconnûmes le claquement d'une portière. Il s'agissait de Diego, qui se dirigeait vers un petit bateau de pêcheur, muni de sacs lourds qui reposaient sur ces épaules. Que transportait-il ? Il était seul, Pauline était toujours dans la voiture. Nous vîmes Diego monter dans l'embarcation et entendîmes le moteur se mettre en marche.

— Il va fuir et abandonner Pauline ici ? Parfait, Arnaud, laissons-le faire, ce n'est plus notre problème, la police finira bien par l'arrêter. Attendons qu'il parte et allons chercher Pauline.

Mais j'avais parlé trop vite. La silhouette reconnaissable de Diego apparut hors de la petite cabine du bateau et retourna à la voiture. Cette fois-ci, ce n'était plus un sac qu'il chargea, mais mon amie. Il l'attrapa par les pieds, puis inclina son buste vers l'avant et la fit basculer sur son épaule. Il transportait Pauline comme un vulgaire sac à patates. Elle ne bougeait pas et j'étais trop loin pour entendre un quelconque bruit venant d'elle.

Ce qui suivit se passa comme un mauvais film en accéléré. D'un seul regard, Arnaud et moi comprîmes que Diego emmenait Pauline avec lui, et que si rien ne l'arrêtait, ils disparaîtraient tous les deux dans les prochaines minutes. Arnaud lut mon désarroi. Moi, je devinai ce qu'il s'apprêtait à faire, sans savoir si je devais l'en empêcher. Arnaud sortit de la voiture, je ne fis rien pour le retenir. Il courut vers Diego, en l'interpelant.

— Stop Diego ! Arrête-toi là, la police va arriver ! lui cria-t-il en s'approchant de lui.

Diego se retourna, visiblement surpris par cette mise en garde. Ses yeux teintés d'hésitation dévisagèrent mon homme quelques secondes.

Puis brusquement, il lâcha le corps inerte de Pauline, qui heurta brutalement le sol, et prit la fuite vers son bateau. Derrière lui, Arnaud démarra un sprint et le rattrapa petit à petit. Seule une dizaine de mètres les séparaient. De mon côté, à la vue de mon amie gisant par terre, je n'eus d'autre choix que de sortir de la voiture et de la rejoindre. Je m'agenouillai auprès d'elle afin de vérifier tout d'abord qu'elle était encore en vie. Diego me lança un regard par-dessus son épaule, ce qui une fois de plus lui fit perdre de la distance. Arnaud l'atteignit au moment où il s'apprêta à monter dans le bateau. Il l'agrippa par le bras et le jeta violemment par terre. Mais Diego, qui n'était pas blessé, lui, se releva sans difficulté et servit à Arnaud un coup dans les côtes qui devait s'avérer d'une extrême douleur. Au même moment, je perçus le souffle de respiration de Pauline. Son cœur battait, au moins elle était toujours là, quand bien même je ne comprenais pas pourquoi elle restait ainsi léthargique. Je décidai de la mettre à l'abri et à défaut de pouvoir la porter jusqu'à la voiture, je la trainai comme je pus derrière l'une des cabanes ostréicoles. Les échanges de coups entre les deux hommes s'intensifiaient. Diego tentait de prendre le dessus, car Arnaud souffrait de sa blessure par balle qui continuait de saigner. La situation me semblait de plus en plus compromise, lorsque j'entendis enfin les sirènes de police. L'alerte avait donc été donnée, les secours nous avaient localisés.

— Tient bon Pauline, l'aide arrive, les secours sont là. Nous sommes sauvés.

Profitant qu'Arnaud soit à terre, Diego lui assainit de nouveau un violent coup de pied dans le ventre et releva la tête face aux véhicules de police qui s'emparaient du port. Les pleins phares étaient venus éclairer la scène. Les yeux de Diego brillaient comme ceux d'un renard que l'on croiserait sur la route de nuit, stoppé net au milieu de la voie, hypnotisé par l'éblouissement. L'espace d'un instant, il était cet animal vulnérable au regard hagard. Mais la seconde suivante, il se ressaisit et se précipita vers le bateau, dont le moteur tournait. Arnaud tenta de le retenir en agrippant sa jambe, mais celle-ci glissa entre ses mains. Diego pénétra dans l'embarcation.

Les policiers descendus de voiture courraient dans leur direction, tandis que d'autres prenaient position derrière les portières ouvertes qui leur servaient alors de protection. Visiblement, personne n'avait remarqué que Pauline et moi avions trouvé refuge à l'abri d'une cabane.

La scène se jouait entre les forces de l'ordre d'un côté, et les deux hommes qui se battaient de l'autre, sans que l'on puisse aisément percevoir qui était qui. Déterminé à ne pas laisser Diego s'enfuir, Arnaud se releva et sauta à son tour dans le bateau qui s'éloigna du quai à cet instant pour prendre le large. Les officiers de police, quant à eux, avaient atteint le bord trop tardivement et, sauf à se jeter à l'eau, il ne leur était plus possible de le rejoindre. Aussitôt, j'entendis l'un d'eux exiger qu'une équipe fluviale parte à la rencontre du fugitif. Il fallait en faire venir une ici, rien n'avait été anticipé. De ma cachette, je voyais l'embarcation disparaitre, impuissante, et à ce moment je compris que tout allait mal se terminer. Arnaud était seul à bord avec Diego, il était blessé et affaibli, face à un homme costaud et déterminé qui n'avait plus rien à perdre.

Alors que le vrombissement du moteur s'éloignait et que les agents de police s'agitaient sur leur radio à donner des ordres en cascade, un coup de feu retentit. La seconde suivante, nous pûmes tous reconnaitre le bruit d'un poids, lourd, un corps probablement, qui tombait dans l'eau.

Je me mis à hurler. Je sus immédiatement. Je savais que Diego détenait une arme. Je ne doutais pas qu'Arnaud ferait tout pour l'empêcher de fuir, qu'il chercherait justice pour Lauren jusqu'au bout. Je ressentais à cet instant que tout venait de basculer.

Ce sont mes cris qui firent prendre conscience aux spectateurs impuissants que nous étions cachées entre deux petites baraques. Juste après, tout le monde se rua sur nous, dans une agitation dont j'étais extérieure. Nous étions prises en charge, c'était bien.

Je ne sais plus exactement ce qui s'est passé ensuite. Je ne pourrais décrire la façon dont Pauline a été transportée à l'hôpital, ni pourquoi je me suis retrouvée à attendre dans cette voiture de police, ni même ce qui m'a été demandé et ce que l'on m'a expliqué. Les heures qui ont suivi ce coup de feu furent pour moi similaires à un trou noir, un grand vide qui aspire intensément toute énergie et toute vie. Cette déconnexion cérébrale m'avait peut-être permis de me préparer à l'annonce qui allait m'être faite.

*****

Je ne suis sortie du brouillard que le surlendemain, progressivement, lorsque je me suis réveillée dans une chambre d'hôpital insipide. Au début paumée, incapable de m'expliquer pourquoi je me trouvais là, je fus secouée petit à petit par des bribes de souvenirs qui s'imposaient à moi. C'était extrêmement violent et douloureux. Ces pièces de puzzle revenaient de façon anarchique : une cabane ostréicole, un homme mort, la Villa, Arnaud et moi derrière la chaudière, une route noire, Pauline qui tombe, Pauline qui dort sur la banquette arrière de la voiture, non elle ne dort pas, un bateau qui part, et Arnaud, où est Arnaud sur le port je ne le vois plus.... Toutes ces images tournaient devant mes yeux, je les fermai, mais c'était pareil. Elles m'agressaient, s'imposaient à moi, mais n'avaient aucun sens. Il me revenait de tout remettre dans l'ordre, jusqu'à en déduire un déroulé probable des évènements. Au fil des heures, les choses se décantaient...

Mais je n'étais pas prête pour comprendre. Je me suis rendormie.

Le brouillard

En quittant l'hôpital, j'avais trouvé refuge chez Arnaud, non pas pour la raison pratique que beaucoup de mes affaires s'y trouvaient déjà, mais tout simplement parce que j'avais besoin de « rester » avec lui. Dans ses meubles, dans ses chemises, dans son univers et son odeur. Je finirai par me faire déloger sûrement, mais pour le moment la famille Arnaud me laissait le temps nécessaire.

Il était mort depuis plus de deux semaines désormais. Je ne comptais pas les jours, qu'est-ce que cela aurait changé ? Ce n'était pas la rage qui m'habitait, c'était le vide. Je n'avais même pas l'énergie d'alimenter ma colère, ma vengeance. Je ne voulais pas non plus comprendre. Comprendre signifiait chercher ce que j'aurais dû faire pour éviter tout cela. Comprendre m'aurait posée face à ma propre culpabilité dans sa disparition. Je refusais de voir quiconque, et je passais dès lors mes journées au fond du lit de mon amour, à dormir dans les draps qui portaient encore son odeur ou à somnoler, droguée de cachets… Ceci, jusqu'à ce que mon entourage estima que cela avait trop duré.

— Cela suffit maintenant, Lily. Tu dois sortir de ce lit et te ressaisir, m'ordonna mon amie Marie, qui venait obstinément ici tous les jours, s'assurer que je tenais le coup.

D'un geste ferme, elle ouvrit les rideaux de la chambre et la lumière aveuglante envahit la pièce. Par réflexe, je posai mon bras sur mes yeux, cherchant à échapper à cette agression extérieure.

— Ça ne peut pas durer comme ça pendant encore des semaines. Cela fait dix jours que je t'apporte tous les midis un repas que tu ne touches même pas. Heureusement que le soir j'arrive, presque de force, à te faire boire une soupe, sinon tu serais déjà morte !

— C'est le cas… murmurai-je en remontant ma couette par-dessus la tête.

— Oh, je suis désolée, je n'aurais pas dû employer ce mot… Ecoute, ce que je veux te dire, c'est que tu ne peux pas te cloîtrer ainsi en attendant qu'il revienne.

— Je sais qu'il ne reviendra pas ! Putain il est mort ! Mort ! Et rien n'y changera plus. Laisse-moi, sors d'ici, lui criai-je, dans l'espoir de me retrouver seule.

— Non ! Je reste là ! … Depuis combien de temps tu ne t'es pas lavée ? C'est tout juste si tu te lèves pour aller pisser, s'énerva-t-elle.

Je m'apprêtai à éviter cette confrontation dont je n'avais pas envie. Je ne voulais pas que l'on me dise comment réagir, comme si la douleur pouvait se prescrire, se doser. Va-t'en ! Mais Marie s'assit alors sur le bord du lit, et me caressa le dos à travers les draps, comme l'aurait fait une mère à son enfant après un cauchemar nocturne. Les gestes médicaux et les paroles rassurantes de mon entourage n'avaient qu'effleuré la carapace dans laquelle je m'étais réfugiée. Mais ce contact doux, banal, cette main chaude qui berçait mon corps lentement m'apaisait pourtant. Petit à petit, je lâchai enfin prise. Je commençai à sangloter, puis à pleurer de plus en plus fort, jusqu'à ce que les spasmes envahissent mon être. Je ne retenais plus rien, ni les larmes qui trempaient mon oreiller, ni la morve qui allait avec, et surtout pas ma peine. J'étais emplie d'un désespoir qui se déversait sans filtre ni pudeur.

Je ne sais pas combien de temps j'ai ainsi pleuré. Je m'étais rendormie vidée d'un poids énorme, épuisée de cet exorcisme, et lorsque j'ouvris enfin les yeux, la lumière du jour s'était radoucie. J'entendis de l'autre côté de la porte la voix de Marie. Elle parlait avec quelqu'un, probablement au téléphone, car je ne pouvais pas distinguer le son de son interlocuteur. Le bruit s'éloignait, elle descendait vers le séjour. Marie avait raison, je ne pouvais pas végéter ainsi, je devais quitter cette chambre morbide.

J'évitai mon reflet dans le miroir, la seule odeur de mon haleine me laissait imaginer le reste. Mes pas étaient hésitants, non pas à cause de mon état de fatigue extrême, qui en réalité atteignait plus mon psychisme que mon physique, mais par crainte de l'extérieur. Je ne savais pas, à ce moment-là, si je disposais encore du courage suffisant pour sortir dehors un jour. L'espace d'un instant, je me retournai et regardai son lit, rassurant, j'étais tentée de m'y réfugier de nouveau.

Qu'est-ce que je devais faire maintenant ?

En réponse à ma question, j'entendis Marie prononcer « au revoir Pauline » puis le léger bruit d'un objet que l'on pose sur une table me confirma que la conversation était terminée. Marie avait des nouvelles de Pauline, je voulais malgré tout les connaître. Tout n'a pas disparu cette nuit-là.

— Tu étais avec elle ? demandai-je à Marie, postée en bas de l'escalier, dans le salon.

— Pauline ? Oui elle s'inquiète pour toi. Vous ne vous êtes pas revues depuis …

— C'est marrant, c'est elle qui a frôlé la mort, à deux reprises ces dernières semaines, et elle s'en fait pour moi.

— Elle fait toujours passer les autres avant sa personne.

— Je sais.

Il fallait que je m'asseye, mes jambes flageolantes ne m'inspiraient pas confiance. Calée entre deux coussins moutarde, je me remettais de cette descente d'escalier que je venais de vivre comme une nouvelle épreuve. Ce canapé blanc réveillait tant de souvenirs d'Arnaud, je pouvais le sentir là, juste à côté de moi.

— Tu lui as sauvé la vie, lors de cette horrible nuit.

— Je n'y suis pas pour grand-chose. C'est Arnaud.

— Elle veut te voir, je pense que tu es prête maintenant à renouer avec le monde extérieur.

— Peut-être, hésitai-je, incertaine. J'ignore si je pourrai reparler de tout cela avec quiconque. C'est tellement tôt, j'ai raconté tout ce que j'ai vécu aux flics, et j'ai mis une plaque en fonte sur ces traumatismes. Un verrou. Qu'est-ce qui va se passer ensuite ?

— Rien. Pauline veut juste te revoir et te remercier. Je pense que vous avez besoin l'une de l'autre, pour combler les vides et vaincre les démons. Tu sais, je t'ai entendue lorsque tu dormais tout à l'heure. Tu parles, ou plutôt tu poses des tas de questions concernant les évènements, m'avoua Marie, gênée.

— Probablement, j'ai des tonnes d'interrogations, en réalité, il y a tellement de choses que je ne m'explique pas. Mais j'ai peur de me replonger dans ce cauchemar, d'affronter ces images qui remplissent ma tête.

Ces quelques mots suffirent à faire remonter les souvenirs douloureux des scènes que j'avais vécues.

— Je pense qu'elle pourra t'apporter certaines réponses, j'ai discuté avec elle à plusieurs reprises, mais ce n'est pas à moi… rien ne presse, prends ton temps.

Face à la fenêtre, le regard fixé sur les nuages gris qui s'épaississaient au loin et qui roulaient dans notre direction, je ne savais plus ce que je voulais. Je restai silencieuse de longues minutes, perdue dans mes pensées, à résister à la tentation de trainer mon corps se cacher dans ma chambre, piquée aussi par l'envie de lever le voile, de comprendre.

Non, ma vie ne devait pas devenir ce ciel obscurci.

— Tu as raison, c'est elle ma bouée de secours pour remonter à la surface, il faut bien que je reprenne le dessus au lieu de sombrer lentement. C'est mon amie et nous sommes encore plus liées que jamais. Je vais l'appeler, on a besoin de s'entraider.

Pauline ne viendra que le lendemain, il était déjà tard et elle aussi était sujette à des crises d'épuisement presque insurmontables. Les médecins les apparentaient au symptôme de stress post-traumatique. Cette attente m'apparut soudain interminable, parce qu'une fois ma décision prise, je n'avais de cesse de rechercher des zones d'ombre et de soulever de nouvelles questions. J'avais hâte de connaître la version de Pauline, mais j'avais un peu peur de la revoir aussi, je sais que c'était bête.

La nuit ne fut pas trop agitée et au matin je compris à quel point cette crainte était infondée. Dès le premier pas de Pauline dans l'appartement, je me jetai dans ses bras, je la serrai si fort qu'elle du me demander d'alléger mon étreinte. Je recherchais la chaleur de son corps, la preuve qu'elle était bien vivante. Ensuite, nous avons pleuré toutes les deux, toujours collées l'une à l'autre. Je pense que cet instant de communion de nos peines était le passage nécessaire vers l'étape d'après. Le temps des « pourquoi ».

Assise sur le canapé, face à moi, et serrant son infusion contre elle comme pour se donner du courage, Pauline me raconta comment elle et Diego s'étaient malheureusement retrouvés à la Villa, ce soir-là.

Diego était chez Pauline quand j'avais téléphoné à mon amie pour lui dire que je me rendais à la Villa d'Arnaud à Arcachon. Je venais de voir les photos de Lauren et j'avais découvert qu'elle était mon sosie. Diego, qui se tenait à côté de Pauline, avait entendu des bribes de notre conversation. Elle m'expliqua à quel point il semblait différent, soudainement très intéressé par mon appel. Il la questionna pour savoir pourquoi je partais là-bas si brusquement et Pauline lui raconta donc cette étrange histoire de ressemblance, c'était si gros ! Diego ayant compris que je me rendais dans la Villa pour trouver des réponses à tout cela, il redouta alors que je remue le passé et avait probablement eu peur.

— Mais c'est insensé, depuis tout ce temps, s'il y avait eu des éléments permettant faire le rapprochement avec lui, ils auraient refait surface depuis belle lurette, protestai-je en réaction aux explications de Pauline.
— Oui, il se doutait bien qu'il n'y aurait rien eu en lien avec le meurtre de Lauren là-bas, avec toutes les investigations menées par la police à l'époque. Mais on peut imaginer qu'il ne devait pas prendre le risque que tu fouilles encore dans le passé. Ce qui renvoyait au sien.
— Mouais …Il y a autre chose : lorsque nous étions cachés sous la maison, Diego nous a aussi parlé d'un cambriolage qu'il aurait réalisé, et qui l'aurait amené indirectement à la Villa,

précisai-je, espérant y voir un lien. On l'a aperçu en train de mettre des sacs dans le coffre de sa voiture avant qu'il ne fuie vers le port, et quand il est monté dans le bateau, il avait ces sacs avec lui.

— Oui, la police m'a relaté toutes ces informations ; certains d'entre eux contenaient des pièces d'antiquité de valeur effectivement, mais d'autres seulement du sable. Je pense qu'il avait prévu de lester nos corps. Ne crois-tu pas qu'il redoutait qu'à force de recherches, tu découvres son recel ? Après tout, à l'époque les autorités ne cherchaient pas de pièces d'art, mais les traces d'un enlèvement ou d'un meurtre, ils se préparaient à trouver un cadavre et pas un vase en bronze ! me rétorqua Pauline.

— Pourquoi avoir attendu si longtemps pour récupérer ces affaires ?

— Je l'ignore.

— Il aura bien berné son monde en tout cas ! Et depuis toutes ces années, les objets sont restés cachés là-bas ? Si seulement je pouvais lui parler et savoir ce qui se tramait dans sa tête !

— Sur le coup, quand tu m'as téléphoné, je n'avais pas du tout conscience de tous ces enjeux. Mais en réalité, c'est un pervers narcissique, Lily, il s'excite du malheur des autres et la situation devenait pour lui de plus en plus intéressante. Bon sang ! Si j'avais pu me rendre compte de cela plus tôt, regretta Pauline.

— Tu ne pouvais pas savoir, personne, tu imagines, depuis tout ce temps il a réussi à tromper son entourage. Stratège ou sadique, je comprends à peu près pourquoi il a filé vers la Villa. Mais comment il a fait pour te convaincre de venir avec lui et pourquoi t'a-t-il emmenée jusqu'à Arcachon pour s'embarrasser de toi ensuite, inconsciente sur la banquette de la voiture ?

Pauline me décrit alors la façon dont Diego s'y était pris pour la faire culpabiliser de rester à Bordeaux, alors que moi j'avais très sûrement besoin de son soutien : va savoir ce que je risquais de trouver comme secrets là-bas ? Pour lui, la présence de Pauline à mes côtés était un vrai geste d'amitié, il devinait très bien quelle corde faire vibrer…

— Au début, continua Pauline, j'ai pensé qu'il avait raison, mais je lui ai dit de retourner chez lui. Je voulais t'appeler pour me proposer de te rejoindre, mais je ne songeais pas y aller avec lui. Puis Diego a insisté pour m'accompagner, il m'a dit qu'il était déjà tard (c'était la fin de journée) et qu'avec tout ça, je serai amenée à rentrer de nuit sur Bordeaux. Tu sais, se justifia Pauline, depuis mon accident, mes yeux se fatiguent beaucoup plus vite, je me sentais encore fragile et je t'avoue que ça me rassurait plutôt de ne pas avoir besoin de rouler dans le noir, surtout à cause des phares des voitures qui m'aveuglent.

— Oui, c'est normal comme raisonnement. Il a bien joué ! concédai-je.

— Et puis, il m'a suggéré que s'il n'y avait rien à signaler pour toi, nous pourrions toujours nous arrêter manger quelques huîtres en guise de dîner. Je reconnais que l'idée m'a plu.

— Pourtant, à aucun moment tu ne m'as prévenue que tu venais, nous aurions pu nous croiser bêtement.

— Non, Diego est malin. J'ai eu un appel à ce moment-là, pour une offre d'emploi, alors je me suis écartée dans la chambre pour être tranquille, et quand je suis revenue, il m'a dit qu'il t'avait téléphoné et qu'au passage il t'avait demandé l'adresse de la Villa.

— Parce qu'il était censé ne jamais y avoir mis les pieds, même si en réalité il connaissait très bien cette adresse !

— Exact. Je suis persuadée qu'il n'a jamais cherché à te joindre…

— Je te confirme, Pauline, tout cela n'a été que simulacre. Mais dans ce cas, pourquoi se donner tant de peine ? Encore une fois, quelle raison avait-il de t'emmener avec lui ?

— Je lui ai posé la question, juste avant de perdre connaissance plus tard dans la soirée, m'expliqua Pauline, écœurée.

Visiblement, Diego avait vu en Pauline le meilleur moyen de rester en contact avec moi. Si j'avais trouvé quelque chose à la Villa ou bien si j'avais décidé d'en partir plus tôt, il savait que j'aurais tenu Pauline informée. Lui prendre simplement son téléphone n'aurait pas été suffisant, il lui fallait une personne à qui je me confiais sans crainte, en temps réel. Plus glaçant encore, Diego confessa à Pauline qu'il avait besoin de l'utiliser - elle - si besoin, pour s'assurer que je reste bien dans la maison.

— OK, on fait une pause, proposa Pauline qui constatait mon effarement.

— Non, surtout pas, je veux connaître la suite, dis-je à mon amie, désormais assoiffée de détails qui me permettraient de reprendre possession de cette nuit.

— Qu'est-ce qui s'est passée après, comment t'es-tu retrouvée dans la voiture, inconsciente ? Sur le moment, j'ai cru que tu…

— Que j'étais morte, oui, et c'était probablement ce que Diego pensait aussi, ou projetait comme issu pour moi.

Pauline se lança alors dans des explications qui dessinaient au fur et à mesure la chronologie des évènements.

Comme Diego l'avait prévu, ils avaient pris la route ensemble quelques minutes plus tard, il devait être aux alentours de 18h30. De mon côté, j'étais déjà sur le trajet lorsque j'avais appelé Pauline, de sorte que j'avais une certaine avance sur eux, d'une demi-heure environ. C'était durant ce laps de temps que j'avais pu faire connaissance avec Jack, peu après mon arrivée à la Villa. Je me remémorais avoir regardé l'heure en descendant de voiture, mais après cela, ma notion du temps s'effritait un peu plus. Nous avions parlé pendant un petit moment avant que Jack ne me drogue et que je perde conscience. Je n'avais pas souvenir d'avoir croisé quiconque d'autre.

— C'est au moment où Jack t'a drogué que nous sommes arrivés avec Diego. Sur le moment, je n'ai pas compris pourquoi il m'a ordonné de ne pas faire de bruit, puis il m'a expliqué qu'il pensait qu'il y avait un cambrioleur dans la maison. Cela m'a fait peur, car j'ai reconnu ta voiture garée devant le portail, je savais que tu te trouvais déjà là-bas. Puis lorsque nous avons fait le tour de la Villa et que j'ai vu Jack te porter jusqu'au bureau, j'ai paniqué. J'ai dit à Diego qu'il fallait intervenir et appeler la police, mais il n'a rien voulu entendre. J'ai insisté, insisté…

— Tu n'as pas besoin de me convaincre, Pauline, je sais que tu as cherché à me protéger, lui dis-je pour la rassurer.

Nos tisanes étaient bues depuis longtemps, mais chacune de nous gardait son mug en main, comme un rempart contre le mal dont nous parlions. Dehors, le ciel devenait orageux, les nuages noirs recouvraient les derniers rayons de soleil qui tentaient vainement de s'immiscer dans l'appartement. L'heure du déjeuner approchait, mais aucune n'avait envie d'interrompre cette conversation. Les grondements extérieurs se mélangeaient à ceux de nos ventres.

— Il était si bizarre, il observait ton ravisseur avec colère, mais la façon dont il te regardait m'a fait encore plus flipper. Il semblait… comme hypnotisé, il te fixait avec… envie, c'était vraiment, vraiment… Alors je lui ai demandé pourquoi il ne voulait rien faire, et c'est à ce moment-là, je crois, que j'ai compris que nous étions toutes les deux en danger. Puis j'ai voulu fuir et appeler de l'aide. J'ai couru vers le portail, mais Diego m'a rattrapée.

— Et il t'a assommé ?

— Non, pas tout de suite. Il a saisi mon bras et m'a secouée si fort… j'en ai encore les traces. Alors je lui ai demandé ce qu'il avait, pourquoi il faisait ça ? Et c'est là qu'il m'a dit…

— C'est là, poursuivis-je, qu'il t'a expliqué qu'il était venu me chercher et que tu n'avais fait que lui servir d'indic, une sorte de lien entre lui et moi.

— Exactement. Au fond, j'ignore pourquoi il m'a avoué cela, qu'est-ce que ça pouvait changer pour la suite ?

— Vous êtes restés longtemps à parler ?

— Parler n'est pas le bon mot. Je l'ai écouté … se confier, il chuchotait, mais la violence des mots hurlait dans mes oreilles, il était soudainement obsédé par toi, et par Lauren. Je ne comprenais rien. J'étais tétanisée. Puis brusquement, il a levé les mains et les a crochetées sur mon cou. Et il a serré si fort, je n'arrivais plus à respirer, j'ai senti que je suffoquais, que je n'avais plus de force, je ne voyais plus rien. Le black-out, après je ne sais pas ce qui s'est passé. Je me suis réveillée à l'hôpital…

— Et bien, ce que je peux te dire, tu l'as déjà appris par les policiers. Je t'ai trouvé sur la banquette arrière de la voiture, ignorant si tu étais encore en vie ou bien… J'ai supplié Arnaud de ne pas le laisser t'emmener…

Petit à petit, les évènements prenaient place. Les larmes coulaient le long des joues roses de Pauline. La mort n'avait pas été loin, elle l'avait même senti s'installer dans son corps.

— Pourtant, s'étonna mon amie, lorsque Diego s'est enfin montré dans la Villa, tu étais revenue à toi ? Cela signifie qu'entre le moment où Jack t'a droguée et celui où tu as rouvert les yeux, Diego …n'a rien fait.

— Oui, et il s'est passé un bon moment avant qu'il ne surgisse. Car après m'être réveillée, j'ai raconté à Jack tout ce qu'il voulait savoir : comment j'avais rencontré Arnaud, pourquoi j'étais venue à plusieurs reprises dans la Villa… Tout cela a pris pas mal de temps quand même, environ trois quarts d'heure, un peu plus peut-être. La nuit était tombée sérieusement quand j'ai terminé mon récit. Et c'est après, lorsque Jack a essayé de partir avec moi, qu'Arnaud est arrivé. Il a cherché à s'interposer et Jack lui a tiré dessus.

— Donc Diego n'est pas intervenu, il était planté là, tout ce temps à côté sans rien faire, conclut Pauline. Et il a laissé Jack tirer sur Arnaud.

— Tu penses, maintenant que l'on sait tout, ça devait bien l'arranger.

— Ce mec était un malade, avons-nous prononcé à l'unisson, face à ce constat affligeant.

Nous restâmes muettes un moment, à méditer ce que nous venions de nous dire. Le bruit du tonnerre qui se déchargeait au loin faisait vibrer nos corps.

Ce fut la sonnerie de mon téléphone qui brisa finalement le silence. C'était l'inspecteur de police. Toute mon existence tournait désormais autour de ce jour affreux. Après quelques échanges succincts avec ce monsieur, qui était également celui qui m'avait auditionnée le jour du drame, puis le lendemain encore, et qui m'avait confirmé le mort d'Arnaud, je raccrochai. Les jambes en coton, j'annonçai à Pauline qu'elle allait recevoir le même appel dans les prochaines minutes. C'est exactement ce qui se produisit.

Elle aussi prévenue de la découverte du bateau vide dans lequel Diego s'était enfui, elle fixa longtemps le sol ne sachant que dire. Ce fut finalement moi qui abrégeai ce silence étouffant.

— Ils finiront par le retrouver, je te le jure.

La dernière question

Les semaines passèrent, les faits se décantaient, le déroulé des évènements se précisait. Tout d'abord, la police fit forcément le lien entre le lot d'actes malveillants dont nous avions fait l'objet, les appels téléphoniques étranges, le vol de courrier, le cambriolage, l'accident de Pauline (ou plutôt devrais-je dire la tentative d'assassinat), et l'intrusion dans nos existences de Diego et de Jack, dont le corps sans vie avait été découvert à l'endroit où je l'avais indiqué, dans la Villa.

Jack… Ce pauvre homme qui avait perdu sa famille tragiquement et n'avait jamais pu surmonter ce chagrin. Il m'est arrivé de me mettre à sa place : comment réagirais-je si je tombais par hasard sur une photo d'Arnaud dans le journal. N'aurais-je pas envie d'y croire et de le retrouver, de lui parler ? Bien sûr, je savais qu'Arnaud ne reviendrait pas, il avait coulé au fond de l'océan, pas loin peut-être du lieu où dix-huit ans plus tôt Lauren avait été jetée par Diego. Mais Arnaud avait été repêché par la brigade, la balle tirée sur le bateau l'avait atteint mortellement et le médecin légiste m'avait confirmé que c'était fini pour lui avant même que l'eau n'envahisse ses poumons. Il n'avait pas eu mal, il ne s'était pas vu partir comme on dit, et je gardais ces faits comme des certitudes qui m'empêchaient de sombrer. Jack n'avait pas eu cette béquille. Il n'avait jamais su où était Lauren, ni si elle était décédée, ni comment, ni par qui… Il avait vécu toutes ces années dans l'attente. Il était fou et je n'oubliais pas qu'il avait voulu tuer Arnaud, lui aussi, mais ce n'était pas lui qui avait donné le coup fatal. C'était Diego.

La police avait relevé ses empreintes digitales et les avait comparées à celles trouvées dans mon appartement, après le cambriolage, et sur la boîte aux lettres. Elles ne concordaient pas avec Jack. Lui, il désirait seulement revoir sa sœur et puis la situation lui avait échappé. Il ne s'intéressait pas du tout à Pauline non plus. Il avait voulu nous faire peur dans la Villa en jouant les fantômes qu'il était déjà un peu, il cherchait à provoquer Arnaud. Mais le frère de Lauren ne projetait pas de me faire de mal, pour rien au monde il n'aurait gâché ces retrouvailles comme il les appelait : ma présence dans le Villa cette nuit-là était « une surprise » pour lui, mais celle d'Arnaud un imprévu intolérable.

En revanche, Diego était complètement différent. La police pense que c'était lui qui nous avait cambriolés, car même si la trace de ses empreintes sur les lieux se justifiait pleinement, puisqu'il y avait passé des nuits et des jours durant toute cette période, elle avait toutefois mis la main chez lui sur des objets nous appartenant. Je ne les avais pas identifiés comme manquants sur le moment, il s'agissait de quelques photos de moi et d'un pull jaune en laine, que je n'avais plus porté depuis longtemps. Ni Pauline ni moi ne revoyions Diego nous demander s'il pouvait emprunter ces choses (et pour quelles raisons d'ailleurs ?) et nous n'avions pas souvenir non plus de lui avoir montré ces photos à un quelconque moment. Et puis Pauline ne figurait pas sur ces clichés… Pour l'inspecteur, au-delà du côté fétichiste de ce recel, cette intrusion relevait d'un jeu pervers de son auteur : plus nous avions peur, plus la présence de Diego se justifiait. La présence d'Arnaud ne faisait qu'attiser encore plus sa hargne. Le téléphone portable de Pauline qui avait mystérieusement disparu était également en sa possession, dans le tiroir d'une commode de sa chambre. Depuis le début, il avait joué avec nous.

Il ne faisait donc plus vraiment de doute que l'accident de voiture au cours duquel Pauline avait été renversée était aussi de son fait. Mais pourquoi s'en prendre à Pauline ?

Puis le vent tourna pour Diego. Deux mois plus tard, son arrestation, lors d'une tentative de viol en région parisienne, allait enfin m'apporter les dernières réponses.

Au début, bien sûr, il était peu prolixe et la police peinait à le faire parler. Les preuves de sa culpabilité dans le meurtre d'Arnaud et de Jack étaient pourtant accablantes et mon témoignage essentiel dans le cadre de l'enquête sur la disparition de Lauren. En fait, Diego se dit prêt à répondre aux quelques questions en suspens, mais à une condition bien particulière.

— Il est exclu que tu ailles le voir Lily ! s'agaça Pauline.

— Je vais y aller, pourtant. Il y a quelques mois de cela, je n'aurai jamais pensé être capable d'affronter un assassin, et encore moins celui qui avait tué l'homme que j'aime. Aujourd'hui, j'ai envie de lui cracher au visage, de lui sauter dessus, de passer mes mains autour de son cou et de serrer jusqu'à l'entendre s'étouffer en le regardant droit dans les yeux. Jusqu'à ce que la vie quitte son corps, jusqu'à ce que je la lui retire…Oui, je sais que c'est impossible, en revanche je maintiens que j'ai une très bonne raison de m'y rendre : une dernière question à lui poser avant qu'il ne croupisse en prison.

Bien évidemment, lorsque deux jours plus tard je me retrouvai devant lui, j'avais perdu un peu de mon aisance. Il était méconnaissable, assis sur une chaise en métal dont il trainait volontairement les pieds sur le sol dans un grincement épidermique, dans une salle d'interrogation sombre, en présence de deux policiers qui ne le quittaient pas des yeux et de l'inspecteur, face à lui, et à côté de qui je pris place. Il avait perdu de sa superbe, il ne ressemblait plus au type sympa que nous avions fréquenté quelques mois plus tôt. Maintenant, je pouvais enfin voir, en lui, cette autre personnalité qui avait transpiré par moment et faisait planer ce sentiment de malaise. Cet « autre » Diego qui habitait ce corps et qui s'était manifesté subrepticement au fil du temps. Si seulement j'avais pu être plus lucide !

— Diego, on te permet de parler à Mme Dubrun, mais uniquement parce qu'elle est d'accord pour ça. Et nous on reste ici, tu te doutes bien que c'est pas un parloir ici ! Mais attention, au moindre mot de travers ou geste qui me déplait, je mets fin à tout cela. C'est clair ? lui jeta sèchement l'inspecteur.

— Parfaitement limpide, le rassura Diego.

— Mme Dubrun, vous pouvez y aller.

Je hochai la tête en guise d'acquiescement. J'essuyai mes mains moites sur mon jeans et me lançai, en soutenant son regard.

— Diego, j'ai compris pourquoi tu m'as fait ça : ma ressemblance avec Lauren t'a … amusé ? Ou bien seulement rendu encore plus fou ? Tu as vu là une occasion de revivre un moment… marquant de ta vie. Je devine aussi pourquoi Arnaud est mort, par ta faute. Finalement, je n'ai qu'une question à te poser : pourquoi tu t'en es pris à Pauline, qu'est-ce qu'elle t'avait fait ?

Mon cœur battait trop vite et ma voix s'en ressentait. Mes propos hachurés me trahissaient et Diego s'amusa de mon état.

— Donne-moi un petit baiser, et je te dirai tout, me proposa-t-il alors, cash.

— Oh, tu vas te calmer tout de suite, le menaça mon voisin. C'est la seule et dernière fois !

— Doucement, je propose juste un petit échange donnant-donnant, plaisanta-t-il, l'air narquois doublé d'un nouveau grincement de chaise.

— Tu n'es pas en position de quoi que ce soit, Diego ! Je crois que cette entrevue n'était pas une bonne idée, Caroline Dubrun va repartir, conclut l'inspecteur.

— Non ! m'exclamai-je en posant ma main sur son bras dans l'espoir de bloquer tout mouvement de sa part. Je veux d'abord qu'il me réponde.

— Et qu'aurai-je en retour, Lily ? me demanda le détenu, amusé de mener la danse.

— Tu le verras après, je te donne ma parole que je ferai un geste envers toi, lui fis-je miroiter, droit dans les yeux.

L'inspecteur me questionna du regard, mais je crois que ma hardiesse l'étonna, aussi me laissa-t-il continuer. Diego s'installa alors au fond de sa chaise, croisa les bras et resta un moment à m'observer. J'étais bien incapable de dire à quoi il pensait, ni même s'il réfléchissait à la situation ou s'il comptait les moutons dans sa tête. Ce type, puant derrière sa gueule d'ange, était tellement imprévisible.

— Oh Lily, tu es si taquine… Bon, OK, je suis curieux de savoir ce que tu me réserves… Pourquoi Pauline ? Ben c'est simple, je crois que je lui devais bien ça, m'annonça-t-il satisfait.

— Pour quelle raison ?

— Pour quelle raison, s'énerva-t-il enfin. Pour quelle raison ????

— Tu te calmes, Diego, je te l'ai déjà dit, tu cries encore une fois sur la jeune fille, et tu retournes en cellule, de toute façon ton dossier est bien assez fourni…

— Non, je dois bien ça à Lily, la pauvre, elle est toute seule maintenant que son homme est mort, gentille bichette.

Garder mon sang-froid relevait d'un exploit dont je ne me serais jamais crue capable. Je n'avais qu'une envie, me jeter sur lui et le tuer…

— Pauline s'est foutue de ma gueule depuis le début ! Tu te rappelles, quand je vous ai vues toutes les deux en boîte, le premier soir. Comment elle m'a présenté ? Comme un ancien copain de fac. Ben, faut dire que c'était un peu inexact ! Pendant un temps, on était bien plus que des copains ! On est sorti ensemble, déjà à l'époque… Oh ça remonte, c'était il y a onze ans précisément. J'étais en cinquième année d'étude quand j'ai vu arriver à la fac ce petit canon fraichement sorti du Lycée, tout juste 19 ans. Et tu sais comment elle était ? Comme maintenant. L'air hautain, snob, le genre de nana qui plait à tout le monde et que te prend puis te jette, à sa guise, quelques semaines plus tard, parce que le vent a tourné…

— Et c'est juste parce que ce minable flirt n'a pas marché il y a des années que tu as voulu la tuer ?

— Non, je ne suis pas si tordu, s'offusqua-t-il, en rigolant. Tu connais ce film "l'histoire sans fin" ? Où chaque jour l'histoire recommence inlassablement ?

— Quel rapport ?

— Ben tu vois, là c'est un peu pareil. On garde les mêmes et on refait le film. Déjà à l'époque, Pauline m'avait pris pour un con. Alors quand je vous ai trouvées en boîte : quelle aubaine. Quelle aubaine !!! Le sosie de Lauren et une ex-copine qui ne se rappelait même plus avoir couché avec moi. Non, fallait pas que je laisse passer le coup. Et le pire, c'est qu'après quelques nuits ensemble, elle a recommencé ! « Oui, Diego, t'es un mec sympa, mais bon je ne cherche pas de relation en ce moment, donc merci et ciao ! ». Elle m'a plaqué de nouveau, cette garce ! Là, c'en était trop, Pauline, Lauren, merde ! Vous avez quoi, vous les filles, à me rejeter ? Vous croyez que c'est comme ça que ça se passe avec moi ? Heureusement, en approchant Pauline, je décrochais le gros lot ! Lauren, ou plutôt quelque chose qui y ressemblait carrément !

— Quelque chose ?

— Oui, bon, ne te formalise pas, Lily, on parle de souvenirs, tu vois, comme une madeleine…

— C'est en trop, m'exclamai-je en me levant sans quitter son regard des yeux.

Puis, me tournant vers l'inspecteur, je lui annonçai que j'avais toutes mes réponses, et que je voulais partir. Je l'implorai seulement de faire en sorte que Diego écope de la peine maximum en prison. Je me dirigeais en direction de la sortie, lorsque Diego se rebiffa.

— Eh ! Lily ! Tu m'avais promis un geste, me cria-t-il.

— Ok.

Je me retournai, le fixai droit dans les yeux, et lui fis mon plus beau doigt d'honneur.

Connard.

Table

Printed in Poland
by Amazon Fulfillment
Poland Sp. z o.o., Wrocław

60581357R00167